김화용 수필집

청파동
감나무집

– 호주 시드니에서 쓴 삶의 소묘

도서출판
청어

청파동 감나무집 – 호주 시드니에서 쓴 삶의 소묘

김화용 지음

발행처·도서출판 **청어**
발행인·이영철
영 업·이동호
홍 보·최윤영
기 획·천성래 | 이용희
편 집·방세화 | 원신연
디자인·김바라 | 서경아
제작부장·공병한
인 쇄·두리터

등 록·1999년 5월 3일
(제321-3210000251001999000063호)

1판 1쇄 인쇄·2017년 1월 1일
1판 1쇄 발행·2017년 1월 10일

주소·서울특별시 서초구 효령로55길 45-8
대표전화·02-586-0477
팩시밀리·02-586-0478

홈페이지·www.chungeobook.com
E-mail·ppi20@hanmail.net
ISBN·979-11-5860-454-7 (03810)

청파동
감나무집

– 호주 시드니에서 쓴 삶의 소묘

허물벗기

　땅을 가르며 솟아오르는 허물벗기, 그 시작은 크지 않은 영상으로 마음속에서 신나게 비행했다. 몇 해를 긴 밤으로 그렇게 날더니, 이제 벼랑 끝 휘움한 풀밭에 앉는다. 바닷바람에 심호흡하며 뱉어지는 나를 바라보다 헝클어진 머리카락을 쓸어 올리곤 어둑어둑해진 길을 내려온다.

　오르던 길 내려가는 길 모두 내 발자국이다. 그 위에 시를 깔아보고 긴 이야기도 하며 이제 몇 마디를 추슬러 세상길을 나선다. 상큼한 바람이 용기를 준다. 시보다 더 긴 시를 뱉는 입가를 닦아주며, 소설보다 더 깊은 이야기를 토해내려는 심중을 쓸어준다.

　고백으로 시작해서 독백으로 끝난 파티에 한밤중 혹사한 눈과 손가락에 미안하다. 아둔함을 달래며 다 뱉어내지 못한 필력은 다음으로 미루는 차연(差延)에 바통을 건네곤 슬쩍 술 한 잔에 여흥을 찾는다.

술을 썩 좋아하는 사람은 아니라도 홀짝홀짝 입술에 목젖을 축이며, 술로 지은 밥을 맛본다. 선 밥, 태운 밥, 더운 밥, 식은 밥. 그 속에 수필이 몽땅 들어있다.

　이리저리 굴러다닌 밥그릇에 반찬 몇 가지를 넣어 비벼 먹는 속이 더러 찬 듯하다. 숭늉에 입가심하며 숟가락을 놓는다.

　어찌하다 여기까지 왔나.

　시를 쓴다며 나다니더니 못다 푼 한구석이 옆구리를 쿡쿡 찔렀나 보다. 술보다 밥이 고프기 시작했다. 수필 쓰기는 내 삶을 오르는 등정이다. 가도 가도 끝이 없는 게 산이라지만, 그 산은 아주 높지도 않을뿐더러 전연 낮지도 않고, 깊이 또한 그러했다.

　수필은 시와 소설 사이에서 문을 열고 들어오라며 친절히 손을 내민다. 목마름에 시원한 냉수 한 사발 꿀꺽꿀꺽 마시며 다시 삶의 조각들을 이어가더니, 7년을 끄적대던 먼지를 털어내며 몇 편을 손에 든다. 희로애락 만물상이 그 안에서 가면을 쓰고 실험 수필인 양 만용의 춤을 추고 있다. 독백으로 보낸 숱한 날들에 되풀이되는 반성으로 자기성찰을 하나라도 줍는다면 행운이리라.

　세상에 나온 글 마디마디는 오로지 나의 혼만 담긴 것은 아니다. 글 속에도 여러 차례 등장하지만, 지음이 된 미라벨의 노고가 여기까지 오르는데 갖은 정성으로 달려주었다. 덕분에 조금은 젊고 여린 감성을 글 속에 담을 수 있었음은 또 하나의 기쁨이다. 더불어 한국을 오가며 귀한 책을 구해주신 이병구·김영욱 님께 이 자리를 빌려 큰 고마움을 드리며, '뼛속까지 내려가 글을 써보라'던 캐나다 한힘 작가님의 격려에 한 줌 빛을 쬐며 인생의 풍요로움을 맛본다.
　오늘을 살아준 육신에 고마운 안식을 맞는다.

시드니에서 김화용

제1부
사람과 사람들

　두 눈은 회상에 잠긴 듯 반쯤 내려감은 채, 열 손가락은 그림을 그리듯 떠오르는 영상을 자판 위에 그려보려고 분주히 움직였습니다. 손가락 두드림에 쫑긋한 귀는 영상을 따라 음악 속을 헤엄쳐 다녔습니다.

동전 모으기

호주생활을 한 지 이십 년이 지나도 잊었던 향수병(鄕愁病)은 가끔 되살아난다. 종종 시간이 나면 이렇다 할 목적도 없이 쇼핑몰을 이리저리 둘러보곤 하는데 한국 가게라도 지나칠 때면 괜스레 한 번 더 눈길을 주게 된다.

이 년 전이던가, 필리핀에서 놀러 온 조카와 시내에 나갔다가 한국 가게를 발견하고는 선뜻 들어서게 되었다. 허다한 액세서리가 알록달록 요란했지만, 유난히 예쁜 파란색 돼지 저금통이 시선을 사로잡았다. 한국에서는 그 흔한 돼지 저금통을 여기서는 쉽게 찾을 수가 없어서인지 단돈 5불이라는 말에 망설임 없이 냉큼 데려오게 되었다.

그날부터 아내는 돼지 저금통을 마치 신줏단지 모시듯 옷장 속 깊숙이 숨겨둔 채 틈틈이 '동전밥'을 먹이며, 내게도 "잔돈이 생기면 주머니에 두지 말고 있는 대로 다 주세요." 부드러운 말투와는 달리 거의 빼앗다시피 챙겨 넣었다. 처음에는 10센트, 20센트 심

12

지어 5센트짜리까지 모으다가 나중에는 단위가 큰 1불짜리와 2 불만 모았다. 동전을 하나씩 모아가는 아내의 정성은 동지섣달에 꽃도 피울 것 같았다. 아내는 종종 "내가 이거 모아서 뭐할 건지 알아요?" 독백하듯 묻곤 했지만, 솔직히 나는 그저 한 귀로 듣고 한 귀로 흘러버렸다.

벌써 이 년이 흘렀으니 시간이 참 빠르기도 하다. 동전을 모은 저금통은 한 손으로 들기에 부담스러울 정도로 묵직해졌다. 처음 우리 집에 왔을 때 속이 텅 비었던 플라스틱 돼지가 어느덧 통통 하게 살이 오른 돼지로 변한 것이다.

어느 일요일이었다.

아내는 "저금통에 얼마나 들어 있나 한번 뜯어 봐요. 궁금하지 않아요?" 마치 행운권 추첨을 기다리는 사람처럼 흥분해서 내 팔 을 끌었다. TV를 보던 나는 무심코 "은행에 가져다주면 기계가 다 알아서 세어 줄 텐데 왜 사서 고생이야." 툴툴 퉁명스럽게 내뱉었 다. 하지만 괜히 사소한 일로 아내의 들뜬 마음에 앙금을 남기면 안 되겠다 싶어 얼른 표정을 바꾸어 "그래. 얼마나 들어 있나 맞 춰보자." 금세 아첨하듯 능청을 떨었다.

우리는 낡은 수건을 카펫 위에 깔고 애지중지(愛之重之)하던 통 통한 돼지 저금통의 배를 주저 없이 가르기 시작했다. 동전을 다 쏟고 보니 그 양이 감이 안 잡힐 정도로 많다는 것을 한 눈에도 알 수 있었다. 천성이 밝고 명랑한 아내는 입이 귀에 걸릴 만큼 신이 나서 "얼마인가 알아맞혀 보기!" 하는 것이었다. 그 돈이 전 부 자기 몫이라서 더욱 신이 난 듯싶었다. 직업적으로 동전을 세어 주는 사람이거나 은행의 수납원 처지라면 당연히 고역이 될 수도 있는데 말이다.

나는 그런 아내를 보며 비록 소소한 일이지만 몇 가지 깨달은 바가 있다. 먼저 '동전을 모으는 일은 참 좋은 일'이다. 그동안 동전이 생길 때마다 저금통에 넣던 아내를 지켜보면서 어쩌면 저리도 신바람을 낼까 싶어 혼자 미소를 짓곤 했다. 동전 하나하나가 돼지 뱃속으로 떨어지는 소리는 마치 한줄기 단비처럼 마음이 시원해지거나 푹푹 찌는 열대야 틈새로 솔솔 불어오는 산들바람을 맞는 기분이었을지 모른다.

둘째는 무언가를 기대하며 동전을 모으는 일은 크게 대수롭지는 않지만 그래도 작은 기쁨과 희망을 안을 수 있다는 점에서, 산속의 작은 샘터를 움켜쥐고 있는 느낌이다. 조금씩 푼돈을 모으면서 사람마다 거는 소망이 다를 수는 있지만, 그것으로 자기가 원하는 것을 얻을 수 있는 현실적 즐거움은 상상 그 이상이다.

셋째로는 평소 하찮게 여기는 10센트, 20센트나 심지어는 5센트에서조차 저축하려는 갸륵한 의지와 정성을 깨달을 수 있고, 욕망을 억제하며 생기는 반사적인 희열도 얻을 수 있다.

넷째로는 드디어 배가 불룩한 돼지 저금통을 깰 때 맛보는 클라이맥스(climax)다. "하나, 두울, 셋, 넷……." 소리 내어 세다 보면 꼴깍하고 침을 삼키기도 하고, 동전을 그냥 세기보다는 똑같은 높이로 쌓아가다 혹여 무너지지나 않을까 하는 불안감마저도 기쁨이 된다.

아내가 동전을 헤아리는 모습에서 문득 아내가 동생을 그리워하는 마음을 느낄 수 있었다. 처제는 필리핀에서 혼자 몸으로 아들을 키우며 산다. 아내에게는 그런 동생이 늘 아픈 손가락이었다. 그것은 아내에게 설핏설핏 손그림자로 비쳤으며, 나는 그 그림자를 무심히 밟고 있었다.

우리 부부는 작은 결심을 하였다.

돼지 저금통 부수기의 매듭을 '보고 싶은 처제 초청'으로 마무리 지었다. 그래서 하루가 멀다 하고 필리핀 상황을 알아보니 처제는 마침 방학이라 한가한 시간을 보내고 있었기에 아내의 결심과 내 생각은 두 번 물을 것도 없이 한 점에서 머물렀다. 때마침 항공편이 비수기라서 비행기운임도 저렴하고 좌석도 넉넉해 언제든지 예약이 가능하단다.

그런데 이게 웬일인가! 돼지가 한껏 움켜쥐고 때를 기다리다가 풀어낸 돈이 호주 달러로 1,125불이었는데 공교롭게도 비행기 표를 살 수 있는 돈과 딱 맞아떨어질 줄이야. 우리는 순간 '인연은 하늘이 맺어 주고 매듭은 사람이 푼다'는 말을 떠올렸다.

'돈은 제 가는 길이 있다.'

이 생각은 평소 사업을 하면서 터득한 돈에 대한 작은 철학이기도 하다. 지금 내 수중에 돈이 들어와 있어도 이 가운데 어떤 돈은 슈퍼마켓에서 파 한 단을 살 때, 또 어떤 돈은 기차를 탈 때나 아내에게 생일 선물을 할 때처럼 그 풀려나가는 길이 제각기 있다고 믿어왔다.

이런 생각은 내가 소위 잘 풀릴 때 떠올린 것은 아니다. 말 그대로 '눈물 젖은 빵'을 삼키며 둥글둥글 잘 돌아가는 돈을 구경이라도 한 번 했으면 하던 사십대 초반, 주머니에 지폐는 고사하고 동전 한 닢도 구경하기 어려웠던 시절에 어렵사리 푼돈을 모으며 나만의 애환 속에서 묘한 경외감(敬畏感)을 느꼈다는 사실을 누가 알까…….

돼지 저금통의 동전 모으기는 내 삶의 뼈저린 날들을 되새겨 주었고, 늘 그리워하던 처제를 초청하는 계기를 마련해 주었다. 플라스틱 돼지는 비록 산산이 찢긴 채 버려졌지만, 먼 이국의 처제를 만날 수 있게 귀한 희생을 치른 셈이니 그의 작은 희생에 경의라도 표하고 싶은 마음이다.

어느 재회 ○

그해 11월은 여느 겨울과 마찬가지로 매서운 바람이 몹시도 춥게 느껴지던 그런 해였다. 고등학교 이 학년 겨울 방학을 맞아 공부도 해야겠지만 친구들과 효창공원의 스케이트장 갈 생각에 벽장 안의 녹슨 스케이트를 주섬주섬 꺼내어 이곳저곳을 기름칠해 윤이 나게 닦아놓고 친구들을 기다리고 있었다.

정오 조금 지나서 문밖 초인종이 울리더니 부동산 중개업(당시는 복덕방)을 하는 사촌 형이 아주머니 한 분과 아리따운 여학생을 세 명이나 데리고 왔다. 숙명여대에서 그다지 멀지 않은 우리 집은 어머니가 방 한 칸에 여대생들을 상대로 하숙을 치고 있었는데, 낡은 일본식 집이어서 그랬는지 인기가 없어 학생이 있을 때보다는 비어있는 적이 더 많았다. 그러던 차에 들어온 하숙생인지라 나의 관심은 꽤 쏠려있었다.

경상도에서 비행기를 타고 왔다는 그 여학생들을 무척이나 잘사는 사람들이라 생각하는 순간 하얀 파카를 입은 한 여학생과 눈이 딱 마주쳤다. 그녀의 눈길은 쌀쌀맞은 것이 마치 경찰이 죄 지은 사람을 째려보는 듯해서 나는 애써 눈을 외로 꼬며 시선을 피했다. 그렇게 첫 만남의 일요일은 지나갔다.

며칠이 지난 후, 하숙을 하겠다는 여학생들만 남기고 아주머니는 부산으로 돌아갔다. 그날 건넛집에 사는 두 살 위 사촌 형이 놀러 왔다가 이들 여학생 중 한 명과 무언가 속닥속닥 밀담을 나누고 있었다. 언제부터 저렇게 알고 지냈다고 신명 나게 떠드는 모습이 은근히 얄미웠다. 그가 대학생이라는 명분으로 저들에게 대학 시험요령을 가르쳐주러 왔다는 둥 마치 애인이라도 된 것 모양 의기양양하게 수다를 떠는 게 사춘기 길목에 든 내 눈에 거슬렸나 보다.

이내 내 방으로 건너 온 사촌 형은 오늘 밤 여학생들과 윷놀이를 하기로 했는데 한 명이 부족하다며 같이 가자고 했다. 나는 땜질용이었다.

순간 묘한 감정이 일었다. 바로 내 옆방인데 거리가 멀어서 못 가겠느냐마는 이제껏 여자들하고 한 번도 섞여 놀아 본 일이 없다 보니 그냥 수락하는 것이 보통 문제가 아니었다. 해서 괜스레 죄지은 사람 모양 그 방에는 쑥스러워서 못 들어가겠기에 불편하다는 핑계로 거절하였더니, 밖에 나가서 여학생 대표 한 사람을 데려오는 것이 아닌가. 나는 수다스러운 그 여학생의 입심에 못 이겨 마치 큰 누나에게 마지못해 끌려가는 남동생처럼 그렇게 금남(禁男)의 장소에 입성하게 되었다. 사촌 형이 좋아라 하고 분위기에 장단 맞추는 모양새가 꽤 오래 사귄 연인들처럼 한편이 되어있었다.

정말 처음 들어가 보는 금남(禁男)의 방!

그때의 짜릿한 흥분은 아직도 잊지 못한다. 한발 들여놓기가 꽤 어려웠다. 마치 산속 안개 위에 발을 내리듯 엉금엉금 기다시피 들어간 기억이 지금도 생생하다. 여고생 방에서 풍기는 야릇한 향수 냄새와 벽에 걸린 여자 옷가지들 그리고 화장대에 놓인 화장품들은 어머니나 누나에게서 본 것과는 느낌부터가 사뭇 달랐고, 마치 세상에서 처음 보는 물건인 양 긴장이 되고 부끄러워서 고개를 제대로 들 수가 없었다.

편히 앉으라는 말에 겨우 여유를 갖고 윷놀이를 하기 위해 편을 나누게 되었다. 일본식 편 가르기 '덴~찌'를 외치며 세 팀으로 편을 나누었는데, 나는 첫날 겸연쩍게 눈이 마주친 여학생과 행운인지 불행인지 한편이 되었다. 서먹서먹한 분위기 속에서 통성명은 이루어졌고, 그녀의 이름은 '봉녀'라 했다. 하도 이름이 촌스러워서 웃음이 스멀스멀 올랐지만 꾹 참았다. 나중에 안 사실이지만 수다스러운 대표 여학생이 이 학생을 '여보 옹~'이라고 불렀고, 그 말을 거꾸로 하면 '봉녀'가 되었다.

즐겁게 끝이 난 윷놀이에 이어서 '여보 사랑해'라는 게임에 들어갔다. 난생처음 여학생과 손바닥도 마주치면서 '여보 사랑해'를 외치니 어느새 스스럼없는 친구가 되었고, 그날은 뜻밖으로 나에게 조그마한 인연의 끈을 가져다준 행운의 밤이 되었다.

며칠 후, 화장실을 가려는데 파트너였던 봉녀가 눈짓으로 나를 부르더니, 손에 종이쪽지를 주곤 자기 방으로 쏙 들어가 버리는 것이 아닌가. 얼떨결에 받아 든 종이를 몰래 봐야겠다는 생각에 화장실로 냉큼 달려갔다. 거기에는 이렇게 씌어 있었다. '너만 알기를. 일곱 시 ○○○ 빵집'.

귀가 먹먹해지고 머릿속이 하얀 백지가 되는 느낌에 가슴이 철렁 내려앉았다. 처음 만나 신이 나게 놀면서 무슨 잘못이라도 했나? 하는 자책을 하며 한편으로는 하숙 생활에 대한 불만을 어머니 대신 만만한 나한테 따지려고 하는 건지도 모른다는 종잡을 수 없는 생각도 들었다.

시간이 채 되기도 전에 약속 장소에 그녀가 먼저 와 기다리고 있었다. 긴장과 약간의 불안감을 가진 채 말없이 앉아있으려니, 그녀는 당돌하게도 대뜸 "우리 사귀자. 나는 네가 좋다."고 하는 게 아닌가. 나는 어안이 벙벙했다. '고3인 여학생이, 그것도 이름난 부잣집 딸이 한 살 아래인 하숙집 아들에게 사귀자고 하다니. 경상도 여자는 보통이 아니라더니 정말 대단하네.'

건성으로 고개를 끄떡임으로 반승낙한 후, 둘은 한집에서 함께 외출하는 사이가 되었다. 거의 매일 우리는 능숙한 연인처럼 스케이트장도 다녔고, 팝송을 틀어주는 분식집에서 매운 떡볶이를 서로 먹여주기도 했으며, 추운 덕수궁 돌담길을 걷는 등 연애의 기초를 풋풋하게 다져가고 있었다. 그렇게 깊어만 가던 우리의 애틋한 맘과는 달리 시간은 어느덧 흘러 한 달 뒤, 그녀는 대학시험을 치렀고 아쉽게도 떨어지고 말았다. 시험 발표 후 그녀는 곧바로 고향으로 내려갔고 몇 번의 편지가 오가던 중, 이젠 내가 고3으로 겪어야 할 지옥의 레이스에 서서 일 년을 대학 입시에 몰두하며 자연히 소원하게 되었다. 'Out of Sight Out of Mind'라고 했던가…….

그녀와의 만남은 내가 대학 합격이 되고서야 다시 이루어지게 되었다. 거의 일 년을 만나지 못한 채 몇 번의 편지만을 주고받았는데, 첫사랑의 재회는 더 애절한 사랑으로 변하든지 아니면 식어 버려 실망으로 남는다는데 내 경우에는 후자가 되고 말았다. 빡빡머리에 베레모를 눌러쓰고 몰래 골목으로 숨어 다니며 느꼈던 풋풋한 감정은 그 겨울 눈 속으로 파묻혀 버렸는지 기억에서 아스라해져 갔다. 헤어질 때 특별한 기억이 없는 걸 보니 서로 그렇게 애절하지는 않았나 보다. 한때 이성의 해우소(解憂所)가 되어 가슴으로 찾아왔던 큐피드는 첫사랑의 풋내를 해프닝으로 남긴 채 그렇게 떠나갔다.

그리고 이 년이 흘렀다.

군인이 되어 이등병으로 첫 휴가를 나왔는데, 그런데 이게 누구인가, 우연히 서울역 앞에서 그녀와 딱 마주쳤다. 처음엔 서로 알아보지 못하다가 어렴풋한 기억을 겨우 끄집어내며 내가 먼저 말을 꺼냈다.

혹시 "봉녀?" 하지만 까맣게 그을리고 볼품없이 마른 나를 보고 실망할 것 같아 숨고 싶었다. 하나 자세히 뜯어보니 그녀도 그간 세월에 어떤 변화가 있었는지 외모가 몰라보게 바뀌어 피장파장이란 생각에 일부러 외면하지는 않았다.

귀티 나게 예뻤던 하얀 천사는 어디 갔는지 찾을 수가 없었다. 게다가 하필 돈이 떨어져서 친구더러 돈을 가지고 나오랬다며 공중전화 옆에서 친구를 기다리고 선 모습은 처량해 보였고, 비가 와서 그랬는지 몰라도 머리카락이 꾀죄죄하게 갈래갈래 헝클어진 것이 왜 그리 초라해 보였는지.

하여간 겉으로는 기쁜 척 인사를 건넸지만 속으로는 괜히 마주쳤다는 생각이 들었다. 그래도 "돈이 얼마나 있으면 집에 갈 수 있느냐?"고 물으니 천 원만 빌려 달라고 했다. '빌려줘?' 다시 만나고 싶은 생각이 싹 달아났지만 이등병 군인의 그 알량한 지갑에서 거금 천 원을 얼른 꺼내주고는 말없이 귀대 기차로 서둘러 뛰어갔다.

어느 시구(詩句)에서 '첫사랑은 삶을 풍요롭게 하고 가치 있게 만든다' 하고, 또 어떤 시인은 '첫사랑의 꿈이 깨어질지라도 다시 돌아갈 수만 있다면 바다에 몸을 던질 수 있다'며 애달픈 목소리로 노래하고 있다. 시인들의 감정이 다양한 것은 각자 자신이 처한 상황에 따라 해석이 다를 수 있기 때문이라는 생각이 든다.

나의 첫사랑에 대한 느낌은 '삶의 청량제 같은 것'이며, '세상을 아름답게 보게 한다'라는 점에는 공감하지만, '다시 첫사랑의 시절로 돌아갈 수 있다면, 벼랑 끝에 서서 파도가 가장 높이 솟아오를 때 바다에 온몸을 던지리라' 하는 것과는 거리가 먼 것이었다.

그날 서울역 앞에서 재회하지 않았더라면, 기억 한편의 첫사랑은 매 순간 내 삶 속에서 환희로 살아 숨 쉬고 나만이 맡을 수 있는 비밀스러운 향내로 새록새록 피어올랐을 텐데, 아름다운 첫사랑의 꿈은 귀영(歸營) 기적 소리와 함께 날아가 버리고 말았다.

'첫사랑은 아름다운 기억으로 평생 마음 한편에 남겨 두는 것인데……' 하는 아쉬움을 남기고…….

인터넷 시대의 말하기

언제부턴가 내가 이야기를 시작하면 한 친구가 손가락 세 개를 펴 들어 보였다. 대체 저게 무슨 뜻인가 했더니, 내가 말을 길게 하는 경향이 있어서 줄여줄 심산으로 고안해 낸 그만의 톡톡 튀는 아이디어였다나. 손가락 한 개가 일 분으로 삼 분 내에 끝냈으면 하는 옐로카드(yellow card)인 셈이다. 좋은 뜻으로 받아들이면서 이제는 남에게 핵심만 이야기 하는 버릇을 들이는 중이다.

요즘은 뭐든 길고 느린 것은 괄시받고 짧고 빠른 것을 선호하는 세상이다. 그러기에 짧고 간결한 글쓰기는 시대적 요청으로 피할 수 없다. 물론, 공적으로 시간을 정해놓고 강연을 한다거나 개그맨 같은 말 재주꾼의 이야기를 듣는 것은 시간 가는 줄 모르지만, 말하려는 행위에 앞서 경청하는 일에 70%를 할애하는 것이 좋다는 충고가 귀에 따갑다. 매일 주고받는 전화통화로부터 숱한 사람과의 만남까지 '어떻게 하면 간단명료하게 말을 잘할 수 있을까?' 하는 명제는 쉬운 듯하면서도 어려운 일인데, 어느 날 무심코 읽은 댓글에서 힌트를 얻었다.

'말은 짧으면서도 풍부하고, 유익하면서도 재미있어야 한다.'

'짧음·풍부·유익·재미' 이 네 단어가 눈에 쏙 들어왔다. 말의 필요충분조건이 기가 막히게 들어있어서인지 '옳소!' 나도 모르게 소리쳤다.

의사전달을 하는 내용이 귀에 솔깃해야겠지만 그 행보는 짧고 빠른 가운데 깊은 사유가 담겨야 한다. 여기에 재치까지 넘친다면 얼마나 좋을까. 어려서부터 말하는 법을 제대로 익히지 못한 탓에 지금이라도 배우려는 자세로 네 단어를 새롭게 새겨 보았다.

비록 오류를 범할 수도 있겠지만, 이 네 가지를 가장 완벽한 조건이라 가정하고, 그것을 바꿔가며 지극히 주관적인 나만의 가상 점수를 매겨 보았다. '재미난 골에 범 난' 줄 모른 채 살살한 재미 속으로 빠져들어 갔다.

먼저, 내용이 풍부하고 유익하며 재미도 있는데, 말하는 시간이 길다면 어떨까.

아무리 점수를 많이 준다고 해도 60점 이상은 후하다는 생각이다. 말이 길어지면 내용이 풍부해도 지루하다. 비록 유익한 말이라도 호소력이 떨어져 흥미를 잃기 쉽다. 기도나 주례사 또는 각종 행사장의 축사와 교장 선생님 말씀이 인기가 별로 없는 건 대표적인 지루한 말로 암유(暗喻)되는 까닭이다.

요즘은 말을 짧고 굵게 할수록 박수를 많이 받는다. 아는 지식을 엿가락처럼 늘리기 좋아하는 사람은 말을 시작한 지 삼 분도 안 돼 자기도취라는 덫에 씌워져 시간개념이 실종된다. 엄청난 민폐라면 민폐다. 만약 가족이 지켜본다면 내내 불안해하며 독백으로 되새기지 않을까.

'또 길게 하는구먼, 제 버릇 어디 가겠어. 집에서 나올 때 단단히 일렀건만.'

주위 사람들의 늘어지는 하품에 얼굴이 화끈 달아오를 게다. 유명 S 교회 장로의 기도는 그의 키처럼 길기로 유명해서 담임목사님이 단상에 오르는 그에게 사전에 담판을 지었다고 한다.

"오늘 기도는 삼 분을 넘기지 말아 달라."

특별히 경고하였는데도 마지노선인 삼 분을 지나 십 분을 넘어가기 시작했다. 이제 그만하라는 수신호를 보냈건만 결국 삼십 분을 넘겨 목사님과 동료의 손에 끌려 내려오며 하는 말이 가관이다.

"이제 다 끝났어요, 조금만 더 하면 끝나는데……."

참으로 웃지 못할 실화다. 본인은 아쉬움을 느낄지 모르지만 스스로 제어할 수 없는 올무에서 빠져나오지 못하는 사람에게 60점이라는 점수도 과하다. '가루는 칠수록 고와지고, 말은 할수록 거칠어진다'라는 옛말이 긴말, 거친 말들에 경고의 불을 켠다.

두 번째로는, 말이 짧고 유익하며 재미도 있는데, 내용이 빈약하다면.

글쎄, 이런 경우엔 유익하기도 쉽지 않겠지만, 주어지는 점수 또한 50점이나 될까. 아무리 짧게 하는 걸 선호하는 시대라 해도 전달 내용이 제대로 담겨 있지 못하면 횡설수설로 들린다.

내용이 부족하면 아무리 깊은 뜻을 표현해도 전달력 상실이며 게다가 우스갯소리라도 하면 비싼 밥 먹고 싱겁다는 소리나 듣기 십상이다.

예전에는 '남아일언 중천금(男兒一言 重千金)'이요, '침묵은 금이다', '경청은 가장 위대한 웅변'이라고 둘러대며 말을 아꼈지만, 요즘은 말주변이 없다든지 유머감각이 떨어지면 인기가 없다. 결혼 정보 회사의 신랑감 일순위 요건에도 유머 감각이 있는 언사(言辭)가 보증수표처럼 들어있다.

세 번째로, 짧으면서도 내용이 풍부하고 재미도 있지만, 유익하지 않다면 어떨까. 최대 40점이라 할 수 있겠다. 말이나 행동은 때와 장소에 어울려야 제격이다. 너무 교육적인 말은 딱딱하지만, 백해무익한 말은 차라리 하지 않음만 못하다. 40점이라는 점수도 과하며 때에 따라서는 빵점(0)이나 보너스로 욕까지 얻어먹기에 십상이다.

해로운 말이 어떤 것인지는 상황에 따라 크게 영향을 받는다. 때로는 현실에 아주 민감한 정치나 각자의 생활양식인 종교에 배치되는 말을 할 수도 있고, 또는 분위기에 맞지 않는 음담패설이 한 예가 되겠다.

정치적 대립각을 심하게 세우거나, 종교 간 비방하는 것은 참담한 결과를 초래하며 심한 경우 서로에게 폭탄을 던지는 꼴이 된다. 또한, 성적 수치심을 유발하는 세 치 혀끝의 결과 역시 참담할 수 있다. 실제로 지성을 갖춘 숙녀들 앞에서 모욕적인 성희롱을 유머랍시고 했다가 의원직을 박탈당한 망신살이 뻗친 경우도 있었다.

마지막으로, 짧지만 내용이 풍부하고 유익한데, 아쉽게도 재미가 없다면.

앙꼬(팥소) 없는 찐빵을 두고 한 말이 이런 것일지도 모르겠지만, 최대 80점을 부여하고 싶다. 적절한 비유나 유머가 결핍되면 양념이 덜 들어간 음식을 먹는 것과 다를 바 없겠다.

유행하는 유머 한두 마디나 젊은 세대의 말을 익히는 노력이 부질없는 짓이 아니다. 예전에 할아버지에게서 듣던 옛것의 소중함이나 조상님의 고생한 이야기는 솔직히 지루할 때가 많았고, 또 일부 목사님 설교나 스님 설법 또한 백 번 뒤집어 보아도 유익하긴 한데 금세 졸음이 올 때가 있다. 이런 면에서 내용이 깊고 풍부한 동양철학이나 고문(古文)에 현대 감각의 재미까지 더하는 도올 선생의 강의는 가히 일품이고 감동적이다.

구경 삼아 사견으로 시작한 채점이 이렇게 끝났다.

인터넷 시대에 말하기라는 제하에 꼭 명답이 있거나 결론을 낼 문제는 아니다. 과연 이 네 가지 조건이 초고속 시대를 사는 인터넷 세상에 손색이 없는가를 다시 한 번 메모해 보았다. '짧되 풍부하고, 유익하면서도 재미있게' 그리고 여기에 말의 '진실성'을 추가하면 이보다 더 좋을 수가 없겠다.

말하는 연습은 꾸준히 이루어져야 한다. 짧게 요점을 정확히 말하는 일이 말처럼 쉽지가 않다. 수필도 삼매 수필, 오매 수필이라 하여 점점 짧아지는 가운데 내용이 풍부하며 유익하더라도 흥미가 있어야 끝까지 읽히는 현실은 어찌할 수 없는 대세이다.

시대는 강물 따라 흘러가는데 인터넷 시대의 문학도 변신을 해야만 살 수 있다는 말이 어제오늘의 이야기가 아니다. 작가의 글도 기왕이면 제목부터 흥미를 유발해야 하고, 첫 연(聯)부터 오묘한 향수를 뿌린 듯 매력을 끌어, 낯선 듯한 신선미가 갖추어지면 금상첨화다. 그렇듯, 말도 시선을 끄는 화두와 함께 풍부한 뜻이 곳곳에 스며들고, 재미까지 더한 유익한 시간이 된다면 말의 살찌가 흐드러지게 핀 꽃밭을 걷는 기분이겠다.

언사만이 아니라 인생도 그에 걸맞게 짧더라도 풍부한 삶을, 그리고 남에게 이로우면서도 재미나는 삶을 살고픈 마음 하나를 품는다.

오늘부터 말할 기회가 오면, 무조건 삼 분 이내로 마침표를 찍어야겠다.

인터넷 시대의 말하는 법 속에서 그간 해 온 말을 생각해 보면, 얼마나 많은 사람이 지겹게 느꼈을까 하는 후회가 밀려온다. 내 깐에는 신명 나게 했어도, 풍부하지도 유익하지도 못하면서, 더욱이 재미까지 없는 이야기를 인내를 가지고 들었을 이들에게 슬며시 반성의 꼬리를 늘인다.

'아, 그런데, 오늘 이 글도 꽤 길어졌네…….'

오, 아떼여!

사람 위에 사람 없고, 사람 밑에 사람 없다고는 하나, 눈을 조금만 돌리면 곳곳에 갑과 을의 관계가 질펀하다. 나보다 높은 직위나 부를 거머쥔 사람들을 보면 누구나 부러워한다. 반면, 내가 부리는 듯한 사람과는 어깨를 나란히 하지 않으려는 건 인지상정인지 아니면 나만이 가진 배타적 소아병적 생각인가.

남을 함부로 차별하면 안 되지만 남도 나를 차별할 권리는 없다. 나라 간에도 은근히 갑과 을의 관계가 존재한다. 그러기에 나라도 잘살아야 외국에 나가서도 내 나라에 자긍심을 느낀다.

필리핀은 예전에 우리나라보다 잘살았던 나라다. 최소한 60년대까지는 아시아에서 일본 다음으로 부유한 나라였다. 그런 나라에 처제가 조카를 데리고 유학을 가서 현지인들과 겪은 갑과 을에 대한 이야기가 생각난다.

필리핀은 지리적으로 우리나라에서 멀지 않고 저렴한 물가와 친절한 국민성을 이유로 부담 없이 유학을 보내기에 안성맞춤인 나라이다. 더구나 비싼 돈을 들이면서 말도 잘 안 통하는 반벙어리 취급을 받는 백인 중심의 나라들에 비해, 여왕 마님 대접까지 받으며 살 수 있는 매력 만점의 나라로 인식되고 있는데 바로 '아떼'라는 가사 도우미의 사회 기능 때문이다.

그래선지 동남아시아에서 살다 한국으로 돌아가는 사람들 사이에서 공공연히 회자하는 유머가 있다. 이야기인즉슨 이곳에서 살다가 돌아가는 한국 여인네들은 세 번 울고 간다고 한다. 처음 왔을 때는 어떻게 이런 후진국에서 사느냐고 울고, 그 후로는 살면 살수록 편하고 좋아서 두 번째로 울고, 마지막으로 떠나면서 이렇게 좋은 곳을 두고 어찌 떠나느냐며 억울해서 운다고 한다. 진짜 그렇게 좋은가. 하긴 호주인들이 노인복지 수당을 받을 나이가 되면, 삶의 반은 호주에서 살고 또 반은 필리핀에서 산다는 비밀이야기가 공공연히 돈다.

아떼란 어떤 존재인가.

아떼란 가사 도우미로 이십여 년 전에만 해도 우리 사회에서 속칭 '식모'라고 불리던 직업에 해당한다. 필리핀 원어로 아떼는 '언니'라는 뜻인데, 한국 사람들이 일일이 그들의 이름을 부르기보다는 입에서 쉽게 발음되는 탓에 아떼라는 단어로 대신하곤 한다. 정확히 말하면 '메이드(maid)'라고 하겠지만, 왠지 아떼라는 어감에서 오는 친밀감 때문에 더욱 그렇게 부르는지도 모르겠다.

급여가 비싸지 않기에 대부분 한국 가정은 이들을 어렵지 않게 고용한다. 하지만, 이들과의 동거가 꼭 달기만 한 것은 아니다. 동전의 양면처럼 쓴맛도 있기에 그들을 대할 때 심사숙고해야 한다. 아떼 중에는 친절하고 착한 사람도 많지만, 아등바등 사는 딱한 그들의 처지를 보면 측은지심이 들어 마음 주고 돈 주는 정에 약한 한국인을 농락하는 간 큰 아떼도 적지 않다. 인정에 선심 베풀다 배신당하는 설움으로 가슴에 시커멓게 멍이 드는 일이 부지기수란다.

가끔 뉴스를 통해 한국 사람이 필리핀을 위시해서 동남아시아 노동자에게 인종차별에 비인간적인 대우를 일삼는다는 소식을 접한다. 그럴 때면 아무리 동족이지만 쌍심지가 돋는다. 반대로 아떼로 말미암아 동족의 가슴앓이 소식을 들으면 아니할 소리이지만, 인간세계에 차별의 계단 존재를 그대로 가지고 가야 한다는 믿음에 스스로 빠져들기도 하니…… '사람 사는 거 참 우습구나. 이런 나도 참사람에 들 수 있을까'라는 생각에 마음이 무거워진다.

필리핀에 간 지 6년째인 처제는 그동안 별별 일을 다 겪었단다.

오자마자 동족에게 사기당한 일, 같은 교인에게 인간적으로 실망한 일 등 크고 작은 사건이 있었으나, 가장 가슴 아픈 일 중 하나는 가족같이 여기며 나름 온갖 선심을 베풀고 믿었던 아떼에게 당한 배신감이란다.

아떼 중에는 드물게 남자도 있다. 처제가 고용한 아떼가 그러했다. 그는 한국 음식도 잘하고 눈치도 빨라 월급에 용돈도 덤으로 얹어주며, 진짜 가족같이 따뜻하게 대해 주고, 심지어 월급의 몇 배에 달하는 거금을 은행을 대신해 선뜻 융통까지 해주었다. 그

신임도는 상상 이상으로 두터웠는데, 그 녀석은 그만 복에 겨웠던지 주인의 온정을 충성이 아닌 배신으로 되돌려 주었다.

하루는 처제 부부가 결혼기념일을 맞아 세부(Cebu)로 여행을 가려고 새벽부터 공항에 나가게 되었다. 물론 아떼에게 주인이 없는 동안 집을 잘 지켜달라는 당부와 함께 용돈까지 덤으로 주면서 말이다. 그런데 공항 가는 도중에 빠뜨리고 온 물건이 생각나서 급히 자동차를 돌려 집으로 가 보니, 웬 남자가 집 창문을 열고 짐을 열심히 내리고 있는 것이 아닌가! 이게 웬 난리! 주인이 여기에 눈을 시퍼렇게 뜨고 서 있는데, 아닌 밤중에 홍두깨도 유분수지. 그런데 이 층 창문으로 짐을 내리는 사람을 자세히 보니 바로 그토록 믿었던 아떼가 아닌가.

'오! 아떼여……'

그는 도둑질을 한탕 하고는 멀리 떠나려던 참이었다. 물론 경찰에 신고하여 철창행이 되었지만, 이 일로 받은 충격이 얼마나 컸던지 시간이 지나도 눈에 보이는 모든 아떼가 두렵고 그들의 일거수일투족에 의심이 가곤 했다는 이야기이다.

비슷한 다른 사람의 경험도 황당하고 어처구니없기는 마찬가지이다. 그의 집에는 남편과 별거하면서 두 딸을 근근이 키우고 있는 아떼가 있었다. 이모저모 측은한 마음에 그의 딸이 방학을 맞이하면 먼 지방에서 엄마가 있는 마닐라까지 데려와 한 집에서 기숙하면서 모녀간의 달콤한 시간도 만들어 주었다. 그러곤 틈틈이 배신하지 말라는 약발로 용돈까지 모녀에게 챙겨주며 이들에게 꿀 같은 휴가까지 내어준 것인데, 그녀는 외출해서 돌아오지 않았다. 그 길로 더 나은 곳이 있는지 아무런 통보도 없이 도망

32

을 간 것이었다.

돌아온다는 약속을 해 놓고 돌아오지 않는 애인을 기다리는 심정으로 속이 타다 지쳐 버릴 즈음, 어느 날. 우연히 산책길에서 낯익은 요란한 웃음소리가 바람을 타고 귓가에 들려오는 게 아닌가. 고개를 돌아보니, 그렇게 목 빼고 기다리던 아떼가 그곳에서 한바탕 수다로 친구들과 깔깔거리고 있었다.

그런 아떼와 눈이 딱 마주친 그 순간, 전에 있던 그녀의 공손함과 순진함은 온데간데없이 고개만 까딱거리면서 눈인사만 건네더란다. 건방이 하늘을 찔러도 유분수지. 그동안 쌓은 정이 얼마이고 선심으로 베푼 인정이 곰비임비 얼마인데!

그 상황이 믿기지 않아서 자세히 알아보니, 두 달 전에 사라진 바로 그 아떼가 원 주인집에서 불과 50m 가량밖에 떨어지지 않은 곳에서 월급을 더 받는 조건으로 다른 얼굴의 아떼로 뻔뻔한 생활을 하고 있었던 것이었다.

배신을 한 두 얼굴의 겁 없는 아떼를 그대로 둘 수 없어 전원주택의 대형 단지, 일명 '빌리지' 관리사무소에 신고하여, 이 주 뒤 그곳에서 영구 추방(?)이라는 처벌을 받아냈다고 한다. 수십 또는 수백 채를 관리하고 있는 빌리지에는 나름대로 규칙이 있어, 정식 또는 묵계에 의한 노동계약을 통해 도둑질, 불량행위, 예고 없는 무단가출과 일하는 집을 임의로 옮기는 등의 경우를 계약 위반으로 규정하고 이를 관리사무소에 신고하면 질서를 잡기 위한 '빌리지 내 퇴출'로 집 주인의 권익을 보호하고 있다고 한다.

자식 영어 공부시키러 왔다가 좋은 아떼 만나 팔자에 없는 마님 대접까지 받고 사는 것은 호강에 겨운 좋은 추억이다. 하지만

일 년 중 대부분이 복(伏)날 같은 복달임 속에서 아뗴 때문에 속을 끓이며 떠올리고 싶지 않은 일들을 마주하게 되면, 잠깐일지라도 '사람 사는 곳은 다 이런가?' 하는 불신의 늪에 빠진다. 어떻게 받아들여야 할지 고민하다 결국 몸은 고달프더라도 아뗴 없는 평온한 삶을 택하는 집도 늘고 있다는 소식이다.

'믿을 것도 사람이고 믿지 못할 것도 사람인가' 가슴앓이 하다가 시커멓게 뭉그러져 가는 인성을 어디에서 찾을까. 아뗴 없이는 하루도 살 수 없는 그곳에서, 그들은 '오! 아뗴여 어디로 가시나이까?' 하며 아뗴와 더불어 살아야만 하는 숙명의 끈을 풀었다 당겼다 하면서 사는가 보다.

필리핀의 이야기를 들으면서, 화가 나거나 흥분되어 때때로 맞장구도 쳐주었지만 그래도 뜨거운 햇볕 아래 몸수고를 대신 해주는 그들이 있어 행복한 비명으로 들리는 건 무슨 까닭일까. 그래도 그대는 갑인걸……

아호(雅號) 단상 〇

오래전엔 나이에 따라 부르는 호칭이 대개 서너 개쯤 있었다. 어려서 붙인 이름을 아명이라 했고, 이십 세가 되어 성인식을 치르면 약관이라 하여 자(字)가 주어졌다. 요즘 세상과는 비교가 안 되게 여러 이름이 붙여진 셈으로, 한 사람에게 아명과 자 그리고 호가 단짝처럼 붙어 다녔다.

아호란 문인이나 예술가들이 별호나 호 대신에 부르는 호칭이다. 사실 점잖은 체면에 나이 든 사람의 이름을 마냥 불러대기보다는, 아호나 필명 또는 호를 만들어 서로 불러주는 것이 남 보기에도 좋을 성싶다.

작가들은 대부분 필명을 가지는데, 나이에 상관없이 호를 부르면서 '선생' 또는 '선생님'을 함께 곁들여주어 서로 간에 격을 높이려 함이 인상적이다. 호(號)는 예술인들, 특히 문인만의 전유물은 아니지만 아무래도 문인이 많이 사용하고 있는 편이다. 근자에 알게 된 작가의 경우도 호를 사용하여 으레 시인이나 작가가 되면 호를 가져야 한다는 상례가 있어 보인다.

더러는 예술인이 아닌 지인 중에도 일찍이 학창시절 은사로부터 받았다는 사람도 있고, 서예를 배우던 시절에 서예학원에서 받았다는 사람도 있다. 다만 보편화 되지 않은 탓에 혼자 쓰기가 겸연쩍어 사용하지 않다가, 자연스럽게 호를 사용하는 나를 보고 넌지시 자신의 호를 꺼내는 사람도 있었다.

나와 함께 고려문화포럼에서 활동하고 있는 몇 분의 호에 다가가 보자. 한 분은 당당한 체격으로 사업도 왕성하게 했던 분인데, 몸을 낮추며 산다는 의미로 '작은 돌'이라는 소석(小石)을 호로 쓰고 있다. 또 한 분은 착한 성품의 '인박(仁博)'이라는 작가인데, 이 분의 아버님이 착하게 덕을 베풀며 살라고 지어주신 이름이라 한다. 여성분으로는 외로운 듯한 이름을 벗고 싶어 시인이 되자마자 필명을 받아 든 '백경(帛景)'이란 분이 있으며, 디자이너답게 '소율'이란 호를 가진 분도 있다.

요즘 간간이 지인으로부터 호를 지어달라는 과분한 부탁을 받을 때가 있다. 얼마 전, 네 살 연배인 지인 두 분이 호를 갖게 된 사연이 재미나다. 미수(美壽)도 훌쩍 넘은 나이에 적절한 호를 지어달라고 하여 노년의 멋도 있겠다 싶어 서둘러 별궁리에 들어갔다. 한데 신기하게도 이들을 위해 탄생한 호는 출처가 분명히 다른 데도 형제처럼 '우' 자 돌림이 되고 말았다.

한자로는 서로 전혀 다른 '우' 자인데, 한 분은 '우봉(羽峯)'이고, 또 한 분은 '우보(牛步)'라는 호를 건네받았다. 두 사람이 함께 있을 때면 헷갈리는 것이 흠이기는 하지만, 서로 자기의 호를 애지중지하면서 '호' 길들이기에 바쁘다.

우봉이란 호는 깃 '우', 봉우리 '봉'으로 사업의 최고봉에 오르라는 바람이 담겨있다.

또 한 분에게는 평소 성격이나 사업에도 잘 어울리는 호를 생각하다가, 마침 소의 해로 '우보천리(牛步千里)'라는 사자성어가 회자하고 있었기에, 그의 준말인 '우보'로 정하고 그 뜻을 전했다.

말은 빨리 달린다 해도 천 리를 가기 어려운 데, 소는 느린 걸음이지만 한 걸음씩 묵묵히 쉬지 않고 천 리를 간다는 호의 의미를 듣고는, 무척 흡족해 하며 진수성찬 초대까지 해주었다. 식사 중에 평소 과묵하기로 소문난 사모님이 남편의 우보라는 호를 접한 첫 마디가 장내를 웃음바다로 만들었다.

"우보라고요? 아니 왜 울보라고 하지 그랬어요?"

기발한 해학이다. 우보라는 말에서 사모님은 남편을 향한 첫 부름으로 우보가 아닌 울보를 떠올렸다.

"건배합시다, 고맙습니다."

무르익는 분위기에 와인 잔을 부딪치며 우보라는 호를 남편보다 내심 더 좋아하는 듯 보였다.

지인의 호를 소개하면서 정작 내 호에 대한 설명이 없을 수 있겠는가. '도담'이란 호는 어디서 왔는가.

성명학에서 좋은 이름은 뜻도 좋아야 하고 부르기도 듣기도 좋아야 한다는데, 도담(道潭)이란 호는 이런 범주에 잘 들어맞는다는 자화자찬은 영락없는 팔불출이다.

이 호는 어머니가 어릴 적 불러주던 나의 애칭이다. 이제 이름을 대신하여 지인들이 불러줄 때마다 살갑고 정겹기 그지없다.

어머니는 삼십대 초반에 혼자되어 세 살배기 막내아들인 나를 안고는 "불아 불아 불"을 읊조리며 흐득대다, 한 손에 들어오는 어린 발을 꼭 쥐고, "더 자라지 말고 요렇게 계속 앙증맞았으면 좋겠다."면서, 이름 아닌 이름을 불렀단다. '도담이'나 '도담아주'라는 정체불명의 애칭으로 어려서부터 이미 귀에 못이 박히게 들어왔다.

시인으로 문단에 등단할 즈음, 작가 대부분이 성명보다는 호를 사용하는 것이 부러워 평생 불릴 참신한 호가 욕심처럼 들러붙었다. 곧 떠날 기차에 오르듯 급하게 여기저기 부탁한 후 며칠 안 되어 멀리 캐나다 작가로부터 해송(海松)이란 호가 도착했다. 한데 다른 사람이 이미 사용하고 있다는 후문이어서 아쉽게도 사용하지 못하고 다시 영절스러운 호에 목말라하고 있었다.

때마침 필리핀에 사는 문우지정인 처제가 호주에 다니러 왔다가, 호가 필요하다는 이야기를 듣더니, 나의 어린 시절에 어머니가 불러주었다는 도담으로 제안을 하게 되었고, 아내도 대뜸 "맞아 바로 그거야!" 하면서 맞장구를 쳤단다. 해 질 무렵 쇼핑에서 돌아온 이들은 꾀주머니를 꺼내듯 이구동성으로 소리쳤다. "멋진 호가 생각났어요. 도담 어떠세요?"

처제와 아내가 싱글벙글하면서 제안한 이 호칭을 듣자마자 마치 돌아가신 어머님이 불러주시는 것 같은 착각이 들어 깊은 모성이 도리깨를 쳤다. 단숨에 호로 선택된 그 한마디는 꿈속에서 손이라도 잡아보고 싶고, 목소리라도 듣고 싶던 어머님의 음성이었다. 생전에 수십 년간 나를 불러주던 '도담'은 저녁 내내 가슴을 콕콕 헤집는 그리움이 되어 겹겹으로 마음 한편에 눌러앉았다.

'통통하고 복스러운 아이'를 보고 '도담스럽다'고 하는데, 한문으로도 의미를 얹어 '도를 담는 못(道潭)'이란 한자를 골랐다. '하늘의 천명을 따르는 것이 성(性)이요, 성을 따르는 것이 도(道)'라는 중용 첫 구절이 떠올랐고, 희생적인 어머니의 내리사랑 위에 성현의 지혜를 담는 채찍과 당근이 되었다.

작명이 좋다고 잘살라는 법은 없지만, 호에 담긴 의미를 제대로 소화하며 살아야 한다. 그렇지 않으면 이름의 무게에 눌려 호 값은 고사하고 빚만 지는 삶을 살게 된다. 사랑과 도가 담긴 이름 값에 충실하며 받은 사랑을 베풀고 담긴 도를 마르고 닳도록 퍼주며 산다면, 정신적으로 충만한 카타르시스를 느끼며 살 수 있지 않을까.

남들이 불러주는 아호 속에서 어머니의 따뜻한 음성이 들려온다. 오늘도 호를 통해서 나를 부르던 어머니를 만나는 기쁨과 더불어 멋진 글은 못되더라도 졸작을 지어 제목 옆에 호를 곁들이는 기쁨은 나만의 애상(愛賞)일까.

○ 천사와 악마

죽은 여인보다 더 가엾은 여인은 잊힌 여인이라는 마리 로랭생의 시 구절이 있다. 내 기억에도 깊이 잊히지 않는 한 여인이 있다. 그녀는 사춘기 적 솜사탕같이 부드러운 첫사랑이 아니라 딱딱한 독일어를 가르치던 노처녀 선생님이시다.

당시는 '군사독재 제3공화국 타도!'를 외치며 전공과목이 '데모학'이기라도 한 듯 거리로 나서던 때다. 낮엔 학교에서 데모 전략을 세우고 밤이면 막걸리 집에서 이념동아리 선배의 결의에 찬 열변을 들으며 청춘을 바치느라, 그 흔한 미팅이나 연애에 정신 쏠을 겨를이 없었다. 길거리를 나서며 작전을 짜는 데모가 당시 유행하던 통기타를 치며 여자를 사귀는 일보다 더 좋았다. 입학해서 만난 친구 Y와 단짝이 되어 동아리에 가입하여, 동성 간 연애라도 하듯 눈만 뜨면 만나고 잠잘 때만 떨어져서 지낸 까닭으로 그 우정의 끈이 지금껏 이어지고 있다.

입학 초부터 소위 불량학생이 되어 비싼 향토장학금(등록금)을

40

내고도 수업시간에 들어가지 않는 결례가 잦아졌다. 더욱이 일 학년이지만 데모주동자가 되어 강의시간을 밥 먹듯 빼먹었으니, 다른 공부도 그러했지만, 특히 내 인생의 악몽과도 같은 독일어 시간에는 얼굴도 내비치지 못하는 실정이 되었다. 그래도 공포의 시험은 죽음의 그림자처럼 영락없이 찾아왔다.

교양과목이기에 한 과목이라도 이수하지 못하면 졸업을 할 수 없는 규정으로, 무슨 수를 써서라도 통과해야 했다. 드디어 악몽 같은 시험 시간이 되었다. 당일치기로 밤을 새워 달달 외운 덕인지, 과락(科落)을 면할 수 있게 된 그때의 기분이란 바람 먹은 풍선처럼 하늘을 붕붕 날아다닐 것 같은 기쁨 그 자체였다. 가장 난관이었던 속칭 '죽일어'인 독일어 시험을 잘 본 탓인지 이후 데모에 더욱 열중하며 늦은 밤까지 학교 근처를 배회하고 다녔다.

그러던 어느 날, 그림자 같은 단짝 Y와 함께 독일어 선생님의 달갑지 않은 호출을 받았다. 시험을 간신히 턱걸이 했든 말든 통과를 했으면 그만인데 긴급호출이라니, 불길한 예감에 가슴이 덜컹 내려앉았다. '죄 지은 놈 옆에 오면 방귀도 못 뀐다'는데, 우리는 아무런 대책도 없이 무거운 발걸음을 끌며 선생님 방으로 향했다.

육중한 문 앞에서 서성이다가 넉살 좋고 뱃심이 두둑한 그 친구가 먼저 들어가겠다고 호기를 부렸다. 영문도 모르는 나는 마치 엄마에게 혼나기를 기다리는 어린아이 마냥 주눅이 잔뜩 든 채 밖에서 기다리고 있는데, 그 친구는 금세 실실 웃으면서 나오는 것이 아닌가! 궁금한 마음이 굴뚝같았던지라 멱살을 잡을 듯 친구에게 달려가 호출 까닭을 닦달하며 물었다. 그랬더니 그는 세상 누구도 알 수 없는 야릇한 웃음을 띤 채, "너 이제 죽었다!" 하는 것이 아닌가!

'도대체 무슨 일인가?'

걱정이 엄습해오면서 자리를 피하고 싶었지만, 한편으로는 '시험을 무사히 통과했는데 무슨 꾸지람이 있을 것인가' 하는 생각으로 스스로를 위로하다 청천벽력 같은 친구의 말에 등줄기에서 식은땀이 흘러내렸다. 그의 말은 시험점수는 통과되었지만, 수업일수가 너무 부족한 불량학생에게는 학점을 줄 수 없다는 것이었다. 바늘 가는 데 실 가는 격의 친구 사이인 저나 나나 강의 받은 시간이 자로 잴 것도 없이 아주 똑같은데! 저는 적당히 둘러댔더니 봐주었다는 것이다.

그는 맹장 수술을 받느라 강의에 들어올 수 없었다는 그럴듯한 변명을 늘어놓았고, 선생님은 왜 진단서를 떼어 오지 않았느냐고 따져 물었단다. 이때다 싶어 2년 전에 받은 수술 자리를 한 달 전에 받은 것이라며 재빨리 바지 혁대를 풀고 상의를 걷어 올리려 하니, 드러나는 그의 배꼽을 제대로 쳐다볼 수 없던 처녀 선생님은 깜짝 놀라며 황급히 "예, 됐어요. 믿을게요."라며 민망함에 학점을 인정했다나. 낭떠러지로 떨어질 위기에서 극적으로 탈출한 그는 영웅담을 한껏 신이 나서 밀담으로 들려주었다.

지금 생각해도 그의 답변은 대단한 걸작이었으며 순발력도 기가 막혔다. 그러나 능글맞게 웃으면서 혼자 유유히 위기를 빠져나가는 모습은 탄지경(彈指頃)이나마 촛농으로 얼룩진 촛대 모양 흉물스럽게 보였다. 속으로 '너 혼자만 살자고 그런 아이디어를 냈느냐?'는 편협한 생각이 들었지만, 곧바로 호랑이에게 물려가도 정신만 차리면 산다는 말을 주문처럼 되뇌며, 불과 3, 4m도 안 되는 선생님과의 거리를 죽음의 터널을 기어가듯 좁혀 나갔다.

이번에 통과가 안 되면 소위 '윈터 스쿨(겨울강좌)'을 받으면 되긴 하겠지만, 경제적으로도 넉넉하지 않았을 뿐더러 마음에도 없는 지긋지긋한 독어 공부를 다시 하고 싶은 마음은 추호도 없었다. '산산이 부서진 이 영혼을 구제하소서!' 하는 마음으로 송장처럼 서 있는 내게 처녀 선생님은 따뜻한 미소를 띠며 의자에 앉으라고 했다.

평소 늘 옅은 미소를 짓는 그녀였지만 이날의 미소는 정신적 압박감에 까부라질 것 같은 어색한 발걸음의 내 모습이 우스꽝스럽게 보여서 짓는 미소인지, 아니면 이 학생은 또 어떤 변명을 늘어놓을 것인지가 궁금해서 짓는 미소인지, 묘한 미소의 정체를 도통 알 수가 없었다. 나는 그 미소의 의미를 '제발 친구에게 베푼 후덕함을 내게도 베푸시옵소서' 하는 마음으로 받아들였고, 용기 내어 겨우 눈을 쳐다보니 입을 조금 벌린 것이, 마치 하늘에서 떨어진 날개 잃은 천사처럼 선해 보였다.

선생님은 내게 이름을 물었고. 고운 목소리의 그 천사는 순간 악마로 돌변하였다.

"왜 이렇게 수업일수가 부족해요? 이번 학기에 학점을 줄 수가 없어요."

친구의 변명은 통했어도 너는 어림도 없다는 식으로 겁박하며 그 어떤 변명이나 증거를 대도 어려울 거라는 엄포를 놓는 게 아닌가. 절체절명의 위기를 맞은 나는 과연 탈출할 수 있을까. 막다른 골목에서 변명도 못 하고 잠시 머뭇거리다가 순간 하늘이 무너

져도 솟아날 구멍이 있다고, 그의 맹장 수술이 떠올랐다. 수술은 그의 결석을 인정해 준 뒤집을 수 없는 일사부재리(一事不再理)가 아닌가. 지금 이 순간 나를 구원해 줄 수 있는 희망인 아리아드네의 실타래는 그의 수술이라는 생각이 들었고, 악동 친구의 기발한 아이디어를 고스란히 가져다쓰며 난관의 벽을 넘으려 했다.

일단 선생님의 눈을 똑바로 쳐다보면서, "선생님, 앞에 나간 학생 아시죠? 저하고 제일 친한 친구인데요, 그 친구가 얼마 전에 맹장 수술을 받았어요." 천연덕스럽게 수술 이야기를 화두로 삼았다. 이에 선생님은 미처 말이 끝나기 전에 "들어서 알고 있어요." 하며 대수롭지 않게 받으며, 그것이 너의 무단결석과 무슨 상관이 있느냐는 듯 계속 몰아붙였다. 막다른 골목에 몰렸지만, 이 순간 전광석화의 기지가 발휘되었다.

"그 친구는 시골에서 올라왔는데, 수술하는 동안 돈도 없고, 간호할 사람도 없어서 제가 종일 간호하다 보니 그만 수업을 많이 빼먹게 되었어요. 용서해 주세요."

정중한 사과와 함께 불쌍한 표정으로 선처를 구하였다.

선생님은 능변의 말을 듣자마자 마구 웃으시는 것이었다. 부드러운 미소로, "정말이에요? 알았어요. 그만 나가 보세요."

'세상에! 이런 맘씨 고운 분이 어디 있나! 오! 천사께서 강림하셨구나!'

조금 전 그녀를 악마로 보았던 나를 마음속 깊이 마구 질책했다. 따뜻한 당신 마음 하나에 울고 웃는 어린 학생의 기억에 '이 세상에서 가장 아름다운 선생님'으로 오랫동안 각인되었다.

하지만 이와는 반대의 기억을 남긴 선생님도 있다.

고등학교 일 학년 때 일본군대 교육방식의 아류로 어린 학생에게 마른 대구 패듯 몽둥이찜질로 독어를 가르친 선생님이다. 생긴 것부터 독사(毒蛇)의 눈으로 시험성적 결과, 60점 이하의 학생에게는 무자비하게 몽둥이세례가 자행되었다. 요즘 같으면 상상도 못할 일이지만 그 당시에는 묵인되던 일이었다. 불행하게도 일 학년 일 학기 중간고사에서 나의 독일어 점수는 60점에서 1점이 모자란 59점이었다. 1점 차이로 하늘이 뒤집히고 땅이 꺼지며 까마득한 지옥 불구덩이에 떨어지는 느낌이었다.

성적 발표가 있자마자 1점이라도 부족한 학생은 처벌을 받았고, 칠판에 양손을 대고 있으면, 선생님은 박달나무 같은 몽둥이로 엉덩이를 스무 대씩 힘차게 내려치는 것이었다. 몇 대만 맞아도 엉덩이가 부풀어 오른 찐빵처럼 되었고, 아프다며 칠판에서 손이라도 떼면 처음부터 다시 스무 대를 내리치겠다던 엄포는 가히 염라대왕을 뺨쳤다.

독일어는 처음 배울 때 어렵기로 소문이 나서 불명예스런 별명으로 '죽일어'라고도 불렸지만, 선생의 신분으로 매를 맞으며 오줌을 찔끔거리는 어린 학생의 안쓰러움은 눈에 보이지 않는 듯 사람을 죽일 듯이 패서야 되겠는가. 얼마나 정신적으로 트라우마가 심했으면 그때 이후 그를 독을 품고 독일어를 가르치는 '독어(毒魚)'라고 이름 지으면서 지금껏 기억 속에서 악마의 얼굴로 그리고 있다.

한 사람은 어린 학생에게 후덕한 누님 같은 마음으로 기회를 줄 테니 독일어를 열심히 배우라는, 평생 잊지 못할 선생님으로 각인돼 있고, 또 한 사람은 일제 고등계 형사와 같이 일그러진 얼굴로 학생들에게 린치를 자행한 악질 선생님의 표상으로 남아있다.

천사와 같았던 연영희 선생님. 그 분도 그때 우리의 악동 같은 거짓말을 다 알고 계셨을 것이며, 평생 우리를 잊지 못하실 것이다. 입가의 미소가 아름다웠던, 그래서 스승의 날이 다가오면 제일 먼저 생각나는 선생님. 내 인생 가는 길에 남에게 독을 품고 살기보다는 배려와 사랑으로 살아가라는 참교육을 보여주신 선생님은 아직도 잔잔한 마음의 여진으로 남아있다.

'선생님, 당신의 미소가 그립습니다.'

엣지 있는 된장녀

인터넷 시대에 깊숙이 들어와 무선을 타고 사는 세상에 머리가 띵할 때가 많다.

'드립'이니 '베프' 같은 생소하기 짝이 없는 출처도 국적도 불명인 신조어의 대량생산에 현기증이 일어 어찔하다. 촌티를 내지 않으려 애써 조어를 쫓지만 그래도 한참 뒤처져 가는 어쩔 수 없는 늘보다.

한국에서 숱하게 방송을 오르내리던 기억에 남는 희한한 이름들이 있다. 그중 하나가 된장녀이다. 이 단어를 듣는 순간 뜻도 제대로 모른 채 이게 좋은 별명인지 나쁜 별명인지 도통 알 수가 없었다.

된장은 고추장과 더불어 우리에게 떼려야 뗄 수 없는 필수불가분의 관계이다. 한국인에게 최고의 장(醬)으로 역사와 전통을 자랑하는 그 '된장'에 여자를 뜻하는 '녀(女)'가 붙어 생긴 '된장녀'의 정체는 대체 무엇이란 말인가.

영문도 모른 채 된장이란 말이 친근하게 귀에 쏙 들어온다. 그래도 '엽전'이란 말처럼 비아냥거리는 말투 같기도 해 잘못 쓰다가는 큰코다칠 것도 같다는 생각이다. 이 말이 그럭저럭 퍼져나간 지도 꽤 되었을 무렵 늦게 관심을 두고 흩어진 자료를 들여다보았다. 혼잡한 시대를 반영하듯 각종 설명이 군웅할거 하며 각기 출처를 대변하고 있었다.

시기적으로는 2005년 무렵에 등장했을 거라는 추측 속에 정체불명의 출처를 정확하게 찾지는 못했다. 수없이 떠돌아다니는 글과 남들을 소재로 삼으며 열변을 토로하는 가운데 얻은 몇 가지 견해로 된장녀, 그녀를 풀어본다.

된장녀는 말 그대로 된장에서 비롯되었고, 성별로는 남자가 아닌 여자다. 그것도 젊은 여자를 겨냥한 것이 틀림없다. 젊은 여자에게 붙는 별칭으로 긍정적 의미보다는 현실적으로는 부정적이고 비하적 개념으로 쓰이고 있어 쓸개즙을 빠는 것 모양 입맛이 씁쓸하다.

젊은 남자의 입에서 나온 것이라면 어떤 이유에서든 또래 여자를 낮잡아 부르고 싶은 마음에서 나왔을 것이다. 속물 여성이라고 손가락질하려는 심산으로 밖에는 안 보인다.

이에 대응하듯 젊은 여자들은 일부 젊은 남자를 '고추장남'이라고 부르며 보이지 않는 감정 전쟁을 치르고 있다. 돈에 궁상스럽고 취직 못 한 백수로 빈둥거리는 젊은 남자를 고추장남이라고 부르는 건 또 무슨 심사(心思)인가.

감정으로 치달으며 나온 고추장남이란 말은 한심한 된장녀로 불리는 여자가 무능한 남자를 몰아붙이는 방어 무기로, 서로 치고받는 조어에 귓전이 시끄럽다. 우리 사회의 불신과 열등감, 질시와 비난이 서로 울분을 터트리며 서로의 얼굴에 침을 뱉는 위험천만의 곡예를 하는 것은 구세대의 눈에 씁쓸한 불안감으로 비친다.

우리 사회 한구석에서 양산된 된장녀 타령에 계속 들어가 보자.
자기 노력은 없이 애인이나 부모의 돈으로 비싼 명품을 들고 시내를 활보하는 여성의 의미가 담겨 있다. 말 자체가 충분히 비하적인데, 그 어원으로 삼기에 근거는 약하지만, 우리말에 흔히 쓰는 속담으로 '똥'과 '된장'이 들어간 말에서 나왔다는 일설이다. 그 의미의 재생산은 앞으로도 끊임없이 나올 듯하다. 곧, '똥인지 된장인지도 모르고……' 같은 속어적 표현이 있는 걸 보면, 된장녀의 실체는 똥인지 된장인지도 분간 못 하면서, 명품만 들면 자신이 명품이라도 되는 양 착각한다는 비하적 의미로 증폭된다.
그 어원을 파고 들어간 어떤 이는 세계적 유명 커피 가맹점인 스타벅스 커피를 마시며 일명 똥폼만 잡으려고 커피도 명품만 찾는다는 의미로 한껏 비하한다. 스타벅스가 된장녀의 애호품이 되면서 잘난 체하는 여성들이 즐겨 찾는 커피의 대명사가 되었다.
또 하나의 출처는 우리 말 어원 중에서 찾는다. 시답잖은 일을 말할 때 접두사로 잘 쓰이는 비하적 단어로, '젠장' 또는 '젠장맞을' 하는 말이 있는데 이 말에서 비롯되었다는 주장도 있다. '젠장'의 '젠' 자가 '된'으로 바뀌면서 '된장'으로 되었다가, 남의 돈으로 샀건 자기 능력이 되어서 구매를 했건 시대를 앞서가려는 마음에서 명품을 들고 다니는 '여자님들'을 합성시켜 나온 단어가 '된장녀'라는 의견에 솔깃하다.

이 외에 최초의 발원지는 국내가 아닌 국외라는 설도 난무한다. 외국으로 유학 간 남자 유학생이 백인 남자를 졸졸 따라다니는 한국 여성을 비난하며 비꼬는 말 속에서 그녀를 된장이라고 표현하며 국내로 유입되었다는 기막힌 이야기이다. 이 역시 후일 복잡 다양하게 파생하면서 결국에는 분수에 차지 않게 명품을 즐기려는 여성 비하 용어로 변하여 된장녀의 정체성을 규정하는데 한몫을 하고 있다.

이런 설 저런 설 중에는 일본의 한국 비하 발언의 하나로 한국 여성을 된장녀라고 했다는 해외침략설도 존재한다. 믿거나 말거나 할 일이다. 이 말이 사실이라면 일본의 젊은 여성을 단무지녀로 부르면 기분이 어떨까. 이웃 간에 복잡한 역사는 있지만 사소한 비하는 서로 국격을 떨어뜨리는 일로 경계할 일이다.

이제껏 설왕설래한 조사 자료를 보면, 된장녀의 조어는 일부 몰지각한 젊은 남성이 젊은 여성에 대한 사회 비판적 자세에서 시작된 것으로 모아진다. 저출산 저성장으로 인하여 경제적으로 다 같이 어렵게 사는 세상에 남의 손을 빌려 명품을 손에 넣으려는 잔머리가 조금은 얄미웠나 보다.

그런 사실 여부를 차치하고 하필 비하적 용어생산에 죄 없이 순수 무구한 우리의 된장이 악용되었는지는 심히 유감스러운 일이다. 우리 민족의 명맥을 이어오는 기초식품으로 중국 연변에서는 매년 6월 9일을 된장의 날로 기념하고 있다. 어떤 이유에서든 깔보거나 무시되거나 비하해서는 안 될 우리 손으로 지켜야 할 식품이고 용어이기에 새로운 정립이 필요할 때다.

비록 헛된 소비욕에 빠진 한심한 여성이 얼마나 되는지 모르겠지만, 우리에게는 자랑스러운 젊은 여성이 즐비하다. 국내는 물론 세계를 호령하는 한류 스타들이 넘친다.

김연아와 손연재가 그렇고 K-Pop 여자가수나 세계 골프계를 휘어잡는 LPGA, JPGA, KPGA에서 헤아릴 수 없이 수많은 선수와 후보군이 성실히 땀을 흘리고 있다. 더불어 양궁을 비롯한 거의 전 종목의 체육계와 정치 경제 사회 법조 교육 군사 등 사회 곳곳에서 묵묵히 일하고 있는 성실한 여성을 도맷값으로 비하하는 것은 아니 될 말이다. 이젠 이들을 '위대한 된장녀'라고 부르면 어떨까.

이 시대에 비하적 된장녀라는 말은 버려야 할 조어이다. 다만 생산적 조어로서 미래의 한국을 짊어지고 역사의 대를 이어갈 아이를 낳을 위대한 된장녀만이 있을 뿐이다. 오늘부터 자랑스러운 된장녀란 말을 널리 쓰자. 된장의 지혜와 덕을 고루 갖춘 그녀들을 숨길 필요가 없다. 오덕(五德)의 지혜를 갖춘 그녀들이 아닌가.

자기 맛을 지녔기에 단심(丹心)이라 하고, 세월이 지날수록 맛을 잃지 않기에 항심(恒心)이라 하며, 더러운 기름을 녹여주기에 무심(無心)이라 한다. 또한, 독한 맛도 순하게 만들기에 선심(善心)이라 부르며, 어떤 음식과도 잘 어울리기에 화심(和心)이라는 오덕의 된장은 풍부한 영양과 함께 지혜 덩어리가 아닌가.

된장녀는 더는 여성 비하인 속칭 여혐(misogyny)이 아닌 대한민국의 자랑스러운 젊은 여성상의 푯대이다. 나는 이들과 동심(同心)이고 싶다. 달콤한 시집 한 권을 같이 읽으며 생활 속에서 아름다움을 찾아갈 그녀들을 사랑하고 싶다. 자장면 한두 그릇이면 살 수 있는 시집 한 권 인문 서적 한 권에 젊은 여성이 이끌어갈 세상은 더욱 맑고 밝아질 미래다.

내일부터 오덕을 갖춘 멋진 된장녀의 귀태가 거리를 활보할 때 젊은 남성이든 나이 지긋한 남성이든 긍정적인 마음의 눈길로 그녀들을 훔쳐보자. 멋진 미래를 밟고 선 당당한 '엣지 있는 그녀들'을.

주저앉고 싶던 날

시내로 나가기 위해 기차를 타고 갈까, 자동차를 끌고 나갈까 고민하다 결국 번잡한 그물망을 뚫고 나가야 하는 자동차를 선택했다. 교통체증도 문제이거니와 바늘 하나 꽂을 곳 없는 주차 공간도 문제였다. 그래도 무료주차의 행운을 기대하며 겁도 없이 출발했다. 하늘은 이런 만용을 가엽게 여겼는지 운 좋게 시내 한복판에 무료주차 공간 하나를 비워 놓았다. 복권이라도 당첨된 양 의기양양해서 한껏 여유를 부리며 목적지로 걸어갔다.

행운의 주차 때문이었는지 몰라도 미팅도 예상 밖으로 잘 끝났다. 그런데 가벼운 문제가 생겼다. 다음 약속 시각까지 두 시간을 하릴없이 기다리게 된 것이다. 어디 마땅히 갈 곳도 없고, 그렇다고 남자 혼자 쇼핑하는 것도 민망한 일인지라, 근처에 있는 하이드 파크(Hyde Park)에서 노신사의 여유로움을 즐기듯 호기를 부리며 모처럼의 자유를 만끽하기로 마음먹었다.

그런 생각이 고개를 들자마자 여유라는 놈이 몸속을 파고드는 듯 어깨도 자연스레 쭉 펴지고 걸음걸이는 고고하게 흐르는 강물처럼 의젓하게 모양을 떨었다. 불현듯 이민 오던 첫날 이곳에 와 본 풍경이 잠시 겹치며 '그땐 모든 게 막막했었는데 그에 비하면 지금은 용 됐지' 자신을 스스로 대견해 했다. 세월은 사람을 천천히 합리화시키는 재주가 있나 보다.

일주일에 한 번은 못되더라도 한 달에 한 번은 이 아름다운 공원에서 도심 속 여유를 누려보리라 다짐했던 그 모습이 현현하게 나타나면서 이렇게 여유를 누리는 나를 누군가에게 자랑하고 싶은 마음에 주위를 두리번거렸다.

그동안 서툰 호주에서의 삶이 주마등처럼 빠르게 돌아갔다. 궂은일, 힘들었던 추억은 바람에 실려 떠나가고, 죄를 사하여 주는 듯한 평화로운 마음만이 스며든다. '여유로운 인생은 정말 멋진 놈이야'라고 지나가는 사람에게 달콤한 소리로 속삭이고 싶었다.

첫 미팅 장소에서 자동차가 있는 곳까지는 아무리 느린 걸음이라도 십오 분 정도면 충분했다. 이 거리를 삼십 분도 넘게 걸었으니 평소 바쁜 마음가짐에 비해 두 배는 늘려 한껏 여유를 부리며 온 셈이다. 직사각형으로 구부러진 구역을 벗어나니 일렬로 가지런히 늘어선 차가 저 멀리 보였다.

주차된 자동차들이 옹기종기 모여 마치 장난감 자동차처럼 앙증맞았다. 이제 차에 들어가 시원하게 에어컨을 틀고 노래도 들어가며 한 삼십 분 쉬었다가 다음 약속 장소에 가려고 한 대 두 대 건너, 내 차를 향하고 있었다. 여기까지는 모든 게 순탄하였고 일진도 좋아 보였다. 그런데 아무리 찾아도 내 차가 보이지 않았다.

'이상하다……. 분명 여긴데.'

기억을 더듬어 보니 여기에서 내려 20m쯤 걷다가 우측으로 십분을 걸어갔고, 그 반대로 다시 내려갔다. 다만 큰길을 따라오려다가 시간이 여유로워 공원길로 둘러 걸었을 뿐인데. 한눈을 팔았다면, 벤치에 앉아있는 사람과 잔디밭에 누워 있는 청춘 남녀를 잠시 곁눈질로 본 것밖에는 없는데 도대체 어떻게 된 일인가. 차를 분명 여기에 세워두었는데, 내 차는 어디로 가고 낯선 차들만 있는 것일까.

입술이 하얗게 말라가고 점차 사그라지는 내 기억을 믿을 수가 없었다. 드디어 자신을 불신하기 시작했다. 길을 잃은 듯 차를 세워둔 곳을 몰라 땀을 뻘뻘 흘리며 헤매기를 사십여 분, 내가 세워둔 장소가 여기라는 확신 없는 혼란스러움에서 자동차가 마술처럼 갑자기 튀어나올 리 만무했다. 멀쩡한 차가 하늘로 솟았나 땅으로 꺼졌나 아니면 누가 가져갔나.

끝내 도난당한 것으로 단정 짓고, 마침 지나는 경찰차에 신고하려는데 '휙!' 하고 쏜살같이 지나가는 바람에 잡지도 못했다. 보험사에 신고할까 고민하면서 전화기를 만지작거리다가 내가 생각하고 있는 장소를 '마지막으로 한 번만 더 한 번만 더' 하면서 주위를 세 번이나 더 돌았다. 머리가 빙그르르 도는 듯했다.

처음 내렸던 곳을 시작으로 미팅장소까지 갔다가 다시 오기를 몇 번이나 반복했는데도 보이지 않으니, 도난이 아니라면 주차했다고 믿는 장소가 잘못되었다는 것인데 여기가 아니면 어디란 말인가. 점점 자신이 원망스러워졌다. 평소 조금만 걸어도 다리를 절룩거리게 만드는 엉성한 발바닥은 피곤함을 견디다 못해 한 걸음 떼는 것도 천근만근이었다. 정말이지 엄마 잃은 아이처럼 땅바닥에 풀썩 주저앉아 울고 싶은 마음이었다.

'마지막이다. 다시 한 번만 더 돌아보자.'

이번엔 확실하다는 나의 기억을 믿지 못한 채 마지막으로 돌던 구역보다 한 구역이나 더 가는 만용을 택했다. 당연히 있지도 않을 곳까지 걸어간 것이다. 쓰러질 듯 지쳐가는 자신을 원망도 하고, 바둑판 모양으로 일정하게 나뉘어있는 잘 잘린 시내 거리에 일일이 거리표시를 해두지 않아 헷갈리기 쉽다는 트집까지 잡아가며 기억 속의 블록(block)을 넘어 마냥 걷고 있었다.

그러다가 왼쪽을 쳐다보는 순간, 앗! 저기에 보이는 것이 내 차가 아닌가.

"오, 마이 갓!"

신음을 토하듯 신(God)을 불렀다. '신이여 어찌된 일입니까?' 내 기억 속에 확실하게 각인시켜 두었던 곳을 그렇게 뒤지고 다녀도 보이지 않더니 만사 포기하고 넋 놓고 정신없이 걷는데 그곳에서 만나다니!

차를 찾은 기쁨에 앞서 무언가 나를 혼란케 한 원인을 찾는 데 시간을 보내고 있었다. 결국, 허술한 기억은 잘못된 암기였고, 잠시 신을 원망했던 마음은 '이게 못난 내 탓이지 왜 신 탓이냐'며 나를 책망하는 혹독한 시험을 달게 받았다. 평소 사소한 것까지 생생하게 기억한다는 자신감은 교만을 불렀고, 이번 일을 계기로 그 오만함은 하루빨리 버려야 할 퇴물임을 알게 되었다. 더불어 이제껏 가지고 있는 '확실하다'는 단언은 함부로 쓸 수가 없다는 사실을 확실히 깨우쳤다. 구새 먹은 나무 같은 나의 기억은 이제 어디 가서든 분명하다는 주장을 할 수 없으며, 꼬리를 내리고 조심하며 살아야겠다는 소중한 경험을 몸으로 감싸 안았다.

두 시간 뒤 만나기로 한 친구와 점심 약속은 부득이 조금 넘겼다. 나의 이야기를 들은 친구는 너털웃음을 지으며 위로했다.

"살다 보면 다 그런 거지 뭘……."

점심은 늦은 턱으로 내가 샀지만, 그 두 시간은 몇 배의 가치로 돌아왔다. 실수나 착각은 누구나 할 수 있는 것이기에 이제는 설령 남이 실수를 해도 까다롭게 허물을 캐묻지도 말고, 할 수만 있다면 일곱 번의 일곱 번을 용서하라는 성현의 말씀을 피나는 발품으로 깊이 새긴 하루였다. 지금도 '성 마리아 대성당' 바로 앞 그곳을 지나칠 때면 눈길을 놓질 않으니 별난 성지(聖地) 하나가 더 생긴 셈이다.

시를 쓰는 건설인

몇 해 전이다. 무역인에서 문학인으로 화초서생의 길을 걷고 있는데 난데없는 건설인이 되었다. 평생 삽자루 하나 제대로 잡아본 일이 없는데 건설인이라니 의아할 일이다. 동료 회사의 상담역으로 대형 프로젝트에 참여하면서부터 건설에 첫발을 내디딘 셈이다. 건설업은 남자답고 묵직함이 맘에 들어 언제고 한 번은 하고 싶었던 오랜 꿈이기도 했다. 이는 내 몸에 진작 건설인의 땀내 묻은 아득한 인연이 녹아있는 탓이기도 했다.

일찍이 70년대 말부터 대한항공의 일원으로 중동에 기술자들을 태워 나르던 일이 엊그제처럼 가깝다. 한때 내놓으라 하는 업체들이 앞을 다투어 나갈 때 수많은 건설 역군들을 해외로 보냈다. 그들의 땀 냄새를 향내로 맡으며 열사의 땅을 오간 세월이 십년이다. 알라신의 가호인 검은 기름이 펑펑 돈을 쏟아내면서 사막 위에 우리 기술자들이 기적을 일으켰다. 오롯이 은근과 끈기로 그 억센 모래바람과 뜨거운 태양의 발톱을 이겨낸 위대한 한민족사

58

이기에 그들의 면면이 조각으로 성기어온다.

갑자기 이런 생각이 나는 건 얼마 전 대한건설협회 관계자들이 호주를 방문한 게 계기가 됐다. 그들 방호(訪濠)는 나의 중동 생활과 건설의 꿈에 기억의 성냥불을 켠 셈이다. 한국에서 최고위급의 건설관계자들로 이루어진 회장단과 관련 이사장 일행이 대거 호주로 왔다. 한국과 호주 간에 건설 사업을 진단하는 조사팀이 커다란 몸집을 가진 기회의 땅 호주를 타진하고 나섰다.

만남은 신선했다. '아, 이분들이 한국의 거대 건설조직을 이끄는 분들이구나. 얼마 전 원전 수주의 중심에 서서 앞으로의 한국 경제를 먹여 살리는 역군들이구나.' 끝없이 뻗고 솟으려는 건설의 실체처럼, 세상 변신의 중심에 서서 힘차게 뛰고 있는 이들과의 미팅은 첫날부터 지구의 핵이 나를 강하게 잡아당기는 듯한 매력에 빠졌다.

쇠망치처럼 투박한 인상일 줄 알았던 선입견과는 달리 다정이 병일 정도로 정감이 두툼한 착한 이웃집 아저씨들 같아 오래전부터 알던 사람들처럼 이내 스스럼이 없어졌다. 만남의 시작은 호주에 있는 한인건설업체에 대한 관심과 공동이익을 위한 구상으로 말보다는 가슴으로 주고받는 첫 단추였다.

한국 측에서 미리 준비한 자료들을 설명했다. 이어서 한국 건설의 역사를 소개하는 삼십 분짜리 슬라이드를 보여주며 상세한 설명을 곁들였다. 이 자료는 우리나라 고위층과 대형 해외수주 브리핑용으로 치밀하게 준비한 것이란다. 솔직히 처음 접한 고급 자료도 놀라웠지만 성의 있는 준비와 답변에 고마운 생각이 들었다.

우리나라 건설의 시작은 전 국토가 폐허가 된 6·25전쟁 직후부터 시작되었다는 사실에 귀가 번쩍 뜨였다. 전쟁, 그 뒤끝은 엄청난 피폐의 현장이었고 무너진 삶 속에서 복구라는 이름은 말처럼 쉬운 일이 아니었다. 인고의 시간을 밟아야 했던 우리는 그 길을 묵묵히 인내와 끈기로 전 세계에 실력으로 보여준 것이다. 오늘의 한국이 처참한 파괴의 현장에서 '맨주먹으로 일어났구나' 하는 생각에 조국의 아픔과 한 서린 가슴이 진한 전율로 다가왔다.

문자 그대로 상전벽해(桑田碧海)로 변한 오늘의 한국, 거기에는 하나같이 건설인들의 피와 땀과 부지런함이 있었다. 나의 전 세대 선배들이 부서진 돌무더기에서 첫 삽을 뜨며 하나둘씩 일으켜 세워나간 것이 건설의 시초가 되어, 강토는 곳곳에 찢긴 옷을 새 옷으로 갈아입었다.

좁은 국토를 더 크고 튼튼하게 세워나가면서 허약했던 땅에 피가 돌고 제법 근육이 생겨났다. 땟국물이 줄줄 흐르던 얼굴도 깨끗한 미남으로 바뀌며 아시아에서 일본 다음으로 인정받는 나라가 되었다. 최빈국의 나라에서 외국에 건물을 짓고 교량도 놓으며 해상도시 건설에서 원전 수주까지 받아내는 모습이 고스란히 영상으로 돌고 있었다. 큰일을 해낸 것이다. 우리보다도 세계가 더 놀랐다지 않던가.

공교롭게도 한국 건설의 나이와 내 나이는 동갑이다.

전쟁 동이의 생애를 살면서, 이런저런 직업을 넘어 건설인으로 옷을 갈아입은 것이 우연이 아닌 듯 친근하게 느껴진다. 당시 교민 건설사 중 일부는 한인회관 건립을 추진하고 있었고, 호주의 대형 건설업체는 물론 한국 건설업체와 유대강화를 위해 세계 네

트워크 형성에 집중하고 있었다. 이런 차에 방호 인사들의 홍보자료는 조국의 숨결을 느끼게 해 주었고 친정인 한국이 큰 집처럼 든든해 보였다. 더불어 자신감을 얻으며 '하면 된다'라는 기(氣)와 에너지가 남십자성 아래에서 달님을 환히 켜 놓았다.

문학과 건설에는 공통점이 있다.

바로 창작을 한다는 것이다. 문학이 그저 감성에만 빠지는 것이 아니듯, 건설도 메마르지 않다는 것을 알았다. 둘은 무에서 유를 낳아 예술적 가치라는 지상목표를 추구하면서 하나로 껴안을 수 있는 유연성이 있다. 이로써 서로의 종착점인 '창작'이라는 골인 지점을 향해 달릴 수 있는 것이다.

문학은 백지 위에 집을 짓는 창작(創作)이고, 건설은 땅과 바다에 집을 짓는 창작이다. 문인은 넓은 의미로 작가(作家)라 하며, 직역하면 '집을 짓는 사람'으로 새로운 건설을 한다는 의미가 상큼하게 들어있다. 그렇듯 건설인들도 그들의 작품에 친환경적이며 예술적 감각을 선명하게 심어주는 게 요즘 추세이다. 그래서 건축을 '공간예술'이라고 부르지 않던가.

의식주의 주(住)를 품은 건설의 장르가 감성적인 예술과 더욱 친밀하게 동행하면, 세상을 더욱 풍요롭고 멋지게 만들 수 있다. 문학의 정적 요소를 들여와 건설에 덧붙이는 작업은 낯선 듯하면서도 새로운 시각의 발상일 수 있다는 날을 세워본다. 자못 넉넉하면서 깊은 맛이 듬쑥하게 솟아오른다.

예술인으로서 건설인과 몸을 섞으며 단단히 마음을 준비하려 한다. 서로 다른 미질(美質)의 몸 섞음이 말처럼 쉽지는 않을 것이다. 서로의 장르를 존중하며 손잡고 나아갈 때 보기 드문 창조와 예술의 경지가 산 정상에서 손짓할 것만 같다.

그래서인지 건설협회 일행은 작가인 내게 각별한 관심을 보여주었다. 기대가 큰 만큼 건설이라는 거대한 지붕 속에 문학적 예술 가치를 부여하고픈 욕망이 무거운 숙제로 남게 되었다. 하지만 그 무게만큼 즐거운 모습으로 건설 속에는 문학적 가치를, 문학 속에는 건설의 힘을 주고받으며 세상의 모든 집을 지어가는 창작의 참 기쁨을 만끽할 꿈이 부풀고 있다.

1mm의 행복

눈만 뜨면 수많은 호사가들의 말로 정신없는 세상이다. 고전에 서부터 매일 새롭게 태어나는 온갖 말들이 때론 장돌뱅이처럼 난무키도 한다. 이들이 서로 좋은 말이라며 앞을 다투겠지만, 정작 내게 소중한 것 하나만 고르라면 선뜻 쉽지가 않다. 그래도 하나만 집으라면 '불행 끝 행복 시작'이라는 말에 손이 간다. 여기에 보너스로 하나 더 추가한다면, 병환 중인 둘째 누님이 좋아하는 '이 또한 지나가리라'라는 이 말(言)은 벤허의 백마처럼 튼실한 말(馬)이 되어, 힘들 때면 나를 당겨 주고, 아플 때면 상비약으로 요긴하기에 뒷주머니 지갑 속에 꼬깃꼬깃 접어 부적처럼 고이 모시고 있다.

호주에서 골프는 서민적인 생활스포츠이다. 동네마다 하나쯤 있는 골프장에 나가서 무공해 산소를 맘껏 마신다. 게다가 친구들과 수다를 떨면서 김밥 한 줄로 요기하며 6~7km 이상을 걷고 나면, 운동으로도 그만이고 스트레스를 푸는 데도 이만한 게 없어 곧잘 즐기는 편이다.

그날도 친구들과 마지막 홀을 남긴 상황에서 좋은 점수로 치고 있었기에 그때까진 행복에 취해 신나게 걷고 있었다. 그런 차에 어처구니없는 일을 당했다. 그야말로 일 초 앞도 내다보지 못하는 세상이라더니 때마침 강풍에 무언가가 나를 덮쳤다.

'꽝!'

분명 그때 기억 속에 들어 있는 엄청난 굉음. 전쟁 영화에서나 들던 폭탄 소리였다. 나는 석양에 물드는 쑥 물빛 벌판 위에 문적하게 쓰러졌다. 주위는 아득하고 귓가에는 천지를 뒤흔든 여운이 남아 있었다. 바람은 그대로 강풍인데 추운지 더운지도 모르고, 골프를 치던 동반자는 어디 있는지 보이지 않고, 온통 모를 일이 눈에 아른거리고 있었다.

'꿈인가 생시인가? 내가 왜 땅에 주저앉아있지? 여기가 어딘가?'

삼십여 초의 짧은 시간이 내게는 영원처럼 느껴지던 순간이었다. 나중에 알고 보니 지옥과 연옥을 스치며 천당까지 다녀온 찰나의 드라마였다. 그 시간 동안 염왕(閻王 염라대왕)이 골프장에 다녀갔고, 천사가 나를 건져준 것이었다. 무슨 일이 일어났던 것인가.

남이 친 공에 머리를 맞은 것이다. 골프장에서는 드물게 벌어지는 일로써, 그 공의 위력은 거리에 따라서 다르겠지만, 전화번호부도 뚫을 만큼 강력하다고 한다. 그런 골프공이 총알 폭탄이 되어 내 왼쪽 머리를 정확하게 맞춘 것이었다. 나는 쓰러졌고 30m 가량 떨어져 있던 친구들이 뒤늦게 달려왔다. 그들은 내가 공에 맞은 건 직접 보질 못했고 쓰러지는 것만 봤단다. 강풍이 말벌 떼처럼 윙윙 불어대던 날이라 내가 공 맞는 소리를 듣지 못했단다.

공을 친 사람은 삼십대 호주 청년이었다. 150m 정도 떨어진 곳에서 실수로 우측으로 날린 공이 나를 강타했는데, 이 거리 이 바람 속에서 일부러 맞추기에는 확률적으로 어려운 일이었다. 재수가 없어 맞은 일로 화도 많이 났지만, 살아난 이후 오히려 재수가 있는 일로 치부하며 산다. 인생은 이렇게 행과 불행이 거꾸로 돌기에 불행한 일은 가급적 잊으려 애쓴다.

뒤바람을 탄 강풍 속 괴력에 쓰러진 나는 잠시 땅바닥에 우두커니 앉았다가 친구들 부축으로 겨우 일어났다. 다리는 휘청거렸고 초점 없는 눈으로 말투는 어눌했다. 공을 친 사람이 한걸음에 달려와 상태를 묻는데, 무의식중에 나는 왼쪽 귀를 잡고 있었다. 귀의 뼈 부분이 아프기 시작했다. 희미하지만 의식이 돌아오면서 본격적인 진통이 시작되었다. 간신히 정신을 차린 후 혹시 귀가 찢어져 피가 흐르거나 귀 뼈가 부서졌을지도 모른다는 불안한 마음에 살며시 손을 떼어 보았다. 여전한 통증에 다행히 손에는 아무것도 묻어나지 않았다.

마침 동반자의 C부인이 수지침 요법사여서 통증 부위를 살피고는 비상용 침으로 주요 부분을 사혈(瀉血)했다. 초기 치료의 중요성이 여지없이 증명된 고마운 상황이었다. 그렇게 응급조치를 받고 병원으로 달려갔다.

머리뼈 부분은 가벼운 골절만 입어도 그 불행은 상상을 초월하는데, 행여 '돌머리'인지 아무 일도 없었다는 듯이 일어날 수 있었던 건 아무리 생각해도 기적에 가까운 일이었다. 자칫하면 인생을 마감할 수 있는 상황의 일 초에 악마와 천사 사이에서 극적으로 목숨을 구했지만, 후유증은 본격적으로 시작되었다.

그 후 육 개월간 심한 어지러움과 건망증이 생겼다. 스물네 시간 찌르는 듯한 두통을 견디려 독한 약을 먹었고, 골프장과 보험회사를 상대하며 X-ray, CT 촬영, MRI, 물리치료, 재활훈련 등 겪지 않아도 될 고생을 사서하며 악몽의 굴레에 얽혀들었다.

그래도 다행인 건 190cm의 건장한 청년의 강풍에 실린 공에 맞고도 지금 건재하고 있다는 사실이다. 물론 적절한 치료도 한몫했지만, 기적은 돌머리 탓이 아니라 볼을 맞은 위치에 있었다. 그 위치는 왼쪽 귀 윗부분과 머리 사이인데, 누구라도 이 부분을 직접 맞는다면 머리가 깨져서 죽거나 아니면 평생 불구를 면치 못했을 것이라는 의사들의 견해다. 이 부분은 급소 중의 급소로 신체의 아주 약한 부분이다.

그럼, 나는 어떻게 건재할 수 있었는가. 그 답은 안경테에 있었다. 몇 개월 전에 산 안경이 나를 살릴 줄이야! 공의 충격으로 플라스틱 테는 금이 가고 부러졌지만, 속에 든 철심이 절체절명의 순간을 가까스로 버텨낸 것이다. 지금은 부러져서 낄 수는 없지만, 영원한 수호신으로 책상 서랍에 고이 모셔놓고 종종 꺼내본다.

이 일로 행복과 불행의 수학적 길이를 생각해 보았다. 다소 의아하겠지만 내게 있어 그 길이는 1mm라고 말하고 싶다. 그날 그 공을 1mm라도 빗겨 맞았더라면……. 안경테를 자로 재어 보니 폭은 3mm였다. 이 좁은 면을 정통으로 맞는 바람에 공은 내 뼈 어느 곳에도 치명상을 주지 못했다. 약간 유선형인 이 테를 조금만 빗겨 맞았다면 다른 곳도 아닌 뇌에 심한 부상을 당했을 일은 불을 보듯 뻔했다. 상상도 하기 싫은 피해로 나 자신은 물론 아내와 자식 그리고 친구들에게도 엄청난 성가심과 불행을 안겨다 주었을 것이다. 나는 행복과 불행의 간격이 1mm일 수 있음을 산 경험으로 증명한 것이다.

우연은 또다시 필연으로 다가올 수 있고 원수는 외나무다리에서 만난다는데 당시의 우연한 상황이 재연되고 바람 부는 귀신이 나를 따르는 듯했다. 사건이 일어나고 일 년이 지난 그날 같은 장소에서 골프를 치게 되었다. 유난히 바람이 많이 불어 그날의 악몽이 연상되어 불길한 마음에 주위를 살펴보았다. 이게 웬일인가. 마치 시곗바늘을 정확히 일 년 전으로 돌려놓은 양 놀라운 일이 재현되고 있는 것이 아닌가.

그때 그 사람, 내게 공을 맞힌 청년이 같은 장소에서 공을 치려고 서 있었고 때마침 나는 공에 맞았던 그 자리 즈음을 지나고 있었다. 이런 우연이!

이제 겨우 트라우마에서 응혈 진 고통의 딱지를 떼려는데 '얄미운 사람', '미운 놈'이 작년에 왔던 각설로 다시 찾아왔다. 그가 '미운 각설이'로 보이는 것은 환각이 아니라 현실이었다.

물론 그 자리를 얼른 피한 건 보호 본능이었지만 멀리서 그가 공을 치는 모습을 숨죽여 지켜보았다. 아니나 다를까, 그의 실력은 하나도 늘지 않은 듯 공이 똑바로 날지 못하고 우측으로 휘어 날아갔다. 그 공을 보며 일 년 전 악몽의 그날이 강풍처럼 밀려왔다.

그해 9월 15일은 여전히 세상은 살 만한 곳이라며 종종 '오늘'이라는 숫자로 돌아온다. 누구에게나 순간의 불행은 올 수 있지만, 그 끝은 있기 마련이다. 불행이 왔어도 '이 또한 지나가리라'는 금쪽같은 믿음은 멀리 있을 것만 같은 행복의 문을 가까이에서 열어줄 것이다.

금혼식

선배님

오랜만에 뵈었는데 밝고 건강하셔서 마음이 참 좋았습니다.

더불어 결혼 오십 주년이라는 일생의 귀한 발자취가 담긴 DVD를 선물 받고서 감회가 새로웠습니다. 언젠가는 저도 가야 할 길, 또한 갔으면 좋겠다는 기대 반 믿음 반으로 선명한 그림이 자화상처럼 다가왔습니다.

집으로 돌아오는 길은 어두워진 빗길에 교통사고가 있어선지 몇 군데의 심한 정체로 이십오 분이면 족할 길을 한 시간이나 훌쩍 넘겼습니다. 급한 건 하나도 없었지만 서둘러진 마음은 집에 도착하자마자 할 일이 있어서였나 봅니다. 그건 선물로 받은 DVD를 빨리 보고 싶었던 마음이 재촉한 탓이었습니다.

첫 장면부터 끝까지 감회 깊게 연속해서 보았습니다. 그러고는 자연스럽게 컴퓨터 앞에 앉았습니다. 두 눈은 회상에 잠긴 듯 반쯤 내려감은 채, 열 손가락은 그림을 그리듯 떠오르는 영상을 자판 위에 그려보려고 분주히 움직였습니다. 손가락 두드림에 쫑긋한 귀는 영상을 따라 음악 속을 헤엄쳐 다녔습니다.

1966년 4월은 긴 세월을 돌고 돌아 시드니 앞바다에 하얀 돛단배 하나를 띄웠습니다. 이곳에서의 출발점은 오페라하우스라며, 돌계단 앞에서 오십 년의 운명을 DVD 한 편으로 내려놓았습니다. 한 사람의 운명이 다른 한 사람의 운명을 배필로 맞아 만들어 낸 거대한 피라미드입니다. 삶 그 자체가 숨길 수 없는 최선을 다한 장인(丈人)의 명품입니다.

예전엔 황혼이 뉘엿뉘엿 질 때 혼인을 올렸다죠. 혼인할 '혼(婚)' 자에는 해가 저물 '혼(昏)' 자가 들어있는데, 아마도 음 기운과 양 기운이 교차하는 때가 이때여서인가 봅니다. 음과 양이 홀로 있다가 태극이 되어 하나가 되는 결혼!

무한의 기쁨으로 시작한 첫해 결혼식 사진이 그 시작을 알리며, 주마등처럼 빠르게 돌아, 시곗바늘을 젊은 시절로 돌려놓았습니다. 쉬지 않고 도는 시간은 격동의 세월을 한 해 두 해 헤아리며 희로애락을 타고 부지런한 물레방아로 돌고 돌았습니다. '쿵더쿵쿵더쿵' 힘차게 세월 밟는 소리에 운명은 바람을 타고 하늘을 날았습니다.

신부는 꽃 장식 가득한 화관(花冠)을 쓰고, 지축을 힘차게 밟는 의지와 명민함으로 가득 찬 신랑의 든든한 어깨에 기대어 진실과 선함과 아름다움을 주고받았습니다. 그리고 밀고 당겼습니다. 서로 끌어안았습니다. 힘차게. 꿈과 낭만도 끌어안았지만, 걷고 있는 현실도 미래를 위한 도약으로 끌어안았습니다. 그 힘은 한국을 넘어 호주까지 넘쳐흘렀습니다.

결혼식을 올리고 한 해씩 수레바퀴가 돌 때마다 그 가치를 부여하느라, 서양에서는 이름을 붙여주고 있다지요. 널뛰기를 하듯 한 번 넘고 또 한 번 넘으며 많게는 열일곱 번의 기념하는 이름이 붙고, 간단하게는 다섯 번 정도 이름을 붙이고 있습니다. 하나같이 값지지 않은 게 없고 심오한 멋을 더해 주는 귀한 의식입니다.

사전 설명을 보니 일 년이 지나면 종이로 된 선물을 주고받는다는 지혼식이라 하고, 오 년이 지나면 나무로 된 선물을 주고받는다는 목혼식이라 부르고, 십 년이 지나면 진주나 보석을 주고받기에 석혼식이라지요. 이제껏 이런 이름들을 잘 모른 채 그냥 살아왔습니다.

그에 비하면, 이십오 주년의 은혼식(은으로 된 선물을 주고받음)이나, 오십 주년의 금혼식(금으로 된 선물을 주고받음)은 머릿속에 잘 자리 잡고 있습니다. 하지만 가까이에서 금혼식을 치른 분을 만나본 것은 생애 처음 경험한 일이기에 얼마나 놀랐는지 모릅니다. 크게 축하드려야 할 일입니다.

선인들은 예전부터 '인생 칠십 고래희'라며 칠십 수명을 큰 장수로 칭송하였습니다. 그렇듯 칠십도 귀한 데, 팔십을 넘어서야 비로소 당도할 금혼식은 한 사람만의 장수로는 이룰 수 없는 삶의 승자로 당당한 거사이며 쾌거입니다. 그 어떤 일보다 잘 살아온 인생 최대의 선물이며 희열입니다.

번쩍이는 금혼식(金婚式)은 이제 결혼 육십 주년을 향해 걷기 시작했습니다. 하나로 합체되어 살아오시며 놓으신 징검다리 돌길은 회혼례(回婚禮)의 DVD를 여러 장면의 영상으로 촬영하였습니다. 건강미와 진선미가 아울러 하나로 도는 기쁨을 다시 만나보고 싶

습니다. 오래오래 행복하게 사십시오. 두 분의 건강과 행복하심을
진정으로 소원하며 부족한 글로 몇 자 올립니다.

2016년 8월 3일
후배 김화용 올림

효도 잔치

백세 시대를 맞았다. 그래도 사람은 백 세든 백이십 세든 나이를 먹으면 예외 없이 병들어 죽는다. 건강한 사람은 생명을 조금 더 연장할 뿐이다. 그래서 석가는 일찍이 이러한 인간의 피할 수 없는 생로병사의 번뇌를 늘 화두로 삼았다.

그 끝은 아무것도 없는 무념무상의 구름이다. 한 줌 구름으로 피었다가 있는 것인지 없는 것인지 이내 사라지고 마는 것이다. 그래서 인도 사람들은 그것을 영(零)으로 보았다. 어찌 보면 죽음은 수학적으로 +(플러스)도 −(마이너스)도 아닌 0(제로)의 문으로 들어가는 것이다.

영(0)은 둥글다. 굴리기에 따라 이리 굴리면 '+'로 가고 저리 굴리면 '−'로 가기도 한다. 다행히 영(zero)이라는 문지기가 신령스런 기운이 도는 문을 열어 아름답고 고운 빛깔을 띤 영채(靈彩)를 비춰주면 가는 길이 어둡지 않을 것 같다. 이것이 극락으로 들어가는 길인지 천당으로 가는 길인지 모르겠지만 눈 감을 때는 먼 길을 비추는 불빛을 잘 따라가야겠지. 천당 문인지 지옥문인지 잘 둘러보며 말이다.

　전통적으로 한국은 세계 어느 나라에서도 볼 수 없는 노인에 대한 공경심이 높은 나라로 자부심을 키워왔다. 가정교육은 물론 사회문화로 이어져 온 유교의 순기능 영향이 컸던 탓이다.

　20세기 석학이었던 아놀드 토인비는 운명하기 두 해 전인 1973년에 이런 한국을 꼭 방문하고 싶다며, 한국의 효 문화가 인류에 크게 기여할 것이라고 토로했다. 그는 죽기 전 아들 옆으로 이사했고, 그의 곁에서 죽었다.

　한데 이런 위대한 문화가 20세기 후반에 들어서는 개인주의가 팽배한 서양문물의 유입과정에서 크게 훼손되고 있다. 어른 우대니 효도니 하는 개념이 변질 내지는 실종돼 가고 있음을 심심치 않게 듣는다. 심지어 효도는 셀프(self)라니!

　그래도 아직은 효도의 개념이 꺼지지 않은 군불로 살아있고, 어른을 공경하는 정신이 적지 않게 남아있다. 이런 모습이 호주 이민 1.5세대와 2세대들에게 이어지고 있음은 퍽 다행스러운 일이다.

　얼마 전, 호주 동포사회에서 노인을 위한 효도잔치가 열려 쌀쌀한 겨울에 훈훈한 인정을 낳고 있다. 이날은 상수(上壽)의 노인 분들을 위로하는 자리로 한국의 효를 호주사회에 알리는 동시에 몇몇 이웃 호주 노인들도 모시며 호주 다문화정책(multiculturalism)과 상통하는 반가운 행사가 되었다.

　이 행사는 꽤 오래전부터 시작되었다. 호주 시드니 한인회 산하

체육 단체의 하나인 유도회가 지난 1993년 이래 '효도 잔치'라는 이름으로 물꼬를 튼 이후 한두 번 건너뛰다가 '연합 향우회' 이름으로 풋풋한 정신을 이어가고 있다. 이날 참석한 노인들에게 맛있는 점심은 물론 재밌거리와 푸짐한 선물을 드린다. 비록 하루이지만 영어권에서 올 수 있는 문화적 고립과 무료한 이민생활을 잠시나마 내려놓을 활력소로 교민사회의 환영을 받아 각종 단체로부터 적극적인 후원도 얻고 있다.

특별히 이번 행사에는 고국의 원로가수들과 뜻을 같이하여 만든 유랑극단 단장인 뽀빠이 이상룡 씨와 원로가수 두 분이 방호하여 큰 관심 속에 진행되었다. 칠십을 훌쩍 넘어 노인의 대열에 들어선 이상룡 씨와 팔십도 넘은 두 가수의 가슴속에 뜨거운 열정이 돋보여 동포 어르신들이 모처럼 고국의 정을 한껏 누리는 하루였다.

늙은 티라곤 찾을 수 없는 근육질 뽀빠이의 화려한 말솜씨와 매끄러운 진행이 전성기 때를 방불케 하며 입과 몸짓 손짓 하나까지 일사불란하게 움직였다.

"연세가 많다고 생각되는 어르신들은 단상에 올라오시기 바랍니다."

처음에는 주저하시던 어르신들이 하나둘 일어나서 단상으로 걸어 나오고 몇몇 분은 보호자의 부축을 받으면서 나오기도 하고 어떤 분은 업혀 나오셨다. 눈물겨운 모습이었다. 혹시 살아생전 마지막 모습을 보여주는 듯한 애절한 장면이기도 했다.

열 명의 연로 노인 분들이 올라왔는데 진행 서두에 한 분씩 연세를 여쭤보았다. 대답하는 본인들도 놀라움이 있었겠지만, 구경하는 사람들도 그들의 연세를 들을 때마다 탄성을 자아냈다.

첫 번째 할아버지는 연세가 그다지 많아 보이지 않아 대략 팔십 세 정도가 아닐까 했는데 구십삼 세란다. 모두 "어쩜 저리 정정하실까. 도저히 믿기지 않는다." 한마디씩 거들었다. 다음 사람에게 같은 질문을 했더니 구십오 세란다. 그러니 더 놀랄 수밖에. 또 탄성이 터져 나왔다. 다음 분은 구십이 세. 그다음 할머니는 많아야 구십 세 정도겠지 생각했는데 구십칠 세로 말씀도 또렷하게 하신다. 모두 놀라서 입이 딱 벌어졌다. 역시 지금은 화려한 노인 시대로 구십 정도는 되어야 노인이라고 말할 수 있다는 실상을 눈으로 확인했다.

저분 중 몇 분이 오 년 혹은 십 년을 더 기약하실 수 있을까. 생로병사의 네 가지 고통(四苦)을 겪어야 하는 게 인간이라면 이제 남은 건 하나뿐이다. 이 땅에 먼저 와서 힘들고 거친 일 모두 삼키고 이제 마지막 불꽃을 태우듯 자손들에게 '남은 모습 하나 보여주려 이 무대에까지 오르셨구나' 하는 생각에 내내 마음이 쓰잔했다.

바라건대 백세 시대라지만 아직은 흔치 않은 일이기에 이분들이 최소한 구십구 세까지는 사시다가 진지도 맛있게 드시고 크게 한번 웃고는 한숨 달게 주무시며 가는 듯 오는 듯 말없이 왔던 길로 돌아갈 수 있기를 소망해 본다.

내년에는 몇 분이나 또 뵐 수 있을지. 나도 언젠가는 저 무대 위에서 웃고 있겠지.

제2부
거울

겉모양만 아니라 속 깊숙한 진리의 날것까지
비추는 거울 앞에서 감출 것도 숨길 수도 없는
고해성사를 한다. 아침 민얼굴이 하얀 속마음의
바닥을 드러낼 때까지 나를 토해내는 일이다.

○ 거울

하루에도 몇 번씩 마주치는 게 거울이다.

어떤 때는 일부러 거울을 들여다보며 몸단장을 하기도 하고 때론 무의식중에 자신의 얼굴을 힐끗 스치듯 보게 될 때도 있다. 여자는 남자보다 훨씬 다양하게 거울을 활용하는데, 어떤 여자는 정도를 넘어 아예 거울을 분신처럼 달고 산다. 이리저리 요리조리, 남자가 이해 못할 여자의 거울 사랑이다.

하루 중 제일 먼저 접하는 거울은 화장실 속 거울이다. 자고 일어나서 양치질이나 세수를 할 때 마주하기 마련인데, 내 모든 것을 적나라하게 그려주는 거울의 솔직함이 무척 마음에 든다. 새삼 절이라도 올려야 할 만큼 고맙기까지 하다. 솔직히 거울 앞에서는 숨길 것도 없고 숨을 곳도 없다.

잠에서 미처 깨어나지 못한 부스스한 모습이 머리에서 발끝까지 가관이다. 헝클어진 앞머리나 뒤통수는 새가 둥지라도 틀 양 들쑥날쑥 정신없이 삐쳐있고 나이에 걸맞게 처진 눈꼬리와 늘어진 어깨, 거기에 엉거주춤하게 내려앉은 가슴과 툭 튀어나온 배불뚝이를 거울은 '있는 그대로' 원초적 모습으로 보여준다.

거울에 가까이 다가가 눈을 깊게 맞춰보자. 하루 밤새 얼굴이 달라지기야 하겠냐마는 잘 생긴 내 얼굴의 침묵 위로 말문이 튼다. 살짝 눈을 감으면 무언가 들릴 듯 귀가 쫑긋 선다. 잠재의식 세계에서 밀려 올라오는 침묵을 깨는 참 소리이다. '오늘은 무슨 소리가 들릴까.'

거울 눈은 나를 비추기만 하는 것이 아니라 생각의 꽃을 피우기도 한다. 내가 웃으면 따라 웃고 찡그리면 곧바로 찡그리지만, 원숭이처럼 흉내만 내는 게 아니라 표정 속에 든 속마음을 토해내기도 한다. 이 앞에 서는 순간 몸과 마음을 다 비울 수밖에 없다. 숨을 곳이 없으니 가식을 부릴 수도 없다. 엉킨 마음을 먹는 순간, 이미 누군가 알고 있는 까닭 때문일까, 내가 알고 거울이 알고 또한 하늘이 안다.

요즘 거울 앞에서 전에 없던 짓을 하기 시작했다. 거울을 마주치자마자 첫 동작으로 억지로라도 웃는 버릇이다. 소리 없이 빙긋이 웃는 미소에서 파안대소까지 나 홀로 무언극을 한다. 일부 연예인이 이런 연습을 한다고 하는데, 아무렴 웃는 게 찡그리는 것보다 백배 천배 낫다. 심각한 척하고 똥품 잡아봐야 거울도 무거운 표정만 따라 짓는다.

웃으면 몸에도 좋고 정신적으로도 안정된다는 말은 의학적으로 입증된 지 오래다. 소문만복래(笑門萬福來), 일소일소 일노일로(一笑一少 一怒一老)에 대한 전설적인 경구는 엔도르핀이나 엔케팔린 같은 좋은 호르몬을 분비한다고 한다. 게다가 도파민, 세로토닌

등 스물한 가지의 호르몬도 나온다니 이런 고마운 일이 어디 있는가. 돈 들이지 않고 희열감과 행복감을 쉽게 얻을 목적으로 한 번에 크게 십오 초 정도 박장대소하고 나면 몸속에 잠자고 있던 기가 뻗어 나오는 기분이다.

입을 크게 벌려 천천히 안면근육을 움직이며, 아, 에, 이, 오, 우를 큰소리로 세 번 정도 외치면 준비 동작으로 충분하다. 이제 개그맨처럼 입을 활짝 벌리면서 배 속의 모든 사기(邪氣)가 다 날아가 버리도록 크게 웃어본다.

"우하하하하하! 우하하하하하." 때로는 "푸하하하! 푸하하하."

이렇게 열 번을 웃고 나면 몸속 장기도 달달 떨리면서 따라 웃는 것 같다. 그러면서 생경하게 웃던 습관까지 차츰 고쳐진다. 가끔 아내도 그런 식으로 스트레스를 풀듯 크게 웃어보는데 부창부수(夫唱婦隨)라고, 좋은 건 함께 나누는 것이 세상의 바른 이치다.

한데 거울은 늘 따라만 하는 게 아니라 변할 때도 있다. 그것도 아주 흉측한 폭도로 변할 때가 있는데 그러면 기분이 불쾌해질 수밖에 없다. 순진하게 웃는 나를 보고 찡그리다 못해 악마 상으로 도끼눈을 뜨고 있으면 날 보고 어쩌란 말이냐…….

하루는 쇼핑센터 화장실에 누군가 주먹으로 쳤는지 왕창 깨진 거울 앞에 선 일이 있었다. 그날은 외식도 할 겸 단정한 옷차림에 나름 머리도 정갈했는데 깨진 거울 앞에 반사된 모습은 한마디로 마귀 같았다. 칼날 같은 균열에 머리는 온통 고수머리고 얼굴과 몸 곳곳을 갈기갈기 베고 찢어놓아 창에 비친 모습은 괴물 그 자체였다. 더는 비추고 싶지 않아 도망치듯 빠져나왔다.

깨진 거울은 흉물 중의 흉물을 비춘다. 그 앞에서 아무리 좋은 옷을 걸치고 배우 뺨치는 우아한 표정을 지어본들 멋진 위의(威儀)는 고사하고 찢긴 옷에 일그러진 모습만 잡힐 뿐이다.

비릿한 마음으로 깨진 유리창에서 빠져나오는데 뒤통수로 외침이 들리는 듯했다. 살찬 눈씨에서 나오는 섬광으로, '깨진 게 유리창이 아니라 사람의 마음이라면 어떠하겠느냐' 철학적 테제를 던진다. 그럴듯한 옷을 걸치고 사람 좋은 미소를 짓는다 한들 마음이 깨져있거나 흉악한 마음을 먹고 있으면 이는 역겨울 뿐이라는 꾸지람이다. 이날 마주친 깨진 거울은 속내를 찌르는 칼날로 그저 웃기만 하면 다 되는 줄 아는 가식으로 가득 찬 속마음을 속속들이 끄집어내는 족집게가 되었고, 거울 앞에서 웃음 짓던 버릇만으로는 부족한 내게 마음이 깨지지 않도록 단단히 잡아주는 푯대도 되었다.

겉모양만 아니라 속 깊숙한 진리의 날것까지 비추는 거울 앞에서 감출 것도 숨길 수도 없는 고해성사를 한다. 아침 민얼굴이 하얀 속마음의 바닥을 드러낼 때까지 나를 토해내는 일이다. 화장실에서 '나'라는 존재를 배우고 익히며 논어의 첫 구절을 떠올린다.

'배우고 때로 익히면 즐겁지 아니한가'.

바른 얼굴로 마음도 흔쾌히 웃는 삶을 위해 하루에도 몇 번씩 거울 앞에 선다. 날마다 이런 삶을 가르쳐주는 화장실 거울은 올곧은 진리의 스승이며 동시에 욕심 없는 웃음을 선물하는 따뜻한 스승이다.

하루에도 몇 번씩 거울을 본다
안방에서 화장실에서 현관에서
거울이 나에게 부딪히는지
내가 거울에게 부딪치는지
무에 그리 푸닥지게 단장할 일이라고
이리저리 멋을 내 아닌 체 해도
거울 눈씨는 칼날처럼 살차다
이리저리 뜯어본들
주름 잡힌 세월 고스란히 낯꽃
나목에서 핀 목련 같은
거울 안 날것의 진리
그냥 그대로 살란다
별 한 번 헤아릴 새 없이
이리 볶고 저리 볶는 일
매일매일 왜 그리 체하듯 사느냐고
마음 먼저 윤기 나게 닦으란다
빛을 마시는 영혼처럼
겉과 속이 똑같은 거울
성에 낀 세월이 이랑처럼 골을 쳐도
날것의 나만을 보자 한다
가식 없는 웃음
가득한 내가 보고 싶은 것이다

-졸시, 「거울」 전문

별이 빛나는 밤에

생명 나투던 물방울이 절벽 위에서 바스락거린다. 가난과 질병 속에서 허망한 자화상을 그리며 노란색 이상향을 잡으려고 스스로 세상을 버린 영혼이 있다. 그는 혜성이 오던 해에 태어났다가 혜성이 다시 찾아왔을 때 그 꼬리를 따라 서둘러 우리 곁을 떠나갔다. 하찮은 지상에서의 삶보다 작열하는 태양의 밀밭 속에서 감성 강한 영혼으로 살고 있는지도 모른다.

몇 해 전 고흐(Vincent V Gogh)의 일대기와 그림 몇 점을 보면서 그와 마주 앉아 있는 듯한 착각에 빠졌다. 특히 그의 〈수염이 없는 자화상(Portrait de l'artiste sans barbe)〉 작품 속에 든 강렬한 눈매 때문이었을까. 나보다 백 년 전에 이 땅을 먼저 살다간 그의 인생살이가 내 일기장에서 무럭무럭 자라고 있다. 그는 떠난 사람이지만 오히려 나는 그를 쫓고 있다.

문득 그의 이름을 떠올린다. 내가 아니더라도 그의 이름 한 글자에 세상이 펄쩍펄쩍 뛰는 어제오늘이다. 널린 게 그의 이야기이고 깔린 게 그림으로 색색이 노란색 물결로 태양은 더욱 이글거리고 그의 영혼을 물고 나르는 갈까마귀는 도시를 제집처럼 날고 있다. 무슨 까닭일까.

오늘은 그가 사망한 지 백이십육 년이 되는 7월 29일이다. 해마다 그의 탄생(1853년) 기념행사도 성대하지만 추모행사도 풍성하게 열린다. 사후 백 주년이었던 1990년에는 세기적 경매도 열렸다. 그의 생애 마지막 해에 그렸던 〈가셰 박사의 초상(Portrait of Dr. Gachet)〉(1890. 06.)은 일본인 사업가에게 당시 미술품 경매 사상 최고가인 8,250만 불에 팔리며 이름값을 톡톡히 했다. 하지만 그의 생전은 그렇지 못했다. 수많은 그림을 그렸으면서도 돈을 제대로 받고 판 것은 단 한 점뿐이었다. 그것도 죽기 육 개월 전에 간신히 팔렸다니, 희극도 이런 희극이 있을까. 너무나도 큰 격세감(隔世感)이다.

이렇듯 세상은 차가웠고 오직 동생 테오(Theo)만이 애면글면 뒷바라지하였다. 가정에서는 아버지로부터 인정받지 못한 천덕꾸러기였고, 여자들에게서도 그랬다. 이십일 세 때 직장 동료에게 구애했다가 보기 좋게 딱지 맞았고, 이십팔 세 때는 이종사촌에게 구혼하다가 근친상간에 집안 망신이라며 온갖 비난을 뒤집어썼다. 급기야 돌고 돌다 애 딸린 늙고 병든 창녀에게조차 괄시를 받는 삶은 그림을 그리는 삶 속에도 그대로 이어졌다. 비참한 인생 그 자체를 지금 어떻게 이해하고 위로해야 할지 그저 가슴만 쓸어내릴 뿐이다.

그를 향한 세상은 바뀌었다. 마치 그를 위한 쿠데타라도 난 듯 너도나도 그를 추앙하며 그의 그림 앞에 머리를 조아린다. 미다스(Midas)의 손처럼 황금으로 변하는 작품들이 그토록 괄시 받던 시대를 거꾸로 오르며 제값을 톡톡히 받고 있다.

중음천을 떠돌며 깍깍 울어대는 밤하늘의 새들조차 그의 눈을 편히 감기지 못했다. 마지막 죽음이 있던 7월 더위 속에 폭풍우가 곧 밀어닥칠 듯한 하늘은 그의 피눈물로 검푸른 붓칠을 하고 있었다. 자살하던 그해 그달, 〈까마귀가 나는 밀밭〉(1890. 07.)을 그리던 그 들판에서 연약한 운명은 큰 소리로 울었다. 총소리였다. 굉음은 숲을 뒤흔들었고 가슴을 뚫는 총소리는 세상을 향해 허기진 쉰 목소리를 안고 하늘로 날아갔다.

종종 천재는 슬픈 존재라지만, 비참한 고흐를 생각하면 연민의 가슴으로 안아주고 싶다. 그의 아버지가 되어 따뜻하게 등을 두드려주며 멍청한 개만도 못하다는 욕설은 거두고 싶다. 그의 연인이 되어 사랑 고백도 받아주고 짙은 염문도 뿌리고 싶다. 천재의 고통스러운 삶보다 보통 사람의 평범한 인생으로 한 번만이라도 밑바닥으로 추락하지 않은 채 삶의 비상구를 함께 여행하고 싶다.

돈 맥클린(Don Mclean)의 〈빈센트(Vincent)〉를 서툰 통기타로 두드리며 'Starry, starry night'의 선율을 타고 별이 빛나는 밤

속에 묻히고 싶다. 그가 좋아하던 압생트(Absinthe) 한 잔을 건배하며 투명한 술잔에 입술을 담그고 싶다. 환각의 끝이 예술이든 천국의 입구든 열린 문을 두드리며 그의 추모일에 일기를 써 내려 간다.

회상은 촛불을 켜고 노란 들판 위에 서서 마지막 외침을 적는다. 천 년을 두고 회자할 그에 대한 나의 사랑도 천 년은 갈 것 같다. 그의 뜻처럼 '높은음' 울리는 하늘을 보며, 소리친다. 그는 미치지 않았다고. 다만 세상이 미쳤노라고. 예수를 십자가에 못 박아 죽인 것처럼 미친 세상이 그를 죽였다고.

생명 나투던 물방울
절벽 위에서 바스락거리다
운명 두른 회색 벽에 일그러진 자화상은
토굴 속에 굼틀대는 공허한 외침

찢긴 삶의 파편 쉴 곳 찾지 못한 방황
허접스레 죽은 숨을 내쉬며
자연을 삼키는 전율은
꼬부라진 별로 소용돌이치고

짓누른 광란에 떨리는 손길
산화된 한 줄기 태양 잡으며
뒤틀린 사이프러스 나무에 오르고

가난한 외로움에 노란 높은음 움켜쥐려
안식처를 채우는 영혼의 집

하늘에 꼭꼭 숨어 붓을 던지는
생레미 철창 속 별이 빛나는 짙은 밤
붉은 눈물 적시다 스러지는 육신은

누렇게 익은 밀밭 위 저 너머 어둠 밝히려
보랏빛 안갯속 떠나는 상처받은
영혼의 슬픈 날갯짓

                    -졸시, 「ⅤⅤ 고흐」 전문

○ 인연의 매듭

사람의 능력은 어디까지일까.

마음먹어서 안 될 일이 없다지만, 이 말을 따라가 보면 '불가능은 없다'라는 말과 상통한다. 설익은 과일도 익었다 생각하고 먹으면 풋풋한 듯 단맛이 배는 것처럼 마음에 따라 생각도 달리 움직이는 모양이 참 야지랑스럽기만 하다.

인생을 고통의 세계라 하여 고해라 부른다. 수많은 성현이 이 바다에 들어가 헤엄을 치며 답안을 남겨 놓았지만, 교회의 십자가는 아직도 높고 부처님의 불공 소리는 저녁 끝으로 그칠 줄 모른다. 죽는 날까지 해결하지 못하면 다음 생으로 지고 가야 할 숙명이 되어 다시 고통의 바다에 빠뜨릴 것 같다.

인생은 몽환포영이라며 입으로 잘도 종알거리면서 몸으로는 1%도 체득하지 못하는 사람이 나를 위시하여 부지기수일 것이다. 참으로 한심하기 그지없다. 아니 한심하다는 말 자체도 몽환포영의 한 자락으로, 생각할 필요도 없는 거품일는지도 모른다.

결론 없는 결론 앞에 차라리 막걸리나 한 사발 들이켜고 푹 자고 나면 나을까, 아니면 한소끔 뒈지게 앓고 나야 정신을 차릴 것인지, 뿌연 안개 속을 헤매듯 허공 속에 떠도는 나지막한 한마디가 귓가에 울린다.

'인연' 그리고 '매듭'.

굳이 불교라는 종교에 가로막힐 것 없이 어려서부터 많이 듣고 자란 말 중의 하나가 인연이다. 아무런 거부 반응 없이 습관적으로 이 말을 사용하면서도 정확한 의미를 알고 쓰기보다는 '귀먹은 중 마 캐듯' 원래 의미와는 거리가 먼 소위 '나 편한 대로'의 해석으로 인생에 접목해 사용했던 것 같다.

인연!

사전적 풀이로는 '사람들 사이에 맺어지는 관계나 어떤 사물과의 연줄 또는 내력이나 이유' 등으로 설명하고, 특히 불교적 용어로는 인(因)과 연(緣)을 아울러 이르고 있다. 때로는 내 의지와는 상관없이 움직이는 자연의 원리 정도로 이해하면서도, 한편으로는 내 의지로 끌어내는 힘의 결과로도 보고 있다. 이 두 마디가 각각 타의적, 자의적 또는 수동적, 능동적인 의미를 동시에 내포하고 있다. 동전의 양면을 설명하지 못해 전전긍긍하는 모습이 순진해 보이기도 하고 어리석어 보이기도 한다.

멀쩡히 한국에서 태어나 호주에 삶의 뿌리를 내리고 국적도 바꾼 채 살아가고 있는 나의 모습을 잠시 인연이라는 거울에 투영시켜 본다. 한국에 살면서 많은 사람과 자의든 타의든 인연의 매듭을 묶었다가 풀었고, 호주에 와서도 역시 많은 인연의 끈을 놓을 수가 없었다. 스쳐 간 세월 속에 묻혀 떠난 인연이 태어났다가 사라지고, 또 다른 생명을 이어가는 원인과 결과로 끝없는 만남을 만들어왔다.

만남은 어디에서 오는 것일까.

그 물음에 대한 명쾌한 답도 모른 채 종교적 문답에서 찾으려는 힘없는 존재는 우주를 향해 발사대에 오른 인공위성의 신세처럼 외로워 보인다. 태어남에서 비롯된 첫 인연은 그날로부터 여러 가지 모습으로 만남의 궤도에 오른다. 때로는 빙글빙글 돌기도 하고 미끄러지듯 구르기도 하며 어떤 때는 미친 듯 거리를 헤매며 방황하는 거리의 천사로 다가오기도 한다. 그러면서 무언가에 묶인 매듭을 끊임없이 풀었다 묶기를 반복하면서 인연이라는 늪에 깊이 빠져드는 것이다.

인연은 하늘이 만들어 주고 매듭은 사람이 푼다고 한다. 어머니로부터 배꼽 끈으로 이어받은 삶의 앞섶이 판도라 상자처럼 온갖 인연을 지어내며 형형색색 요술을 부린다. 그 안에서 살아가는 것이 우리네 인생이라 생각한다면, 인생은 온통 인연의 실타래로 꼬여있고, 넓은 하늘을 거미줄에 방귀 한 자락 새지 않을 정도로 촘촘한 그물로 꿰매 놓았다는 생각마저 든다.

앞선 인연이 뒤쫓아 오는 인연을 소중히 받으며 매듭의 끈을 하나둘 풀어가는 모습은 순진한 행복의 모습이다. 하지만 그 속에는 행복만 든 게 아니고 불행과도 쉼 없이 교차하며 세 가지 인과 연을 낳는다.

제행무상, 회자정리, 원증회고의 바다에서 죽는 날까지 구원의

S·O·S를 친다. 언제 답을 받을지 모른 채 오늘도 깊고 너른 인연의 바다를 떠다니며 외딴 섬의 고아가 된다.

모든 것은 돌고 변하며 태어나고 죽게 되어있다. 곧 제행무상(諸行無常) 앞에서 마치 나만은 죽어서는 안 되는 존재처럼 예외적인 생각을 하지만, 결국 어느 날엔가 죽음의 손길을 순종적으로 받아들이라는 삶의 진실이 칼날을 들고 덤벼든다.

누구나 만나면 헤어지기 마련이라는 '회자정리' 또한 피할 수 없는 인연의 늪이다. 부처님은 열반에 들면서 슬퍼하는 제자들에게 떠난 사람은 반드시 돌아온다는 거자필반(去者必返)의 기쁨과 희망을 메시지로 끝없이 돌고 도는 인연의 궤도를 가르쳤지만, 미래가 어떻게 다가오고 있는지도 모른 채 살아가는 우리의 모습이 한편으로는 안쓰럽다.

또 하나의 피할 수 없는 숙명인 '원증회고'라는 고통의 바다를 바라본다. 미워하는 사람도 만나야 하는 원증회고는 원수를 사랑하라는 절대명령 앞에서 태풍 앞의 문풍지처럼 한없이 마음을 흔든다.

꼬인 가닥을 풀고 또 매듭지면 풀고……, 인연의 강을 타고 그저 흘러갈 수밖에. 강물에 몸을 실어 내려가는 오늘, 풀지 못한 매듭을 갈마쥐며 쉽게 풀 수 있는 답이 어디엔가 숨어있지 않을까 찾아본다. 몸을 들떼리고 마음을 헤집고 다니면서 눈에 보이지 않는 모습으로 끊임없는 숙제를 부과하는 인연이 좋은 만남으로 찾아오면 반갑기 그지없지만, 그 반대일 경우에는 어찌하겠는가.

이를 뒤집어서 받는 자세로, 기쁠 때는 슬플 때를 생각하고 슬플 때는 기쁠 때를 생각하는, 세상만사 마음먹기 나름이라는 발상의 전환으로 하늘이 주는 고통을 차분히 이겨보자. 참 빛으로 인연의 매듭을 한 올 한 올 풀어나가는 게 올곧은 삶을 위한 자세가 아닐까 생각한다.

하늘에서 내려주는 소중한 인연의 끈을 잡으려니 가을비가 바람에 발롱거리며 눈을 적신다. 방금 내 몸에 떨어진 빗방울은 그저 우연일까 아니면 하늘의 순리를 받은 필연일까. 분명한 건 우연과 필연 사이의 여백에서, 인연은 죽는 날까지 꽃처럼 피었다 지고를 반복한다. 오늘도 인연, 그 꽃을 따며……

고려불화, 언제 다시 만나랴

다가올 조락을 밀치고 만추가 절정을 이루며 국가행사가 한창이다. 국제적으로 G20정상회의가 개최되고 세계의 이목이 쏠린가운데, 세계 수준의 축제가 곳곳에 날개를 펼친다. 가을 하늘 분수처럼 높은 곳을 향해 솟아오르며 밤하늘을 수놓는 등불로 치장한 세계 등(燈)축제가 서울의 밤낮을 구분하지 않고 국운을 밝히듯 환히 웃는다.

그런 가운데 G20정상들의 만찬이 열린 국립중앙박물관에 전시된 '고려불화대전'이 오가는 내외국인의 눈길과 발길을 사로잡았다는 소식이다. 호주라는 먼 곳에 있는 나의 마음도 포로처럼 그곳에 잡힌 지 며칠이 지났다.

흔히 소중한 사람이나 물건을 잃어버리고 나서 미련을 떨치지못하는 형상을 두고 '죽은 자식 나이 세기'라며 넋두리를 하곤 한다. 죽은 자식이 살아 돌아온다면 부모의 마음은 천하를 얻은 것같은 기분이라는 표현으로는 턱없이 부족할 것이다. 만남의 기쁨은 비단 사람에게만 국한되는 건 아니다. 잃어버린 귀한 물건이나 도둑맞았던 물건을 되찾는 일 또한 큰 기쁨인데, 하물며 그것이 국보나 보물이라면 이는 몇몇 개인의 기쁨을 넘어 온 국민에게 엔도르핀이 홍수처럼 넘쳐날 일이다.

6주 동안 국립중앙박물관에서 고려불화대전이 열린다는 소식이다. 칠백 년 전인 1300년대의 불화 모습을 영상으로 본 소회는, 펼쳐보는 순간 그 황홀함과 우아함의 유혹에 깊이 빠지고 말았다. 형언할 수 없는 필선의 섬세함과 금인(金印)의 화려함은 당대 예술 최고의 아름다움의 극치이다. 연꽃 물 위의 관음보살이 법을 구하러 온 선재동자에게 던지는 응신(應身)의 자애로운 시선을 보라. 법신(法身)으로 불교 최고의 선을 보신(報身)으로 구존하고 있는 삼신의 묘사가 한 점 화폭에 고스란히 담겨 진과 선의 이데아를 만나지 않는가.

어느 것은 칠 하나에만도 수만 번, 때로는 수십만 번 이상으로 육각형 방사선 모양의 가는 선을 긋기도 하고, 이마의 가늘고 빛나는 백호(白毫)는 1mm도 안 되는 초극선의 나선모양이 되풀이되며 그려졌단다. 섬세하고도 아련한 필치는 성불의 염원 없이는 그려낼 수 없는 예술의 혼이다.

여기에 불교 최고의 선이라는 무상정등각(無想正等覺)을 미적·시각적으로 묘사한 고려 불화 61점은 '고려 불화 한 점만 보아도 불보살이 된다'는 옛말에 비추어 조금도 빈말이 아니겠구나 하는 생각에 안타깝기만 하다. 단순한 무명의 삶에 오묘한 진리의 향을 느낄 수 있도록 어둠에서 빛을 꺼내 보여주는 산 교육장으로 당장 달려가고 싶었다.

나이가 드는 것에 비례해 예술세계에 점점 관심이 늘어간다. 작품 하나하나에 담긴 화공의 섬세한 손길과 장엄함이 종교예술이라는 한계를 넘어 뼛속까지 짜릿하게 전해온다. 법을 전하는 불화의 화신이 고려의 아름다운 여인으로 느껴지는 야릇한 감정은 이도령이 춘향이를 처음 보는 순간 느꼈던 연정과 흡사하리. 그것은 에로스를 넘어 신비로움으로 감춰진 아가페적 사랑이 담긴 섬세한 손놀림이기에 신적 영감이 살아 움직이며 온몸을 감싸는 현묘한 기운이 가득하다.

감동은 눈물을 머금는다고 한다. 슬퍼도 눈물이 나고 기뻐도 눈물이 나는 것은 마음이라는 보이지 않는 의식이 흐르면서, 비유(非有)의 존재로 눈물샘을 자극하기 때문인가 보다. 이번 전시된 고려 불화 중 우리나라 소장품은 19점뿐이며, 일본과 미국, 유럽 등에서 44개 소장처에 흩어져 있는 42점(일본 27점, 미국 유럽 15점)이 전시된다. 이 행사를 위해 각 나라를 설득하여 잃어버린 선조의 위대한 작품, 특히 빼앗긴 작품을 우여곡절 끝에 잠시 빌리기도 하며, 하나하나 소중히 모아서 출품한 것이란다.

980번 이상의 외침으로 찢긴 역사를 인내로 베어 물고 산 여인네들처럼, 이번 전시된 작품 중 상당수가 약탈문화재라는 사연은 아픔을 넘어 괴로움이다. 우리 것을 우리 것이라 부를 수 없는 못난이의 멍든 가슴이다. 선조 앞에 큰 죄를 지은 못난 후손의 씻을 수 없는 굴욕이다. 채 벗겨내지 못한 아픔을 안고 친정집을 나들이하는 '고향을 찾는 해후'의 작품 하나하나에 어찌 만감이 교차하지 않을 수 있겠는가.

고 김수환 추기경이 언젠가 경주에 갔다가 석굴암의 불상 앞에 넋을 잃은 듯, 발걸음을 멈추고 한 시간 이상 그렇게 서 있었다는 기사를 읽은 적이 있다. 천주교의 수장이 불상 앞에서 "뭔가에 깊이 빠져들어 가는 것 같았다……. 결국, 나는 내 안에 불교적 피가 흐르고 있었다는 걸 느꼈다." 한 고백은 불교가 종교 이전에 회통한 '마음의 고향'이라는 것을 다시 한 번 생각하게 해준다. 그분의 고백은 칠흑같이 어두운 마음을 환하게 비춰주는 등대처럼 삶의 푯대가 되고 있다.

고작 19인치 화면으로 본 불화 몇 점과 인터넷에 떠다니는 관련 칼럼 한두 편에 빼앗긴 마음은 시공간을 뛰어넘는 영적 교류를 하지 않고서는 배길 수가 없었다. 특히 국립중앙박물관장을 비롯한 학예관의 정성 어린 노력으로 전시할 수 있었던 물방울 관음 〈수월관음도〉(도쿄 센소지[淺草寺])에 얽힌 일화와 불화 앞에 무릎 꿇고 합장하는 삽화는 성스러운 경외감을 주기에 충분했다. 아니 그 이상이었다. 온몸을 휘감아 도는 불화 속 진공묘유의 자비로운 시선에 무한정 이끌려간다. 온화한 미소가 온몸을 휘감아 돌면서, 올무에 걸린 짐승처럼 본능의 깊은 울음을 토해낸다.

마음 깊은 곳에 칠백 년 고려 선조의 피와 땀, 소망이 듬뿍 담긴 불화와 삽화 앞에서 무언가 역동하는 힘이 큰 북을 두드리며 마음 통을 울린다. 나는 어쩔 수 없는 한국 사람이다. 그리고 몸속에는 한국인의 진한 피가 흐르며 한국문화를 사랑하고 있음을 고백한다.

그동안 내가 가진 고려라는 역사는 고구려를 이어받은 혈통으로 '다물'이라는 고토 회복을 위한 강인한 정신과 고려청자의 위대한 예술품, 그리고 국난을 이겨 나가려고 제작한 팔만대장경이 그 전부였다고 해도 과언이 아니다. 하지만 이번 전시회를 통해 또 하나의 이미지로 확실하게 심어진 것은 불화(佛畵)다. 불교라는 제한된 틀을 넘어 고려를 움직인 힘으로써 '고려 불화'는 대한민국 국민이라면 누구나 마음에 새겨야 할 국가적 자존심이자 돈으로 따질 수 없는 역사적 가치이다. 다시 찾아와야 할 흩어진 우리 문화유산의 선봉에 고려 불화가 있다.

이역만리에 떨어져 살다 보니 절절한 친정사랑은 애국심으로 피어나지만, 직접 관람하지 못하는 애석함에 가슴이 몹시도 아리다. 이럴 때면, 한두 시간 남짓한 거리에 있는 문화 살롱을 곁눈질하는 것으로 미편한 마음을 손으로 빨듯 조탁(澡濯)한다. 작품을 직접 보는 것은 살아있는 영혼과 함께 호흡하는 일이다. 작품을 보는 순간 감동하면서 그것과의 인연이 윤회처럼 뜨겁게 응혈될 때 '모든 곳에 생명이 있다'는 사실을 깨닫게 된다.

이번 기회에 국립중앙박물관 블로그에 자주 접속하여 이모저모 문화전시를 읽어 보는 새로운 취미가 생겼다. 태양을 향해 날개치다 떨어지더라도 뜨거운 삶이 살아 숨 쉬는 그곳으로 날고 싶다.

뒷날 선물로 받은 319쪽짜리 『고려불화대전』을 가보처럼 책상머리 앞에 모셔놓고 두고두고 펼쳐본다. 그때마다 고려와 불화를 만나 긴 생명력을 가진 예술의 참 맛에 한없이 빠진다.

삶과 사(死) 그리고 구두·1

　뜨거운 태양이 세상을 녹일 듯 작열하다 숨을 거두는 듯 검은 산속으로 몸을 감춘다. 생명을 일구어내는 용광로처럼 몸을 끓이다 삶의 조각을 흩뜨리고 스스로 화장(火葬)하는 마지막 모습은 산하에 장렬한 작품으로 남는다. 꽃이 있는 곳에 벌이 있듯, 삶의 노래가 있는 곳에는 죽음의 왈츠가 음영처럼 따라다닌다. 아름다운 삶을 이야기하려 해도 시간이 모자랄 판에 생뚱맞게 죽음이라니. 오락가락하는 하루가 난데없는 우울증의 늪에 빠져 허우적거리는 시소(seesaw)의 곡예 같다.

　삶과 죽음, 다소 진부한 단어다. 지루할 정도로 잘 아는 듯해 방구석에 처박아두고 싶기도 하다. 한데 이 나이가 되도록 사생관 하나 제대로 갖추지 못한 탓에 두 단어의 의미를 제대로 설명할라치면 살구던 어깨를 슬며시 낮추고 자괴심에 빠진다.

　'사느냐 죽느냐 이것이 문제로다.'

　햄릿 독백이 확성기처럼 크게 귀를 울린다.

삶은 살아있는 발자국이고 살아갈 길이다. 살아서 보고 느낀 경험은 어떠한 형태로든 설명이 가능하며 이것을 삶이라 부른다면, 죽음이란 만질 수 없는 경험으로 설명 불가의 장벽이다.

죽음에 대한 접근은 선지자의 말씀이나 각종 서적으로 이해하는 데 다소 도움이 되지만, 죽음을 보편타당하고 명쾌하게 설명하기란 요연(窈然)하다. 앞으로 살아갈 날보다는 죽음에 이르는 길이 지척인 듯 가까워져 오는 건 분명하다. 살아가는 행태인 삶은 달려오던 관성으로 익숙하지만, 내일 아침 선뜻 문 앞에 다가올지 모를 죽음(死)은 마치 오지 않을 일처럼 은근히 밀쳐 두거나 막연한 두려움으로 선득하다.

현존하는 사람으로서 죽음의 세계를 가보지 않은 까닭에 언젠가 다가올 현실을 신에게 맡겨야 할까. 죽음에 대해서는 오직 신만이 알고 있다.

아침에 붉은 태양이 솟고 저녁에 휘영청 달이 솟는 동산을 기웃대다, 알알이 살아 숨 쉬는 오감은 내일의 태양이 다시 뜨리라는 기대의 잔 숨결을 내리며 잠을 청한다. 실시간 뉴스로 쏟아지는 지구 곳곳의 생사의 현장들이 밤새 각양각색으로 난장판이다.

분명한 것은 누구에게나 그날은 '비밀리에 공평하게' 온다는 것이다. 그러기에 '나의 그날'도 이미 떼어 놓은 당상이다. 최소한 삼사십 년 이내의 어딘가에 내 이름 석 자와 살아 행적이 기록되고 있다. 하지만 왠지 나만큼은 '아직은 아닐 것'이라는 막연한 기대로 슬쩍 피해 가고 싶다.

죽음의 문은 딴 사람들의 이야기이고 나에게는 찾아오지 않을 역병처럼 생각하기 쉽다. 더러는 나와 상관없는 불구경으로 생각하면서 '나만은 비껴가라'는 심사로 염라 명부를 모르쇠로 일관하며, 내가 나를 속이는 눈속임으로 살고 있다.

길지 않은 인생길에 어느덧 죽음의 문턱을 먼저 넘은 사람들이 떠오른다. 그들은 지금 어디에서 무얼 하고 있는지? 쉴 사이 없는 눈물 속으로 스르르 눈이 감긴다.

'추운 곳에서 떨고 있지는 않을까.'

'그곳은 가지 말아야 할 춥고 괴로운 곳인가.'

언제나 함께 계실 줄 알았던 부모님은 떠난 지 오래고, 친척 어른이나 친구들이 그 대열에 끼어 해마다 그 수가 늘어간다. 애타는 그리움만 남기고 불러도 돌아오지 않는 강은 죽음보다 더한 삶의 허무감으로 애를 태운다.

불과 며칠 전에 말을 나누던 지인이 바람 속 연기처럼 사라져가고, 학창시절 친구들의 부음 소식이 들려온다. 손 뻗으면 닿을 것 같은 촉수를 살포시 적시는 추억을 공유했던 그들이기에 생과 사가 종이 한 장 차이라는 말을 실감나게 한다. 가면 안 될 곳처럼 뇌까리던 그 길을 어찌 그리 쉬이 건너갔단 말인가.

신발장 앞에 구두가 나란히 놓여있다. 왼발 오른발을 각각 제자리에 끼워 넣고 현관문을 나서는 순간 한 치 앞도 알 수 없는 불안한 현실에 놓이는 경우가 종종 있다. 멀다고 밀쳐둘 수 없는 삶과 죽음의 현실을 한쪽 발은 '삶'으로 보고 다른 한쪽 발은 '죽음'이라고 환상해 보니, 매일 아침 집을 나서면서 삶과 죽음의 연속된 징검다리를 밟고 있다는 생각에 잠시 주어진 삶에 숙연해진다. 신발장에는 '살아있는 삶'과 '죽은 삶'이 현실과 미래의 지평으로 끝없이 교차하고 있다.

구두 바닥은 내 여정의 이력을 그대로 보여준다. 그러기에 구두 한 켤레는 어느 날 돌개바람처럼 불어 닥칠지도 모르는 죽음을 보듬어 주다가, 그 길을 떠날 때 삶과 죽음 전부를 증명하는 분신이다. 그러기에 살아서는 삶의 전쟁터에서 함께 싸운 전우이고, 죽어서는 내 삶을 울어줄 진정한 친구로 부르기에 부족함이 없다. 오늘따라 문 앞에 놓인 검정 구두 한 켤레가 더없이 정겹다.

어려서부터 엄지발가락이 휘어지는 병으로 고생하고 살아 비뚤어진 발에 맞는 구두를 고르려면 여간 힘든 일이 아니다. 그런 까닭에 한번 인연을 맺은 구두는 남보다 몇 배나 질긴 연(緣)으로 남기는 편이니, 길을 나서면 내 삶을 몽땅 짊어지고 가는 구두의 고마움에 깊이 빠진다.

언젠가 불청객처럼 다가올 흙물에 묻히는 그 순간까지 함께할 구두를 오늘도 정성스레 닦는다.

삶과 사(死) 그리고 구두·2

하루가 짧다고 말들 하지만 그 짧은 하루가 길게만 느껴지는 요즘이다. 삶의 발목을 질곡으로 잡고 늘어지는 일에 꼬이다 보면 산다는 게 기쁨만은 아니다.

미혹(迷惑)한 생활이 좁은 틈새를 비집고 들어오는 때가 잦아지면서 삶이 속이는 것이지 사람이 속이는 게 아니건만, 줄지어 가던 무리 속에 메마른 인연이 행렬도 없이 새치기하는 듯하다. 그 덕에 한 발짝 앞서듯 나서다가도 이내 아침빛에 세수하고 깜깜한 밤에 몸을 던지기는 마찬가지이다. 아침이 가까워지면 아직 오지도 않은 내일 걱정에 한숨이 늘어진다.

얼마 되지는 않았지만, 건강을 지키자는 구호를 외치며 아침마다 한 시간씩 산책한다. 출발한 지 몇 분도 지나지 않아 처음의 깔끔한 마음에 번잡스런 생각이 '풀 방구리 쥐 드나들 듯' 들락날락하기를 수도 없이 반복한다. 잘한 일 못한 일에서부터 걱정되는 일이 마음을 짓누르다가 세 발 걷고 한 번 절하는 삼보일배를 하며 머릿속이 비어간다. 이런 생각 저런 생각 번문욕례(繁文縟禮)의 겉치레에 빠져있는 허상이 눈앞에서 한심하게 쳐다보는 듯하다.

진정한 삶이란 무엇인가.

사람이 살아가는 모습이 담긴 이 말은, '삶'에서 겹자음의 받침을 빼고 나면 '사'가 되는 우연은 삶이 지척에 있으면서 사(死)를 지뢰처럼 밟고 있다는 생각에 머리카락이 쭈뼛거린다.

어느 하루 땡볕에 가림도 없이 한 시간 남짓 걸으며 비지땀에서 건강을 만지고, 거친 숨소리에서 생명의 소리를 들으며 자연스럽게 '삶이란 무엇인가'에 화두를 잡던 중 글자를 파자(破字)하다가 건네받은 선물이 있다.

자음 '리을(ㄹ)'을 왼발로 생각하고, '미음(ㅁ)'을 오른발이라 지칭하며, 혹여 쉬지 않고 놀리는 왼발과 오른발의 움직임이 그치면, '삶'에서 'ㄹ'과 'ㅁ'이 사라지고 '사'만 남게 되니, 삶은 죽음으로 생명의 바통을 넘긴다는 엉뚱한 생각이 슬쩍 스며든다.

'ㄹ'과 'ㅁ' 둘이 하나로 몸을 섞은 합용병서(合用竝書)는 피와 살을 준 삶의 분모이며 토양으로써 어머니처럼 따뜻하고 넉넉하다. 그런데도 평생 왼발과 오른발의 무게를 짊어진 신발을 신고 벗을 때마다 종일 부려먹은 마음에 고마움은커녕 오히려 몸의 제일 밑바닥에 있다는 이유로 갖은 구박에 홀대까지 하고 있다. 현관 바닥에 덩그러니 놓인 신발이 밤새 너저분하게 흐트러져있다. 동냥이쳐진 아침을 기다리는 구두가 부옇게 타다 남은 찌든 삶 내를 씻어내고 빙긋이 웃으며 기다리고 있다.

골목길을 나서면 앞서거니 뒤서거니 차량 행렬과 부딪치는 어깨로 웃음은 실종되고 사주경계의 시선이 예각 속으로 잠입한다. 정면을 응시하며 걷다 보니 발목 아래 일은 오로지 구두의 몫이다.

왼발 오른발은 행여 사(死)의 낭떠러지로 떨어질까 봐 정신을 바짝 차리고 제 길을 간다. 하나, 술이라도 몇 잔 거나하게 걸친 날이면 갈지자걸음이 걷잡을 수 없이 춤을 추고 그럴 때면 구두 밑창이 소리를 지른다. 거친 바닥을 그대로 밟고 가는 멍청이의 행진에 소리를 지르는 것이다.

'정신 좀 차려!'

'아파요 아파!'

잠수함 밑둥이 바다 밑바닥을 긁듯 걸으면, "직직 끌고 가면 어떻게 해!", "손을 흔들 듯 발을 번쩍번쩍 들고 힘차게 가면 안 되냐고!" 소리소리 지른다.

아무런 대꾸가 없다. 마치 미운 시누이 보듯 인정머리 없는 발걸음에 삶의 짐을 내려놓고 도망치고 싶어 한다.

구두는 먼 길을 달려가는 자동차이기도 하고, 발의 안식처이기도 하다. 구두의 고마움을 망각하는 것은 발을 하대하는 것이고, 발의 안식처를 사랑하지 않으면 삶도 사랑받지 못한다. 힘들게 새벽길을 터벅터벅 나섰다가 고단한 운명에 죄 없는 구두로 돌멩이를 차 버리기도 한다. 아픈 구두에 걸어 채인 먹먹한 돌 조각이 자유를 잃고 구르다가 먼발치에 서서 구두를 노려보지 않을까 모르겠다.

판에 박은 습관으로 구두를 벗을 때면 어제처럼 팽개치기 일쑤다. 고린내 나는 냄새를 피운다고 얼른 벗어 던지고 양말은 빚쟁이 손 뿌리치듯 소파 구석에 쑤셔 박고는 씻지 않은 발로 드르렁 코를 골며 몸뚱이를 잠에 굴린다. 삶의 뒤꿈치 바닥을 묵중하게 지탱하는 두 발은 명주실로 튼튼하게 꼰 생명줄을 잇고 구두는 곤히 자는 나를 말없이 지켜본다. 삶이 뜻대로 풀리지 않고 힘들더라도 두 발이 잘 버텨주면 희망의 내일을 다시 만날 수 있다. 삶의 교훈을 안겨주는 구두는 그렇게 내일을 준비한다. 자동차가 시동을 걸듯 왼발 오른발을 힘차게 뿌리면서 흐트러질 나를 튼실하게 잡아본다.

아침이 가고 해가 지면 집으로 돌아가는 두 발이 구두에 얹혀 그림자 조각을 겹겹이 이어간다. 발목까지 지켜줄 구두를 만들고 가슴까지 올라와 온몸을 감싸는 구두 속에 생명을 넣고 싶다.

온몸을 바쳐 내 삶을 품은 구두는 몸의 털 하나도 빼앗기지 않으려고 발버둥 치다가 어쩔 수 없이 내려놓는 무소유의 얄팍한 삶을 풍요롭게 만드는 마정방종(摩頂放踵)의 희생이다. 내 삶을 떠난 뒤에도 말없이 버려진 구두는 어디선가 거친 숨을 쉬고 있겠지.

불안 그 안의 폴터가이스트

사는 동안 불안감이 생기는 건 숙명 덩어리이며 떼려고 해도 뗄 수 없는 그림자다. 불확실성 시대를 헤쳐 가며 곳곳에서 만나는 어두운 그림자들. 어떤 때는 나를 시험하는 신의 뜻처럼 보이기도 하고, 때로는 무작정 잠복해 복병으로 괴롭히기도 한다. 이들을 두려워하여 도망치면 추격을 받다가 결국 불행의 나락으로 떨어진다. 그 불행이 때로는 '나 속의 나'를 마음속 깊은 곳에 가두는 무서운 마음의 병인 우울증에 목에 건다. 이런 올무에 걸려 헤어나지 못하는 사람들을 가까운 주변이나 사회에서 심심치 않게 본다. 어느덧 노년 하수(下壽)이니 이것이 남의 일만이 아니라는 어둠침침한 불안감이 잔불에 흔들거린다.

불안은 무엇인가?

'불쾌한 정서적 고통', 이 한마디의 사전적 의미로 풀이하기에는 무언가 부족함이 많다. 의학적 풀이를 모두 열거할 수는 없겠지만, 그 종류만 간단히 나열해도 적잖이 늘채다. 극심한 불안 장애에서 오는 공포증에서부터 갑자기 엄습하는 강렬한 불안인 공포 장애 그리고 원하지 않는 반복적 억눌림인 강박 장애나 외상 후 스트레스 장애, 급성스트레스 같은 것들이 정상적인 감정을 해치려고 날뛴다. 내면을 거머쥐고 있는 검은 손의 정체가 머리 한 구석에 똬리를 틀고 앉아 불안정하게 뛰어다니는 폴터가이스트 (Poltergeist; 유령)라면 어떻게 견뎌낼 것인가.

눈으로 드러나는 질환은 의사가 주는 몇 알의 약으로 어느 정도 해소나 치유가 될 수 있어도, 무위적 불안은 나만이 느끼고 나만이 해결할 수 있다는 데에서 그 궤를 달리한다.

사람은 도움이 필요할 때 무언가를 찾고 부른다. 지극히 주관적인 견해이지만, 이기적인 필요의 부름에 응답으로 다가온 것이 종교가 아닌가.

공간적으로는 하늘 꼭대기부터 땅 밑까지 불안의 가중이 종교를 만들고, 그 종교는 믿음의 교리로 사람의 마음을 위무한다. 그런 면에서 올바른 종교생활은 '평생 안심 보장보험'에 들은 셈이다. 이 말 자체보다는 그 뜻에 동감하면서 내게 종교는 마음의 해감을 터는 평생보험일 수 있다는 속된 표현을 감추고 싶지는 않다.

나의 종교적 인연은 다양한 편이다. 만신(萬神)이 흔들어대는 목탁소리를 종교로 받아들이고 있는 건 아니지만, 전통선도로 시작하여 유불선과 기독교 등 모든 종교의 장점 위에 나를 올려놓는 삼경의 시간이 전혀 아깝지 않다.

일찍이 어머니가 불교를 믿으면서 우리 집안의 정신세계는 모두가 불교도인 것처럼 그 사고방식에 익숙해지면서 동시에 전통적 유교 풍습에도 친숙해졌다. 그런 만큼 기독교는 멀리서 바라보고 산 듯한데, 그렇다고 반감이나 특별한 저항감이 있었던 건 아니다.

여기에 학창시절 도덕 시간을 통해 여러 종교를 폭넓은 이해로 받아들이는 것이 옳다는 자의적 판단이 더해지면서 특정 종교에 대한 편견이 없어진 셈이다.

1984년에 교황 요한 바오로 2세의 방한이 있었다. 이를 계기로 그의 방한 직전 세례를 받고 천주교와 인연을 맺었다. 세례명은 당시 교황인 요한 바오로 2세에서 차용하여 '요한'으로 받고 천주교 신자가 된 것이다. 그 후 대한항공 승무원의 신분으로 교황을 지근에서 모시는 행운을 얻었다. 이로써 어려운 일이 있을 때면 하느님을 찾는 일도 낯설지 않았지만, 그래도 때에 따라서는 어머니를 찾거나 부처님 법신의 힘을 얻으려는 속치레로 내면은 복잡한 종교적 비빔밥으로 엉켜졌다.

이런 상황은 하나의 종교에 집중하지 못하는 단점도 있지만, 모든 경전의 가르침을 소중히 여기는 자세로 어느 성현도 크게 나무랄 것 같지 않다는 확신범을 만들었다. 세계 4대 종교인 불교, 유교, 기독교, 이슬람교뿐만 아니라 전래의 샤머니즘 전통에서도 긍정적인 호흡을 느끼며, 선도(仙道)에도 관심을 가지고 관련 서적을 손에서 내려놓지 않았다. 세상을 특정 성령이나 법신에만 맡기지 않고 '우주 이성'의 '과정과 실재'의 진화로 엿보려는 시도도 꿈틀거린 고집인지 모르겠다.

종교를 이해타산으로만 이용하는 자세는 '마음의 안정을 꾀하고자 하는 목적'에 다가가기도 전에 불안요소 하나만 더 늘리는 모양새가 된다. 그러면 고통이 사라지기는커녕 오히려 가중되어 혼란스런 정서적 반응이 다각적으로 나타난다. 종교의 신은 때로는 거령(巨靈)으로 평생을 지켜주는 큰 힘이 될 수도 있지만, 만일 필요할 때만 "~해 주십시오." 하는 기도를 한다면 이는 섬기는 기도를 넘어서 결국엔 이기적 기도로 전락하고 만다. 이는 올바른 종교인의 자세가 아니다. 종교생활은 이기적이 아닌 이타행을, 소승보다는 대승을 따르라는 서슬 퍼런 가르침이 있기에 말이다.

범 우주를 주재하는 신이 있다면, 누구에게나 적용될 수 있는 보편타당한 사랑, 용서, 관용, 인내, 자비와 같은 광활한 기도에 신의 마음과 하나가 되는 우주적 모성을 담아 '받아들여질 수 있는 기도'로 만들 거다. 하지만, '나', '내 가족', '내 나라'에게만 자양분을 '내려 주십사' 하는 편협한 기도는 참고는 될 수 있을지언정 응답이나 도움을 받지는 못할 것이다. 혹시 '한계 상황적 주문'에서 '신의 응답'을 받는 것은 때때로 '자기 최면'일 수 있다. 이런 사고가 종교의 심오한 뜻은 아닐진대…….

아무리 진솔한 신앙인이라도 내 자식 '대학교에 합격이 되게 해 주십시오'라든가, '부자가 되게 해 주십시오'라는 타산적인 '~주십시오'의 기도는 거꾸로 생각하면, 극한 경쟁사회에서 나만 이롭게 해달라는 억설을 부르짖는 것과 진배없다. 이는 이율배반적인 야누스의 두 얼굴로 방황하는 불안의 원인이다. 종교를 통한 불안 해소의 방편이 안정을 찾지 못하고 무명에 가려 서성거리는 것을 보면 구름에 가린 달빛처럼 미편(未便)하기 짝이 없다.

산상기도처럼 내가 아닌 남을 위해 복을 비는 기도는 얼마나 좋은가. 심령이 가난한 사람, 애통해 하는 사람, 가난한 사람, 의에 목마른 사람, 의로움을 위해 핍박 받는 사람 그리고 세상을 화평하게 하는 사람들을 위한 기도는 절로 행복이 솟는다. 나를 비우고 남을 위한 소망이기에 나의 인성 또한 절로 풍성해지는 느낌이다.

동짓달에 때 이른 봄을 만난 듯 훈풍 한 줌이 뺨을 스친다. 살아 있는 동안 찰거머리처럼 어둠 속에서 흔들리고 있는 불안이나 걱정은 밖에서 오는 게 아니라 내 안에 있음을 넌지시 알린다. 이 불안이란 놈은 조용할 때는 형체도 없는 얌전한 색시 같다가도, 유령처럼 날뛸 때는 태풍이 요동을 치는 것처럼 혼을 쏙 빼놓는다.

끈적거리는 불안을 내 몸속에서 떨치려는 해답은 결국 '내 속의 기 덩어리'로 이글거리는 '영혼의 문'이 해결해야 한다는 생각에 머문다. 내 문제를 밖에서 해결해 보려던 시도가 결국 내 속으로 제 집 찾아 들어온 셈이다. 지구의 중심핵이 뜨겁게 달궈져 에너지를 만들고 있듯 마음속 깊은 곳에서 부글부글 끓고 있는 단전(丹田)에 불을 붙이는 생명의 스위치를 내가 잡고 있어야 한다. 그러면서 끊임없이 들어오고 나가는 '불안'이라는 이름의 산화된 기 덩어리를 태우고 녹여야 한다.

나쁜 일만이 아니라 좋은 일도 태워버리고, 불행과 행복 그리고 나마저 모조리 쓸어 넣어 벼락 치듯 끊어버려야 한다. 나라는 존재가 사라지는데 불안이 어디에 발붙일 수 있겠는가.

먼 산에 동이 튼다. 어둠에 스며들어 불안으로 희희낙락 춤추던 '폴터가이스트'라는 악령을 꼬리까지 녹여버린다. 오늘따라 불안하게만 보이던 먹구름이 가문 날에 생명수를 나누어 주듯 빗방울을 떨군다.

그린나래

습관은 시간이 지날수록 숙달되는 게 보통이지만, 인생살이만큼은 육십 성상(星霜)이 되어도 길들지 않고 갈수록 휘움하다. 얼마 전부터 습관 하나를 들이기 시작했다. 이른 아침, 베란다에서 보건체조를 하며 만나는 '바람과의 대화'다. 이젠 제법 익숙해져 기지개를 쭉 켜면 돌개바람이든 센 바람이든 마구잡이로 달려와 안긴다. 요즘은 봄맞이가 한창이라 얌전한 색시 같은 바람이 놀러와 살살 겨드랑이를 간질인다.

그런 중에 또렷하지는 않지만 가냘픈 속삭임이 들리기도 하고, 들판의 야(野)한 바람이 하얀 미소의 구미호가 되어 요염한 눈빛으로 유혹하며 함께 '바람이 되자'는 무아지경의 시를 읊는다.

사람은 나이를 먹으면 늙기 마련인데, 오가는 바람은 그럴 틈도 없이 늘 씽씽하다. 그간 바람과 함께 사라진 숱한 인연 하나하나가 새삼 보고 싶어진다. 옛사랑, 옛 친구들이 구름으로 밀려와 바람을 타고 왔다가 바람 따라 사라지고 간밤에 온 비에도 오늘 아침 핀 꽃에도 그렇게 바람은 늘 붙어 다닌다. 어느덧 그는 인생의 살가운 동반자가 되어 점점 그 속정마저 그리워진다.

누군가 '외로울 때는 그리운 사람에게 편지를 쓰라'는 말처럼 이제 외로울 때는 바람에 편지를 쓰기로 했다. 인생 고백의 편지는 일상 첫머리의 고개를 들며 의식적인 습관으로 바람만이 알아들을 내면 독백을 던진다. 어느덧 바람을 닮고 싶어졌는지 환상은 허공 속 바람을 닮아간다. 어디에서 왔다가 어디론가 사라지는 것이 그렇고, 빈손으로 왔다 빈손으로 가는 것도 흡사하다. 더구나 내가 태어난 곳에 끝까지 뿌리를 내리지 못하고 이리저리 떠돌아다니는 역마살 신세가 또한 닮았다. 얼마 전에 만난 글귀처럼 '구름은 용을 따르고, 바람은 범을 따른다'는 그 바람을 타고 또 멀리 도망이라도 치고 싶은 몸부림이 도지는 건가.

결코 짧지 않은 시간을 떠다녔고 지금도 그리하고 있는 유목민의 부목 같은 운명이 불끈불끈 솟곤 한다. 젊어서 일만 시간 가깝게 비행기를 탄 것도 모자라, 어머니가 그렇게 말렸던 호주로 이민을 떠났고, 뜻하지 않은 일로 다시 한국으로 역이민을 한 후 오 년 만에 호주로 되돌아와 백인사회에 섞여 사는 걸 보면 역마살이 어지간하다. 이제는 춘사(春思)로 바람난 총각처럼 이 집 저 집 넘보지 말고, 음전한 양반처럼 한 곳에 진득이 정착하고 싶은 마음이 간절하다.

아내는 깊은 침잠을 깨는 차 한 잔을 들고 나왔다. 봄날 소녀 같은 옷차림에 향긋한 커피 한 잔은 한껏 낭만적인 분위기였다. 하지만 그 멋에 춤을 추지는 못할망정 아침 시간에 걸맞지 않게 비밀스러운 자백이라며 납덩이 같은 사색덩어리 하나를 심중에서 꺼냈다.

"이 세상에 다시 태어난다면, 당신은 뭐가 되고 싶어요?"

잠시 머뭇거리던 아내는 밋밋하지만 소박한 말로 "지금처럼 여자로만 태어났으면 좋겠다."며 웃어넘겼다. 하지만 나는 엄청난 비밀을 독백하듯 야릇한 소망을 뱉어냈다.

"나는 바람으로 태어나고 싶어요. 죽어서 다시 인간으로 태어나기보다는 바람이 되고 싶어요."

"그래요? 바람이요?"

아내는 뜻밖에 무덤덤했다. 조금도 놀랄 것이 없다는 듯 대수롭지 않게 응대했다. 내겐 의외였다. 여자는 늙어도 여자라는데, 사후에 자기를 다시 선택하지 않는다는 객쩍은 질투심에 작은 역정이라도 낼 줄 알았는데 뜻밖이었다. 조금은 의아해하면서도 나의 선택을 존중하듯 무심코 받아준 덕분에 혼자 끙끙거리던 사후 소망은 이렇게 순탄하게 아리랑 고개를 넘어갔다.

하긴 살아있는 현재의 일도 잘 모르겠는데 죽은 뒤의 일을 미리 사서 걱정하는 모양새가 한심해서 그럴 수도 있겠다 싶었다. 사후 걱정은 종교의 소관이고 바쁜 세상에 오죽 할 일이 없으면 그런 데까지 신경을 쓰겠냐고 하겠지만, 세월 따라 늙어 감을 막지 못한 죄로 잠시 먹고사는 일에서 일탈하여 존재와 무 사이에서 보이지 않는 손의 존재를 곁눈질해본 것이다.

'나는 바람이 되고 싶은 사람, 그렇다면 어떤 바람이 좋을까?' 바다낚시를 하듯 사전 여기저기를 마구 뒤졌다.

한국어 사전 ㄱ에서 ㅎ까지, 영어사전 A에서 Z까지를 대충 추슬러도 족히 삼십 가지가 넘는 바람의 종류가 낚였다. 한국형 간들바람에서 회오리바람까지, 그리고 서양형 그리스 바람의 신인 제피로스를 포함해서 백과사전에 담긴 숱한 이름 중 스스로 이름을 작명하느라 아둔한 머리를 쥐어짰다. 지난날 아들, 손주 이름을 지을 때도 힘에 부쳤는데 열흘 남짓 발품으로 나름 맛깔난 이름 하나를 찾아냈다.

'그린나래'

첫눈에도 멋진 이름인데 다소 생소한 덕에 남들은 쉽게 감흥을 못 느끼는 게 영 아쉬웠다. 하긴 사람마다 생각이 제각각인데 내 주장을 강요할 수는 없는 일이다. 내겐 말 맵시가 한눈에도 예뻐서 '그린나래! 너 어디 갔다 이제 왔니' 덥석 반기며 제2의 아호로 심어 두었다.

'그린 것처럼 아름다운 날개'라는 우리말의 아름다운 모습은 리듬체조를 하는 소녀가 되어 내 무릎에 안겼다. 진흙 속에 감춰진 장미보다 더 예쁜 알짬을 발견한 설렘으로 깨춤을 추었고, 그로부터 '그린나래'는 내 영혼을 파고들어왔다.

그런 차에 내 마음을 훔치는 또 하나의 진동이 있었다. 나의 명제, 죽어서 무엇이 되고 싶냐는 스스로의 질문에 공박을 하는 매질이었다. 지금 이렇게 멀쩡히 살아 있는데 왜 죽은 후에 그렇게 살려 하냐는 손가락질이었다. 지금부터 그린나래라는 고운 이름처럼 세상을 긍정적인 마음으로 바라보며, 힘들고 궂은 날에도 수채화 같은 그림을 그리라는 신명(神命)을 만난 듯했다.

어섯눈을 조금 뜨며 할 일이 생겨났다. 켜켜이 쌓인 삶의 찌꺼기를 사후로 떠넘기려는 얄은 생각은 모조리 내다 버리고 비워진 마음을 그린나래가 날 수 있게 시원한 공기로 채우는 일이다. 몸도 마음도 새털처럼 가볍게 하늘을 나는 연(鳶)이 되어 기쁨의 전령사로서 임무를 다할 순명(順命)을 남기고 있다.

행여 사후에는 좋은 바람으로 다시 태어나길 소망해 보며, 이렇듯 사후 소망을 현재 소망으로 앞당기니 홀가분하다. 생사일여의 타임머신을 타고 즐거운 바람을 부른다.

나는 그린나래, 오늘 아침 베란다 위에서 바람을 안고 그림처럼 아름다운 승무를 추련다.

호연지기(虎然之氣) ⭕

새해가 밝았다. 백호가 힘차게 한 해를 넘어온다. 백두에서 한라까지 한반도를 고루 비추는 태양이 높이 솟는다. 독도와 마라도에도 작열하는 태양의 눈 속에 호랑이가 들어있다. 흰 바탕에 검은 줄무늬가 찬란한 남성미 넘치는 백호다.

예부터 동양에서는 십간십이지(十干十二支)로 세상 이치를 풀며, 열두 동물을 태어나는 해에 하나씩 맞추어놓았다. 올해는 호랑이(범)의 해다. 그것도 육십 년 만에 돌아오는 백 호랑이의 해라니 괜히 주먹이 불끈 쥐어지며 개인의 운세도 힘이 나는 듯하고, 바람 잘 날 없는 한반도 국운도 한층 좋아질 것 같은 설레는 기분이 든다.

새 술은 새 부대에 담으라는 말처럼, 개인이나 우리나라가 백호랑이의 젊고 튼실하며 용맹한 DNA를 받아, 원하는 술을 철철 넘치게 담았으면 한다.

새해 소망은 매해 첫날 시키지 않아도 되뇌는 연례행사이지만 올해는 여느 해와는 사뭇 다른 설렘으로 시작한다. 나의 해인 용(辰)처럼 애착이 가는 호랑이를 만나서 그런 것일까. 그것도 희귀한 백호랑이라니 얼른 그 등에 올라 붕새를 따라 구만리 길을 날고 싶은 맘이 콸콸 솟는다.

이런 마음은 비단 나만은 아닐 것 같다. 한국인은 유독 호랑이를 사랑한다. 실은 커다란 덩치에 무서운 발톱을 가진 사나운 동물이니 무서워할 법도 한데, 두려움의 대상이기보다는 존경과 용맹의 상징으로 신성시까지 하는 게 우리네 정서다. 간지(干支)의 다른 동물들도 각각 특징과 충분한 매력이 있다. 그래도 다른 동물들보다 호랑이를 더 인정해 주고 아끼지 않는가. 그런 호랑이와 견주어도 빠지지 않는 게 바로 용(龍)이다.

용은 나의 탄생 동물이기에 호랑이와 더불어 각별히 애착이 간다. 이 둘을 똑같이 좋아하고 마음에 새기는 까닭은 신령스런 위엄을 갖춘 위의(威儀)의 동물이기 때문이다. 호랑이는 털을 가진 동물 중에서 가장 힘이 세고 신령스러워 수호신으로 받든다. 용은 비늘을 가진 동물 중에서 가장 신령한 동물로 제왕을 상징하는 동물이다. 이 둘은 땅과 하늘의 제왕적 위용이 있기에 남자로 태어나서 이를 닮고 싶다는 마음은 인지상정이 아닐까.

종종 둘을 용호상박(龍虎相搏)이나 양웅상쟁(兩雄相爭)이라는 말로 대척 각에 세우기도 한다. 이소룡의 쿵푸 영화인 〈용쟁호투(龍爭虎鬪)〉에서도 치열한 무술 경쟁으로 용과 범을 최강자 대결의 대명사로 곧잘 쓰곤 했다.

하나, 두 동물은 경쟁의 대상이 아닌 상생의 관계이며 천지 만물을 보호하는 수호신의 의미가 훨씬 강하다고 배웠다. 하늘의 사방을 지키는 동양의 네 신(四神) 속에서도 그렇고 다섯 가지 영적 기운을 뿜은 성스러운 동물로서 오랜 삶 속에서 그렇게 믿어온 것이다. 주작, 현무와 함께 청룡은 동쪽인 왼편에서, 백호는 서쪽인 오른편에서 좌청룡 우백호로 사신(四神) 속에서 마주보고 있다. 또한 오령(五靈) 속에 들어 봉황, 기린, 거북과 함께 용과 호랑이는 천자의 기운을 타고 넘는다.

용과 범은 내 삶 속 가까이 붙어있는 듯했다. 힘들 때면 떠올릴 수 있는 구심력의 동물이며 붙들고 있어야 하는 원심력의 힘줄이었다. 하지만 내 삶은 이들을 닮기는커녕 근처에도 가지 못했다. 그래도 죽는 날까지 이 두 동물의 모습과 떼려야 뗄 수 없는 데는 나름 특별한 이유 몇 가지가 있다.

용과의 인연은 내가 태어난 해라는 근원적인 이유와 함께 내 이름 자에 발음으로 늘 붙어 다닌다. 보통은 나를 '화용'으로 부르는데, 어떤 사람은 '화룡'으로 부르곤 한다. 그럴 때면 자유당 시절 명동 깡패 두목이었던 '이화룡'과 이름이 같다고 놀리는 사람도 더러 있지만, 좌청룡 우백호의 그 청룡의 기상이 은연중 하늘로 솟는 용오름 기운을 느끼게 한다.

호랑이와 꿈틀거리는 인연도 몇 가지가 있다.

하나는 고등학교시절 내게 가장 큰 영향력을 준 분의 풍모가 가히 호랑이를 닮은 까닭이다. 이 호랑이는 무서운 이빨을 드러내고 으르렁대는 피에 굶주린 야수가 아니다. 강하면서도 넉넉하고 씩씩하면서도 후덕한 인품을 가진 따뜻한 감성의 호랑이로, 푸른

빛이 감돌며 뜨겁게 이글거리는 눈을 가진 김석원 장군이다. 성남고등학교의 설립자이자 이사장으로 교정과 복도를 오갈 때, 조회 시간에나 뵐 수 있었던 게 전부였지만, 그분의 가르침인 '의에 살고 의에 죽자'는 교호를 늘 새기면 산다. 그 정신은 자유당 정권을 무너뜨린 도화선이 된 '3·15마산의거' 이튿날인 3월 17일에 서울에서는 최초로 성남고등학교 학생 사백여 명이 일으킨 가두시위로 '4·18고려대 대학생 시위'와 '4·19혁명'에 앞서 불을 지핀 '3·17 의거'에서 볼 수 있다.

이날이 되면 그는 늘 똑같은 회상을 들려주곤 하였다. 당시 서슬 퍼런 자유당 정권에서 학교에 압력을 가하자, 학교장이었던 그는 반독재에 저항한 학생 편에 서서 외쳤다.

"정의는 막을 길이 없다!"

호랑이의 호통이었다.

그래선지 대학에 진학할 때, 호랑이를 상징하는 학교를 주저 없이 선택하면서 자연스럽게 호랑이와 또 한 번 인연을 맺게 되었다. 대학에 가서는 일 학년 개시와 함께 불어 닥친 반독재 투쟁에 윤경로 학우와 함께 최일선에서 학생운동의 대열에 뛰어들었던 것은 우연이 아닌 듯싶다. 의를 향해 올곧게 살라는 정신 자세를 배우고, 죽더라도 "의롭게 죽으라!"는 고등학교 때 가르침이 평생 가슴속에서 울렸기 때문이리라.

이렇듯 호랑이와 인연이 적지 않은 편이다. 게다가 올해 새 아침이 백호로 달려오니 어찌 반갑지 않을 수가 있겠는가. 하지만 반가운 것은 하루면 족하다. 그간 약하고 나태하게 살아온 나를 질책할 것 같아 정신이 번쩍 나는 신년 아침이다. 무언가 결심도 해보고 박달나무처럼 단단하게 실천에 옮겨야겠다는 마음이다.

의젓한 위풍을 다는 닮지 못해도 마음만이라도 '넓고 큰 기운'이라는 호연지기(浩然之氣)의 기상을 넘어, 호랑이의 힘과 지략과 너른 마음을 닮고 싶다. 그래서 호연지기의 '호' 자를 '물 넓은 호(浩)' 자가 아닌 '범 호(虎)' 자로 고친 '호연지기(虎然之氣)' 네 글자를 책상 위에 크게 써놓고 한 해를 시작하며 여생의 표어로 삼으련다.

호랑이의 멋진 위의는 명품이다. 이것을 추위에 따뜻하려고 입는 건 아니다. 위용 넘치는 위의(威衣)는 혼자만이 아닌 여러 사람의 마음을 따뜻하게 덮어주는 홍익의 길이고, 나아가서는 뒤틀린 한반도 역사원형의 천 년 대운(千年大運)을 함께 짊어지고 나갈 꿈을 크게 꾸어보라는 꾸짖음이기도 하다. 그 외침의 울림은 통일 한국의 메아리로 울리고, 휴전선 철조망을 찢고 저 너머 간도까지 넘는 큰 호울(호랑이 울음)이리라.

답사 가는 길

뭐니 뭐니 해도 머니(money)가 제일이라는 말이 있지만, 젊어서 나 늙어서나 그저 이름만 들어도 좋은 건 친구이다. 물론 부모·형제, 배우자와 자식이 있는 가정보다 소중하다고 말할 수는 없어도, 철없던 시절 싸우면서 자란 불알친구만큼 소중한 건 없지 않은가. 입이 포도청이라 먹고사는 게 늘 선결문제인 건 사실이지만, 그래도 가족과 친구는 돈·명예·권력 그 이상의 것이다.

한자로 '두 손을 모아 정을 표시한' 우정, 그 친구들.

중·고등학교나 대학 동창들 모두 소중한 벗인데, 그중 대학 친구들과 설익은 지성인 행세를 하며 '역사'라는 논제를 두고 밤새우며 토론하던 날들이 생생한 주마등처럼 기억에 새롭다. 특히 일년에 한 번 있던 답사 여행은 초등학교 시절 밤을 설쳐가며 기다렸던 소풍만큼이나 속마음을 설레게 한 추억으로 기억 저편에서 언제나 나를 기다린다.

요즘 사학과 관련 카페에 들락거리다 보면, 졸업생들이 매월 답사 여행을 즐기고 있다는 부러운 소식이 눈에 들어온다. 늘그막에 몸에는 건강한 살을 붙이고 마음에는 정(情)을 붙이며 머리에는 지식을 충전하는 삶의 기쁨이 생생하게 전해온다.

학창시절 답사 여행은 사학과 학생들만의 특권이었다. 비록 여행이란 이름이 붙었지만 엄격한 교수님의 지도 아래 애초의 학술적 목적을 진중하게 치름은 기본이었다. 더불어 신라 화랑들처럼 방방곡곡 경치 좋은 곳을 유람도 하고, 저녁이면 아리스토텔레스의 제자들처럼 교수님으로부터 야외에서 소요학습을 받기도 했다. 실력으로나 인격으로나 유명한 교수님과 이렇게 가까이에서 뜰과 나무 사이를 산책하며 배우고 익히는 소요학파(逍遙學派)가 다름 아닌 사학과 답사 여행에서 재현되고 있는 셈이다.

밤이 이슥해지면 단골 소재인 '역사란 무엇인가'로 시작되는 열띤 토론과 더불어 자연히 술잔도 곁들여진다. 때로는 다가가기 어려운 교수님을 형님이라고 부르며 호기를 부린 때도 있었다. 술이 워낙 센 강만길 교수님은 동료들이 돌아가며 권주하면 척척 다 받아주셨다. 이런 중 벌써 취했는지 취한 척하는 건지 몰라도 '만길이 형'이라고 부르는 친구도 있었다. 그는 역시 거물 형님이셨다. 탁월한 역사관과 특출한 강의도 타의 추종을 불허했지만, 이런저런 술잔도 다 받아주며 주당 세계에서도 거물이셨다. 감히 제자이자 새까만 후배에게 형이란 소리를 들으면서도 노하는 기색이나 당황하는 모습 하나 없이 껄껄대시던 호탕한 모습이 답사라는 행사의 이름 위에 서려있다.

먼 길에 피로도 하지만, 젊은 시절 전통의 주당 대회를 슬쩍 곁들임은 감칠맛 나는 별미였다. 교수님들이 슬쩍 눈감아 주는 사이에 '내가 세냐, 네가 세냐' 호주 불사의 출사표를 던지는 선수들. 영웅호걸이 낮에는 산속에서 호랑이를 때려잡고 저녁이면 장비처럼 술 한 동이 거나하게 마시고 취하는 선풍이 보인다. 비록 술 재주가 없는 나는 옆에서 구경하는 꼴이었지만 양쪽을 중계하는 입담만은 쉬지 않았다.

이렇듯 답사 가는 길의 몸체는 공부하러 가는 길이었지만 속내는 신나는 수학여행이기도 했다. 사회에 나와 학번에 관계없이 다시 그 추억을 되밟자며 뭉친 건달파 답사 여행에서 학창시절의 추억을 되새기는 기쁨의 여덟 꼭지를 딴다. 답사, 그 한 꼭지에는 여덟 알의 포도송이가 들어있다. 이름하여 검푸른 '8락'의 포도송이다. 여덟 알의 기쁨을 한 알씩 따보자.

여행준비로 잔뜩 들뜬 전날 밤은 잠을 자면서도 여행의 꿈으로 여느 날보다 유난히 뒤척인다. 초등학생이 소풍을 떠나기 전에 느끼는 가슴 설렘을 닮은 1락이다. 이튿날 여행지로 가는 도중 버스나 기차에서 만끽할 수 있는 풍경은 2락이고, 유적지를 옮겨 다니며 손에서 가슴으로 영고성쇠의 살아있는 역사와 대화하는 시간이 학술적인 3락이라면, 탁본을 뜨며 시공을 초월한 세월을 낚아오는 일은 역사를 손에 쥐는 4락이다.

현재 운영되는 졸업생 모임의 답사는 학창시절의 탁본은 예외적으로 하는 것 같지만, 그 상징적 추억에서 탁본이 빠질 수 없다. 문방사우(文房四友)와 여타 도구로 조심스럽게 다루며 마지막 손질을 거치곤 마치 천국의 문을 열 듯 시공을 깨우는 작업의 끝은 긴장감만큼이나 기쁨이 배가 된다. 경험해 보지 않은 사람들은 모를 출산의 기쁨 같은 것이 아닐까. 톡톡 수탁 뜨는 소리가 야무지게 들리는 듯하다.

떠나기 전날 밤, 친구들과 질펀하게 퍼마시는 막걸리는 곱빼기로 즐거운 오락 시간을 닮은 5락이고, 다녀와서 카페에 글과 사진을 올리며 공유하는 시간은 유유자적하게 6락이라며 댓글 속에서 즐거워들 한다. 다시 답사계획을 세우는 머리 굴림이 시작된다. 잘못된 것 부족한 것 모두 한 데 넣어 볶아 삶아 다음번 행사는 더 맛있게 만들자는 행운을 비는 7락의 손가락이 바쁘다.

마지막 하나 남은 즐거움은 무엇일까.

역사와 더불어 자연과 하나가 되는 이들은 행복한 삶을 만들 줄 아는 사람들이다. 그들은 가는 곳곳에 공의를 위해 봉사하는 마음을 심고 다닌다는 소문이다. 이모저모 1락부터 7락에 봉사하는 마음 하나까지 잊지 않는다. 봉사의 형태가 금전이든 마음이든 답사를 오가는 길 위에 희생정신이 '8락'이란 깃발 제일 꼭대기에서 젊은 가슴으로 팔락거린다.

답사 여행은 천고(千古)의 시간을 여는 북소리로 시작하여 그 울림을 따라가는 발걸음이다. 깊은 역사의 문을 처음 두드리던 교정을 떠난 지 사십여 년이 흘렀건만, 답사라는 그 말만 들어도 나들이를 가는 모양 가슴이 콩닥거리고 고국산천과 친구들의 모습이 어른거리며 오묘한 8락이 한 발짝씩 역사 속에서 요동친다. 건강한 삶에 행복의 무게를 더해가는 답사 가는 길은 늙지 않는 삶이다.

○ 생명의 길

깊은 밤인데도 하늘이 맑다. 오늘따라 온갖 별이 내려와 인사하는 듯 눈동자에 빼곡히 박힌다. 대형 스크린 저 멀리 반짝이는 별이 눈에 들어오기까지 얼마나 많은 시간을 보냈고 또 얼마나 많은 시련이 있었을까. 우주 쇼의 절경을 막연히 구경하다가 의문의 물꼬가 잔잔한 감절(感節)로 스민다.

'별 중의 별은 누구이고 태초의 빛은 어디에서 나왔을까?'

나의 생명의 뿌리와 자연현상이 밀려오는 숙제처럼 머리를 무겁게 만들어 별들의 잔치에 눈인사조차 나누지 못한 채 책상머리에 턱만 괴고 있다.

우주가 창조될 때, 우주의 어머니는 누구였는지, 그 어미의 자궁에서 태어난 기적 같은 생명은 우주의 시원(始原)을 안고 그 속에서 큰 울림이 있었으리. 자궁에서 아이가 세상으로 빠져나올 때, 그 우렁찬 울음처럼 말이다. 먼지보다 작은 점 하나가 빛을 내는 듯싶다가 폭발을 한 순간, 플랑크 시대(Planck Epoch)의 서막으로 이것이 우주의 시작을 알리는 축포였던가. 그 후 멀지만, 기적 같은 나의 생명도 빛을 따라 열리면서 수천수만의 재창조와 진화라는 이름으로 오늘에 닿았을 거라는 상상은 생각만으로도 숨이 가쁘다. 최초의 시공간 DNA를 몸에 숨기고 아주 먼 길을 달려왔기 때문일까.

우주의 신비를 아기의 탄생에서 찾아보고 싶은 마음이 든다. 아기는 우주 생명 신비의 집합체로 깊은 뜻을 수장(收藏)하고, 어머니 아버지의 몸을 빌려 태어났으리라 생각한다. 아기 예수가 우주의 모습을 가지고 왔듯이, 이 땅에 태어나는 모든 아기는 아기 예수의 생명의 빛처럼, 천사의 배웅을 받으며 어느 별에선가 우주 진리를 가지고 조용한 울림 속에 생명의 탄생을 신고한다.

그동안 진리와 순리를 숱하게 만들었다. 순리는 진리의 다른 모습일 뿐 실체는 같을 수 있는데 때마다 해석이 다르다. 세상에 많은 물체가 만들어지고 또한 끝없이 변화하는 모두가 우연이 아닌 필연의 법칙에 순응하고 있다. 불확정성 원리를 주장하는 양자역학이라 해도 수많은 별이 탄생했다 사라지는 데는 거시적인 눈으론 이 법칙에서 한 치도 벗어나지 않는다.

'발명은 필요의 어머니'라는 말을 빌리지 않더라도 필요한 것이 있으면 자연스럽게 만들어지고, 누군가 돈이 필요하면 만사 제치고 금전적으로 여유 있는 사람을 찾게 된다. 물이 위에서 아래로 흐르는 이치도 마찬가지다. 비단 물건이나 사물뿐만 아니라 인간관계도 이 필요의 법칙에 순응하고 있음은 논리적 설명 이전에 경험이 말해주고 있다.

필요의 법칙은 어설픈 것이 아니라 지구 곳곳에 존재하는 것처럼 우주 곳곳에 어김없이 적용되고 있다. 계절도 필요하면 바뀌고 사람의 명(命)도 필요하면 별처럼 태어났다가 꽃이 시들듯 땅에 떨어진다. 흙이 되든 빛이 되든 필요한 모양으로 바뀌며 다음 갈 길을 재촉한다. 이것이 우주의 법칙이며 사는 방식이다.

자연의 생명도 쉴 없이 바뀌지만, 사람의 수명보다 훨씬 긴 게 많다. 인간을 육체적으로만 보았을 때는 자연의 아주 작은 양자(量子) 덩어리에 불과하다. 그런 사람에게 긴 호흡을 주지 않은 것은 이 정도의 생명 시간에도 교만한 까닭에 우주를 파괴하려 드는 인간에게 보내는 경종이고 공존을 향해 거듭나라는 강한 메시지일지도 모르겠다.

조금만 내버려 두면 오만불손이 하늘을 찌르는 인간이기에 무한한 생명을 주지 않았을 것이라는 생각이 요리조리 볼강거린다. 원래 인간은 얼굴이 앞뒤로 붙고 팔다리가 넷으로서, 제우스신에게 도전할 정도로 강해서 등을 갈라놓아 그 힘을 약하게 했다고 한다. 그 후 인간은 반으로 잘린 그 짝을 찾아 헤맨다는 교양철학 시간의 강의가 새삼 떠오른다.

우주는 필요한 만큼 순리의 먹이사슬 궤도 위에 인간 역시 한 틀에 올려놓고 있다. 주어진 시간은 백 년이면 넉넉하다는 뜻을 담아 백 세는 하늘이 준 세수를 다했다는 뜻으로 천수(天壽)요 1기(期)로 보았던 선현의 지혜가 새롭다. 잡아먹고 잡아먹히는 먹이사슬 궤도의 수요공급 법칙에서 순리적으로 따라가다 만난 게 지금의 내 모습이다. 앞으로도 가야 할 길이 멀고 험하지만 오며 가며 배운 지혜가 내일을 살아가는 자양분이다.

오늘도 끊어지지 않는 쇠사슬을 몸에 걸고 흔흔하게 생명을 이어간다. 봄여름을 건너 가을 겨울이 지나는 그 길을 영롱한 눈빛으로 따라간다. 산속이며 바다며 하늘 위 모든 움직이는 것이나 제자리에 있는 것 모두가 나와 다를 게 없는 우주 속 한 몸이다. 한결같이 별빛 하나에서 갈라져 나온 분신들로 이들과 교직(交直)하며 동반자로 여행을 하는 것이 우주 속 나의 삶이다.

다시 봄이다.

보티첼리가 그린 〈프리마베라〉의 동산에 들어가 천국의 오렌지를 따는 잘생긴 머큐리를 나의 분신으로 만나고 싶다. 문득, 정액 거품 위에서 피어난 비너스와 멋진 춤을 추는 삼미신(三美神)과 어울리며 꽃가루를 뿜어내는 봄의 여신 플로라를 지켜주는 거리의 신 머큐리가 되고 싶다.

은하수 너머 저편의 공기는 다음 생을 어떤 생명의 에너지로 던져줄까.

시선(詩仙)과 시성(詩聖)을 찾아서

지천명 길목에서 문학을 만났다. 삶을 관통하는 역사와 철학적 소양에 문학을 덤으로 붙여가려는 심산은 오래전 꿈이었다. 문학이라는 깊은 숲 속에는 누가 살고 있을까. 한국에도 훌륭한 시인이나 작가가 즐비하지만, 이두(李杜)라는 병칭(竝稱)의 앞에 서면 늘 마음이 설렌다.

이태백과 두보.

산으로는 에베레스트의 키보다 크고 바다로는 마리아나 해구보다 깊은 문학계의 큰 인물. 그들이 만든 산에 올라가고 그들이 파 놓은 바다 속으로 뛰어들고 싶던 생각은 까까머리 고등학교 시절부터였다.

좋아하는 만큼 무시로 낭송하며 꿈에라도 만나려는 소망으로 이어지다가 백거이를 끼워 넣은 「삼우(三友)」라는 졸시로 마음을 달래고는 했다. 하지만 다 풀지 못한 마음에 지성이면 감천이랄까, 두 시인의 아호를 부르며 수필의 문을 열고 들어가는 만용을 부렸다. 꽃을 꺾어 들고 대문 안에 성큼 들어 당나라 음악을 틀고 한시를 낭송하면서 하늘이 내린 재인을 만나본다.

그들이 활동했던 시기는 천이백여 년 전 성당(盛唐) 시대로 당 현종과 양귀비가 염문을 뿌린 낭만이 자욱한 시대로 시작한다. 당시 사치와 부패가 한계를 넘어서, 정치는 도탄에 빠지고 끝내 안사의 난(安史之亂, 755~763)이라는 참혹한 내란이 일어나 아귀다툼의 지옥으로 떨어졌다. 두 천재는 이 전쟁에 직간접으로 관련되어 복잡한 역사의 한가운데에서 혹독한 경험을 치르는 질곡의 세월을 살았으니 그 아픔이 어떠했으랴.

하지만 단테의 반역지옥 같은 참혹한 현실은 오히려 걸출한 시를 낳았고 그 고통은 아픈 만큼 성숙한다는 자양분으로 튼실한 밑거름이 되어 실로 문학사면에서는 대단한 행운을 만나는 아이러니를 낳기도 했다. 전무후무한 두 시인을 각각의 소개보다는 비교해 가며 그 품속을 뒤져본다.

이백은 천재형으로 눈에 비치는 모두를 시심의 소재로 삼았고, 두보는 경험하고 있는 고뇌를 시로 엮는 심안이 뛰어났다. 이백은 도교에 심취하여 마오산(Maoshan)에 오래 머무르며 그를 배경으로 낭만과 신비의 미학적 요소를 싹틔워 개인적 성향의 귀족적인 시풍을 만든 반면, 평생 가난 속에서 산 두보는 현실을 직시하며 오늘날의 사회주의적인 시각으로 민초와 함께하는 서민적 시인이 되었다.

이백이 호탕하고 환상적이며 신비적인 도교 사상 속 상상력에 명쾌한 시어를 구사했다면, 두보는 전란 속에서 처절하게 고통 받는 사람들의 현실을 소재로 하여 사실적인 시대상을 그려내는 시사(詩史)를 이루었다.

그런 면에서 이백은 개인성향의 낭만 정신을 최고조로 끌어올린 최고의 낭만주의자였고, 두보는 백성의 삶 속에서 사실주의 시풍을 높은 경지로 끌어올린 최고의 민중시인이었다. 그러기에 이백은 낭만과 신비로 하늘을 나는 시선(詩仙)이 되었고, 두보는 투철한 국가관에 민초의 고뇌를 어루만지는 시성(詩聖)으로 지금껏 추앙받고 있음이라.

문학에는 꽃향기가 나고, 시인 몸에서는 술 냄새가 난다. 호주가(好酒家)인 두 사람의 시를 놓고 고은 선생은 '이백이 취해 있었다면 두보는 늘 깨어있었다'고 했다. 누가 더 술이 센지는 몰라도 이백이 고주망태였다면 두보 역시 관복을 맡기고 외상술을 마셔대는 주당이었음에 우월을 가릴 수 없는 듯 보이지만, 두보는 때때로 절주가였나 보다. 만취가 됐든 깨어있든 탁월한 두 시인 옆에 크렁크렁 넘치는 술동이와 술잔이 윤슬에 어른거리는 듯하다.

또 하나의 흥미로운 비교가 있다.

서양의 돈키호테와 햄릿에 빗대어 때론 광기의 이백을 돈키호테라 하고, 고뇌에 찬 두보는 햄릿을 닮았다고 한다. 서로 개성은 다르지만, 전란 속에서 각각 역적과 포로가 되는 공통된 고난의 길을 걸었고, 이후 극적으로 살아남아 긴 방랑의 시간을 지새우며 이백은 천오백여 수(천백여 수 현존)를 남겼고, 두보는 천사백여 수를 남겼다. 이 두 사람은 살아생전 세상에 회자되었기에 서로의 명성과 실력을 알고 지냈을 텐데 과연 직접 대면한 일이 있었을까.

그렇다. 두보가 삼십 세 때, 이백은 사십일 세로 비록 만난 기간
은 짧지만 두 사람의 만남은 그 사실만으로도 짜릿한 흥분을 일
으킨다. 견우와 직녀의 만남처럼 애틋했을 그 시간, 날카로운 견
제의 눈초리보다는 사제지간의 예의가 있는 따뜻한 눈길을 주고
받았으리. 두보는 이백에게 스승의 예를 표했고 헤어지기 싫어서
'꿈속에서라도 만나고 싶은 시 두 편'이라는 「몽이백이수(夢李白二
首)」로 아쉬운 심정을 달랬다.

　　몇 해 전 시안(당나라 때 장안)을 찾았을 때 당시계곡(唐詩溪谷)
을 그리운 애인 만나듯 뛰어올랐다. 곡강(曲江)으로 흐르는 물 위
로 돌 바위에 새겨진 두 시인의 얼굴이 대인의 풍으로 서서 손님
을 맞았다. 큰 바위 얼굴 옆에 길게 늘어진 한시를 보며 죽은 이
가 살아 돌아온 양 기쁨으로 시를 쓰며 감격에 잠겼었다. 이는 시
속에 빠지고 시인 앞에 무릎을 꿇는 최고의 환희였다. 꿈에서나
그려보던 풍성한 시(詩)들이 폭포수처럼 떨어지는 생동하는 학습
장에서 늦바람 난 사람처럼 몇 시간이고 함께 숨 쉬고 싶었다. 아
내와 아들의 재촉에 발길을 돌리며 그 소회를 단상의 수필로나
마 메모하듯 남기고 그것도 모자라 몇 줄의 시로 새겨 넣음은 지
나친 과욕일까.

　산이 좋아 산속에서
　달이 좋아 달 속에서
　대 자유 찾는 돈키호테가
　구름 속 방랑길 운명의

광기를 지핀다

자연을 외도하던 낭만주의자로

무천자 취흥의 청평조사(淸平調詞)는

양귀비 마음을 흔들고 천자가 눈에 없어

그 앞에서 취중에 발을 뻗는다

역적굴레의 덧없는 삶에

자연을 찾는 일은 숙명의 부메랑,

술잔에 달이 오고 그림자 따라

세월이 술을 마시고

월하독작(月下獨酌)에 어깨춤을 같이 추며

세상 끝 지평선에 기대다

취한 듯 흔들리는 넋은

달빛 타고 두둥실 시선(詩仙) 되어

하늘로 날아갔다

　　　　　　　　－졸시, 「시선을 찾아」 전문

가난의 아픔을 먹는 운명에

한 서린 가슴을 펑 터트리는

고뇌하는 햄릿이여

발 따라 방랑길에 이백과 조우는

살아 이별 슬퍼서

혼이라도 잡을 듯

꿈속 몽이백이수(夢李白二首)

전설 부른 밤으로 별을 센다

딸자식 굶어 죽는 참척의 아픔 서린

사람의 아비로 부끄러워

흐르는 눈물에 피로 쓴 시 끝은

어디까지 가는가

구름도 못다 운 분노와 애환은

불사위로 피어난 시심의 꽃이런가

시로 물들인 청사의 이름은

시사(詩史)로 피어나고

인정으로 솟아난 천 년 한(恨)은

푸른 영혼에서 시성으로 거듭난다

　　　　　　－졸시, 「시성을 찾아」 전문

검단산 소망, 8월 29일

얼마 전 사진 한 장을 받았다.

하남에 사는 의형님이 657m 검단산 정상에서 찍은 것이다. 하늘과 땅을 확연히 갈라놓는 일출의 장엄한 아침이 세상 밖으로 몸을 드러내느라 천지가 숨을 죽인다. 구름을 뚫고 물안개를 헤치며 붉은 연지를 찍은 성숙한 여인이 치마를 훌훌 터는 모습은 언제 보아도 물리지 않는 비경이다. 하남 고을에 새 아침의 생명을 부여하는 순간 한강이 용오름을 치는 듯하다.

하남시와 광주시에 걸친 검단산을 알게 된 것은 이 분이 하남에 사신 덕분이다. 몇 해 전 한국 방문 시 산턱이 바라보이는 그의 집에 머문 인연으로 남다른 연정을 품었었는데 그때 오르지 못한 정상을 오늘 사진으로나마 바라보아도 괜히 숨이 벅차다.

단숨에 어둠을 삼키는 태양을 껴안은 나무들로 온 산은 붉게 타들어 간다. 산 정상 밑으로 검고 붉은 기운을 펑펑 쏟는지 검푸른 모습이 적지 않다. 왜 산 이름을 검단이라 부르는지 알 것도 같았다.

역사적 설명으로는 서기 577년 검단 선사가 지성을 드리고 백제 위덕왕이 하늘에 제사(天祭)를 올리던 곳으로, '임금의 제단'이라는 말을 따라 '금'과 '단'의 합성어인 '금단'이 변해서 '검단'이라 불렸단다.

심오한 산 기운이 사람들을 정상으로 인도하며 일출은 희망이고, 정상에서의 심호흡은 소원을 불러일으키기에 충분하다. 나도 하나의 소망이 있다면 그 비손은 무엇일까.

낯 뜨거운 거짓말일지 모르지만, 오늘만큼은 특별한 소망을 풀어놓고 싶다. 기왕이면 원대한 한반도 통일의 꿈을 불러본다. '하늘이 내게 주는 상서로운 기운이 있다면 나보다 우리 땅에 내리소서.'

반 동강이 난 조국을 내팽개치듯 뒤로하고 지금은 멀리 이민 와서 사는 변변치 못한 몰골이니, 역사에 진 빚이 많아 아직껏 삿갓을 벗지 못한다. 검단산에서 내려다보이는 백제 옛터이자 조선의 옛 자리를 감고 도는 한강수가 역사의 명멸을 안고 출렁이는데 나는 무엇을 할 수 있을까.

안개 자욱한 인간 고뇌를 호연지기로 씻으려고 몇 번이고 가슴을 열어 봐도 통일의 꿈은 동트기 전 검단산의 형색처럼 어슴푸레하고 아득하기만 하다. 누가 통일을 방해하는지 종주먹을 들고 허공을 때려본다. 꿈엔들 잊을까 통일의 소원을……

소망의 통일된 한국지도를 가슴에 펼쳐본다.

지도 한가운데 점잖게 앉은 산이 보인다. 서울(한양)에서 가까운 검단산이다. 이는 백제를 지켜주던 주산(主山)이다. 굵은 펜으로 동그라미 표시를 하고 위로는 백두산을 잇고, 아래로 한라산까지 길게 선을 그어내려 이 나라 이 민족의 묵은 때를 벗기고 싶은 갈망으로 요동치는 오늘…….

하필 오늘은 8월 29일, 경술년(1910년) 국치의 그날이다.

백주에 날강도에게 나라를 빼앗기고 숱한 여자들은 겁탈 당하고 남자들은 징용이나 군대로 끌려가 개죽음을 당하며 만 삼십오 년 십오 일 동안 살갗이 벗겨지고 뼈마디가 으스러지는 종살이를 한 국권이 상실되던 날이다. 남은 건 빈 깡통밖에 없던 거덜난 치욕의 날이다.

우리나라가 일본이나 주변 강대국에 무엇을 그리 잘못했단 말인가. 우리가 미국, 영국, 러시아나 청에 욕을 한 적이 있나 돌을 던진 적이 있나 아니면 몰래 쳐들어간 적이 있나. 오로지 백의민족이라며 하얀 옷 입고 해맑은 얼굴에 가무를 즐기며 예술적인 삶을 살고, 유가의 말씀을 잘 따라 효와 예를 숭상하는 예도(禮道)의 나라로 산 일밖에 없는데, 이렇듯 극도의 국난은 그치지 않으니 어디에 대고 하소연을 할까. 이 땅에 뿌려진 가혹한 역사는 하늘의 응징인 천재(天災)인가 아니면 인재(人災)인가.

우연히 우리 역사 속에서 '8월 29일'이라는 날짜가 엄청난 악연의 숫자라는 사실을 알았다. 오백십구 년간 명맥을 유지해온 조선 망국의 날이 8월 29일임은 세상이 다 아는 일인데, 그날 또 하나의 왕조가 망하였다는 사실을 접하고는 순간 망연자실했다. 그

왕국은 바로 백제였다. 우연히 검색해 본 백제 멸망 일자가 660년 8월 29일(양력)이라니, 이를 확인한 순간 그 진위를 떠나 무척 혼란스러웠다. 같은 날에 한강 변의 두 왕조가 쓰러지다니. 백제를 모국으로 생각하던 일본은, 백제가 멸망한 이 날을 길일로 택했을까.

왕조에도 인간처럼 삶과 죽음이 있다. 하지만 하필 두 나라의 사망 일자가 같은 8월 29일이라는 사실에 한반도의 운명의 굴레가 왠지 섬뜩하다. 그간 두 번에 겹친 8월 29일이 악마의 숫자로 다녀갔다. 이제 다시 역사의 격랑 속에서 또 다른 8월 29일이 언제 어떻게 다가올지 그 명운에 눈을 뗄 수 없다. 백제와 조선의 기운을 품은 검단산은 아직 말이 없다.

내일 다시 검단산의 양기를 듬뿍 물고 신령 가득한 진산(鎭山)의 품을 더듬으련다. 마법의 숫자 '8'과 '29'라는 올무에 걸린 두 왕조의 한을 검단산이 풀어달라고 소원하리오.

통일은 민족의 대박이고, 멀게는 백제의 한풀이며, 가깝게는 동학의 피눈물이 담긴 일제의 침탈과 강대국 패권 다툼의 희생으로 끊어진 허리의 이음이다. 나아가 그날은 '한 많은 한반도(恨半島)'를 넘어 고구려의 기를 더하는 날로, 달리고 달려도 끝없이 드넓은 만주 벌판이 다 내다보이는 날이다. 생각만으로도 벅차오르는 가슴과 발을 태평양에 담그며 멀리멀리 헤엄을 친다.

이제 검단산은 입을 열 것이다. 통일의 날짜는 정해졌다고. 다가오는 모년(某年) 8월 29일은 더는 재앙의 날짜가 아닌 통일의 날이 될 것이라고 넌지시 귀띔하리.

가슴에서 쿵 하는 소리가 들리는가. 통일되는 그 날 칠천만 우리의 가슴은 천둥을 치며 열리리다. 우리는 그렇게 한을 넘고 이렇게 살아남았다고 외칠 것이다.

제3부
어머니의 강

흐르는 강물 따라 '어머니의 강'이란 상념이
물결 위로 흔들렸다. 이제는 그날이 와도 세상
에 계시지 않으니 만날 수도 없고 목소리조차
들을 수 없으니 허망하기 그지없다.

어머니의 강

　봄 끝자락에 걸린 오월이 되면 성급한 계절은 여름 맞을 준비로 한창이다. 겨울 시달림을 겨우 떨친 봄은 얼마 남지 않은 시간이 아까운 듯 슬금슬금 멋을 내며 곳곳에 풋풋한 향기를 뿌리고 있다.

　힘겹게 봄을 달려온 사월에 을씨년스럽게 '잔인한 달'이라는 칭호가 붙어 다닌다. 엘리엇(T.S Eliot)의 「황무지(The Waste)」 탓에 달갑지 않은 대접을 받는지 모르겠지만, 봄 처녀 향기를 듬뿍 담은 순진한 사월에 마치 성난 소처럼 잔인한 무언가 숨겨져 있는 듯한 오해를 받는 낯이 측은하다.

　이에 비해 오월은 어린이날로 시작하여 어버이날이 상징처럼 우뚝 서서 어엿한 '가정의 달'로 자리를 잡고 있다. 더구나 석가탄신일이 대개 오월 중에 걸리다 보니 가정적으로 겸허해 보이고 음전한 달로 새겨진다.

　올해도 어김없이 어버이날이 찾아왔다. 예전에는 '어버이날'이란 말 대신 '어머니날'이라 해서 오로지 어머니 한 분만을 기념하는 날로 불렀다. 조금씩 철이 들어가던 중학교 시절, 그날이 되면 어머니 가슴에 빨간 카네이션을 달아드리거나 선물을 드리곤 했다.

이제 어머니는 계시지 않으니 선물을 드릴 수도, 카네이션을 달아드릴 수도 없다. 허전한 마음에 자칫 잊히는 것이 두려워 어머님 은혜 몇 소절을 읊조리며, 뭉클해지는 가슴에 부모은중경(父母恩重經)의 십대은(十大恩)을 들춰보며 기억 속에 든 어머니 젖가슴을 만져본다.

아버지를 너무 어려서 잃어 어버이날이라 해도 내게는 어버이가 어머니 한 분으로 등식화되는 분위기로 살아왔다. 그래선지 다른 어머니들보다 곱절로 더 애절하게 느끼려는 몸부림이 있었는지 모르겠다. 대학생이 되던 그해, 나는 어머니에게 남편감을 소개해 드려야겠다고 마음먹었었으니 말이다. 하지만 겉치레 형식으로만 맞으려 했는지, 아니면 진심으로 세월에 잔뜩 그을린 노고를 위로해 드리며, 음양의 한쪽을 찾아 기쁜 웃음을 짓게 해드리려고 노력했는지 지금도 알 수 없는 것을 보면 거울에 비친 내 모습이 참색(慙色)으로 역력하다.

내일은 아들 내외가 온다.

어버이날을 기억하고 찾아오는 자식에게 효도 한번 받아보려는 마음이 사뭇 설렌다. 비록 생전의 어머님께 제대로 해 드리지 못했으면서도 자식에게 효도를 받고 싶은 마음은 인지상정의 뻔뻔함 같기도 하고, 한편으로는 슬쩍 기대되는 것이 솔직히 즐겁다.

이런 속내를 하늘에 계신 어머니께서 보고 계신다면, 틀림없이 한 말씀 하실 것 같다.

"얼굴이 빤히 쳐다보인다."

평소에 제 할 일도 못하면서 남에게 강요하는 사람들의 경우를 이렇게 빗대서 말씀하셨는데, 생활 속에 적용되는 경우가 많아 그 말을 되뇔 때면 꼭 옆에서 말씀하시는 듯 귓전에 울려 더없이 친근한 말이 된 지 오래다.

살아생전 몇 번이나 어머니날을 맞아 당신의 마음을 기쁘게 해 드리고 위로해 드리며 살아왔을까를 자문해보면 '얼굴이 빤히 쳐다보인다'는 따끔한 한마디가 가슴을 찌른다.

어머니께서 살아계시든 돌아가셨든 이날은 시침 따라 어김없이 찾아온다. 그나마 법으로 정해져 있기에 하루라도 고마움을 되새 김질할 수 있는 굴레에 놓인 것이 다행스럽다. 그렇지 않았으면 고마움을 잊고 지나기가 일쑤였을 텐데, 이날의 고마운 가치는 세월의 더께가 두터워질수록 더욱 진하게 다가온다.

어머니를 떠나보내던 날, 꽃솜같이 곱게 빻은 하얀 뼛가루를 받아 들고 아늑한 장소에 뿌려 드리려 형님과 함께 강가로 갔었다. 근처의 산과 강물은 지금도 변함없이 흐르고 있으련만 어머니는 이미 간데없고 마음에만 깊이 남아있다.

흐르는 강물 따라 '어머니의 강'이란 상념이 물결 위로 흔들렸다. 이제는 그날이 와도 세상에 계시지 않으니 만날 수도 없고 목소리조차 들을 수 없으니 허망하기 그지없다. 그리움과 회상은 죄스러움으로 밀려오는데 말이나 글로써 남길 재주가 부족한 것이 이리도 속상할 수가.

나뭇잎 구르다 하늘 적신 연못에 앉아 이슬비에 어룽진 눈이 어머니를 찾는다. 보드라운 젖가슴을 만지작대던 손으로 하얀 뼛가루 날리던 강을 찾아 흔적을 마시다, 겨울잠 깨우는 삐걱대는 사공의 상앗대질 소리에 행여 잠시라도 오시려나 고비삳삳 되누빈다. 부실한 발에 휘어진 허리를 펴다 넘어질까 봐 벽을 짚고 조심스레 일어서던 파리한 낯빛을 고스란히 남기신 어머니, 한(恨)을 녹여 흘린 땀을 강물에 보태고 물소리에 편안한 듯 넋이라도 남기셨을까.

　세상의 끝이 와도 사라지지 않을 사랑의 극치요, 희생만 남기고 간 어머니를 강줄기 흐르는 물을 길며 가슴으로 불러보았다. 백일 때부터 어린 아들을 껴안고 탐스럽게 무럭무럭 잘 자라 달라는 기원으로 불러주시던 '도담'.

　지금은 문인이 된 아들이 '도를 담는 연못'의 의미로 받아 도담(道潭)이라는 필호로 쓰기에, 남들이 도담이라 불러줄 때마다 어머니의 숨결과 목소리가 울려오는 것은 혼자만이 아는 애틋한 비밀로써, 마치 이슬 한 방울이라도 더 안으려는 꽃잎처럼 소중하다.

　　어머니, 혼암한 하늘에 별을 만들고 해걷이바람이 되어 달 따라 흐르는 강물이 되셨을까. 주름만큼 정 많은 늙은 사공이 강가에 남겨진 어머니의 혼을 가져다주겠지. 꿈에서도 따뜻한 손길을 이제 몇 번이나 만나볼 수 있을까. 도담이라 부르며 백일에 만져주시던 발이 이리도 컸는데 만져 주실 어머니는 언제 오려나. 하루라도 젖은 채 아지랑이로 피어나면, 먼 모습이라도 꺾이는 목청으로 불러보리.

속으로 읊조리다 남모르는 눈물을 적시려는데, 함께 읽어주던 아내는 나를 대신해 눈물을 뿌리고 말았다. 기뻐서도 찾고 슬퍼서도 찾는 어머니, 낳으실 때 산고(産苦)의 희생을 철들어서 갚지 못하고 오히려 더한 희생을 강요하는 못난 자식의 이름이 부끄럽다. 꿈속에서나마 어머니를 그리다, 눈시울 붉히며 생전의 인자한 미소가 짙게 남은 강가에 앉아 어머니를 부른다.

가신 끝점 바다에서 천상의 날개 달고 춤추다 꽃 모습으로 다가오는 어머니를 보고 나는 청란(靑鸞)이 구애하듯 날개 펼치며, 자식의 이름으로 어머니를 한껏 부르련다.

"어머니!"

어머니의 날을 맞은 자식으로의 심정을 아들과 며느리에게 들려주면 뭐라 할까. 어머니가 남긴 내리사랑에는 큰 빚을 갚을 길 없으면서도, 자식에게서는 도끼눈으로 치사랑을 기대하는 모습이 처량하다.

말벌 소탕작전

베란다에 환하게 핀 꽃이 찬란하다. 흐드러진 만정(滿庭)의 꽃가지가 속삭임이라도 하듯 윙크를 보내기에 왠지 더 정이 가는 아침, 채광에 목욕을 시키듯 흠뻑 물을 주었다. 반나절 핀 꽃송이는 구르는 낙엽에도 깔깔대는 사춘기 소녀 같기보다는 삼라만상의 얽히고설킨 인과응보에 만 가지 정이 비밀을 간직한 이름 없는 천백억 화신으로 나툰다. 아침 일찍 활짝 핀 꽃모습이 영롱하다. 새색시 물거울에 세수하다 들킨 양 수줍게 손 흔드는 앙증맞은 꼴이 사랑스러워 지어준 이름들을 예쁜 척 불러보았다.

이 꽃나무들을 만난 지도 세 돌이 넘었으니 풋면목은 벌써 지나 가까운 사이가 되었다. 비록 머릿속 용량이 충분하지 못해 무트로 생각한 끝에 그래도 몇 줄 이름으로 불러보는 건, 하찮은 벌레와도 함께 살을 비비며 사는 자연을 닮고 싶어 하는 나의 작은 노력의 일환이다.

얼마 전, 유엔기후변화협약 당사국 회의(COP15)에서 지구의 환경 시간이 한 시간 이십삼 분밖에 남지 않았다는 소식을 접하면서 이들의 존재가 새삼 자랑스럽다. 지구 환경의 최후통첩에 우리 집을 꿋꿋이 지키는 녹색 파수꾼으로의 모습이 오달지게 귀해 보이기 때문이다. 이런 귀한 명품을 단지 말벌이 집을 지었다는 이유로 대규모 소탕작전을 벌이면서 무자비하게 잘라버릴 뻔한 일이 있었다.

하루는 아내가 꽃나무를 둘러보다 샤워 꼭지처럼 생긴 벌집을 발견하고는 소스라치게 놀라 뛰어 들어왔다. 흔하디흔한 일벌이 날아다니는 게 아니라 꼬리가 길고 허리가 잘록한 말벌 몇 마리가 도끼눈으로 편대 비행을 하며 뱅뱅 도는 비상상황이 벌어진 게다. 위험하기 짝이 없는 말벌은 일명 〈말벌(wasp)〉이라는 영화로 상영된 일이 있는 무서운 독침을 가진 벌이다. 일단 그 자리에서 후퇴한 아내는 우리 두 사람 중 한 명이 말벌을 소탕해야 한다는 무시무시한 작전계획을 통보했다.

평소 바퀴벌레나 거미 같은 곤충에 유난히 겁이 많은 나는 비겁하게시리 못 들은 척하며 사태의 처리 방안으로 얼른 구청에 전화를 걸었다. 당장 위험한 상황을 알리고 벌집을 떼 달라는 요청을 했는데 구청에서는 무덤덤하게 살충 전문가(Pest Controller)에게 직접 연락하라고 했다. 덧붙여 벌집을 개인적으로 수거해가는 사람도 있다며 그곳으로 연락해 보란다. 하지만 그 사람도 생산성은 하나도 없이 위험하기 짝이 없는 말벌은 취급하지 않는다는 말에 어찌할 도리가 없어졌다. 살충 전문가가 오기 전에는 말벌 떼와 직접 일전을 벌여야 하는데 당장 싸울 용기가 없어 공황에 빠져 망연자실하니, 이를 보다 못한 아내가 당장 나가서 없애겠다는 거다.

얌전하다가도 한 번 고집을 세우면 끝장을 보고야 마는 약한 듯 강골인 그녀의 결심이 대견스러웠다. 용감무쌍한 그녀의 행동을 지켜보는데 겁이 없어도 분수가 있지, 민얼굴에 긴 소매 남방 하나 달랑 걸치고 살충제만 들고 나가는 것이 아닌가. 이 얼마나 위험천만한 행위인가. 말벌에 쏘여 죽는 사람이 적지 않다는 데 거침없는 아내의 행동을 가로막으며 애처가로서 최소한의 노력과 기지를 발휘하였다.

"여보, 너무 위험하니까 얼굴에 비닐봉지라도 쓰고 나가면 좋겠어. 그리고 숨이 막히면 안 되니까 숨 쉴 구멍도 냅시다."

비닐봉지를 얼굴에 냉큼 씌워 주고는 자상하게 눈구멍, 콧구멍을 차례로 뚫기 시작했다.

마침 휴가 중 호주를 방문한 처제는 우리 부부의 이런 기상천외한 행동과 대화가 우습기도 하고 한편으로는 혼자 보기 아까워서인지 다섯 장의 엽기 사진을 역사로 남기고야 말았다. 그때 남은 사진은 당시 싸이월드(cyworld.com)에 올라 한국과 필리핀 등 처가(妻家) 곳곳에 전송되면서 가장이고 남자인 나의 한심함과 비겁함, 무력함이 여실히 드러나는 증거 자료로 남게 되었다.

중동 테러리스트의 복장을 하고 한 손에는 가위를 다른 한 손에는 살충제를 들고 나선 아내는 '경찰이 어려울 때 경찰을 돕는다'는 용감무쌍한 경찰특공대(swat) 못지않은 작전을 단독으로 해치우고는 당당히 돌아왔다. 그것도 그 무섭다는 야생 말벌 집만 간단히 제거하면서 애지중지 아끼는 꽃가지는 하나도 다치지 않고 말이다.

'아내는 나 모르는 여자 특공대 출신이었나?'

평소 꽃을 아껴온 탓에, 꽃나무가 상처를 입지 않도록 각별히 애를 썼다는 후문이나, 이 토막이야기는 나에게는 굴욕을, 아내에게는 명예와 존경심을, 그리고 꽃나무에는 사랑의 마음을 전하는 단상으로 지금껏 남아있다. 간혹 베란다에 낯선 벌이 한 마리라도 윙윙거리며 날 때면 그때 생각이 끈처럼 이어져 나온다.

노인 인구가 점점 늘고 있어 걱정이다.

노인 인구 용어는 그 구분부터 혼란스럽다. UN에서 정한 육십오 세를 기준으로 하여 이 나이 이상의 인구가 전체인구의 7% 이상이면 1단계인 고령화 사회(Aging Society)이고, 14% 이상이면 2단계인 고령사회(Aged Society)라 한다. 우리나라는 2000년에 이미 고령화 사회로 들어섰다. 얼마 지나지 않아 고령사회도 넘을 추세다. 이것마저도 무너지면 3단계인 20% 이상의 초고령사회(Post Aged Society)로 진입한다. 세계 초유의 빠른 속도로 초고령사회로 질주하는 노인문제가 연일 뉴스의 한 면을 장식하지만 소외된 계층의 사각지대로 간혹 우울한 소식들을 접하기도 한다.

일부에서는 소위 실버 세대를 돈과 시간이 있고 건강하기만 하면 화려한 황금 세대라며 노인 시대를 치장도 하지만, 현실에서 맞이하는 노인의 모습은 대부분 화려함보다는 외로움이 더 많이 서려 있다. 자식들 키우고 생계를 유지하느라 평생을 바치고 남은 게 무엇인가. 노년의 끝에 여가를 즐기고 건강을 과시하며 국내외 여행을 다니는 여유로운 삶도 있겠지만, 그렇지 못한 노인들이 더 많다는 게 슬픈 현실이다.

며칠 전 동문회가 있었다.

팔십대 중후반의 선배 두 분이 오셨다가 서로 안부만 묻고는 식사를 마치자마자 일찍 자리를 뜨셨다. 축 처진 어깨에 다소 비틀거리며 걷는 쓸쓸한 노신사의 뒷모습을 생각하면 지금도 가슴 뭉클하다. 내게도 언젠가 닥칠 노인의 모습을 바라보며 멀리 사라져가는 자화상에 오랫동안 눈을 떼지 못했다.

세상에 태어나서 매일 겪어야 하는 필연적 행위가 하나둘이 아니다. 먹고 자는 일 등의 본능도 중요하지만, 인간을 인간답게 하는 필수불가결한 행위는 누군가와 대화하는 일이다. 대화 상대가 없어진다면……, 스스로 독방에 갇혀 아무런 낙도 없는, 차라리 죽은 목숨이랄까. 슬픈 노년은 누구에게나 찾아오는 불청객인가.

호주에서 독거노인(홀몸 노인)들은 점점 대화 나눌 상대가 없어지면서 제 자식들보다도 차라리 고양이나 강아지 같은 반려동물로 고독을 달랜다고 한다. 그마저도 없으면 정부에서 제공하는 양로원에서 TV나 라디오를 끼고 살다가 조용히 숨을 거둔다. 노년의 삶, 그 끝은 결국 외로움이고 죽음이다.

한국뉴스에 사람 왕래가 끊어진 빈집에서 쓸쓸한 시신으로 발견되는 홀몸 노인 소식이 자주 올라온다. 어떤 할머니는 홀로 소파에 쭈그리고 앉아 누군가가 찾아 주기를 기다리다 현관문을 바라본 채 주검으로 발견되기도 한다. 시간이 가면 나도 노인이 되는데 남의 일 같지 않아 섬뜩하다. 노인 복지는 장수 시대에 최우선으로 해결해야 할 사회 실천문제 중 하나다.

요즘 시간의 대부분을 아내와 보낸다. 팔푼이 같은 소리겠지만 아내가 없는 인생은 삭막 그 자체다. 삼식이를 먹여 살리는 입 속의 혀 같은 필요자로서만 아니라 더 중요한 것은 지근(至近)에서 말동무를 하는 마르지 않는 샘물 같은 존재이기 때문이다. 늙을수록 소중한 건 반려자로 남편에겐 아내가 그리고 아내에겐 남편이 필요한 이유이다.

보금자리를 꾸미고 사는 사람 대부분이 점점 닮아간다. 둘이 한 짝으로 얼마나 오래 살 수 있을지 모르지만, 어느 날 갑자기 한 사람이 먼저 떠나면 외로움이 덫과 같이 찾아온다. 아무리 자식이나 친구가 좋다고 한들 배우자의 몫은 따로 있기 때문이다.

연로하신 장모님이 계신다.

장모님은 내가 사랑하는 사람의 어머니이다. 무릇 사람들은 어머니를 고귀한 사랑의 대상으로 삼는다. 그 사랑, 눈에 보이지 않는 그 사랑을 숫자로 계측할 저울은 없지만, 별도의 공식으로 계산기를 한 번 두드려보자.

장모 사랑의 계량적 숫자는 먼저 '아내 사랑+어머니 사랑'으로 그 사랑이 이중(二中)이다. 아내 사랑의 크기도 클 텐데 거기에 어머니 사랑도 덧붙여진다. 그래도 애매한 구석은 있다. '사위 사랑은 장모 사랑'이라는 말도 있으나 상반되게 '사위는 백년손님'이라며 사랑의 관계를 견제하는 말도 있다. 때론 장모와 사위의 관계가 불편한 관계라는 역설이다.

하지만 중요한 것은 내 경우 장모님 사랑과 그분의 사위 사랑 강도가 얼마나 되느냐의 문제다. 날 낳아주신 어머니와는 다르지만, 장모님을 어머니와 같은 감정으로 느끼는 것은 아내를 사랑하는 마음이 장모님에게 똑같이 향하고 있기 때문이다. 더욱이 친모가 떠난 세상에 나의 장모 사랑은 '아내 사랑+어머니 사랑+열 배(倍)로 갚는 사랑'이라는 계산을 해본다. 조금 이상해 보이긴 하지만, 삼단 논법으로 그 사랑의 크기를 풀이해 본 것이다.

에드거 앨런 포가 장모인 클렘 부인에게 보낸 시가 있다. '……당신은 제가 극진히 사랑한 이의 어머니이십니다 / 그래서 제가 옛날에 안 그 어머니보다도 무한히 소중합니다 / 저의 처가 저의 영혼에겐 그 자신의 목숨보다도 / 무한히 더 소중했던 것과 같이'라는 「어머니」란 시(강대건 역)에서 사위의 장모 사랑을 절절히 보여주고 있다.

장모님은 내게 몇 가지 수식어로 서 계신다.

수년 전부터 파킨슨병을 앓고 계시는 어머니는 몇 해 전 남편이 먼저 세상을 등져 삶의 의지할 부분이 한층 작아진 위축된 분이다. 자식들마저 한국, 호주, 필리핀으로 뿔뿔이 흩어져 살아 늘 마음으로 자식을 그리워하며 사신다. 불편한 몸이지만 여느 어머니처럼 새벽에 눈을 뜨면서부터 저녁에 잠들기까지 종일 자식 걱정으로 기도만 하시는 지고지순한 분이다.

세상에 오력(五力)이 있다고 한다.

권력·금력·체력·실력·폭력이 그것이란다. 이분에게 하나하나 적용해보면, 먼저 폭력은 전무하고, 실력은 가정주부로서 평생을 사신 분이니 사회적인 실력은 부족한 셈이다. 체력은 파킨슨병으로 투병 중이니 정상적이라 할 수 없고, 금력은 남에게 과시하고 내놓을 만한 정도의 재력은 못 돼도, 평생 조금씩 꺼내 쓸 수 있는 양식거리와 의료비로는 쓸 만할 정도이다.

오력 가운데 하나 남은 '권력'. 세상을 다스리는 정치적 권력만이 아니고 최소한 동네나 집안에서 행사하는 힘도 권력이라 칭한다면, 지금은 동네는 고사하고 집안 어디에서도 힘이 없어 보인다. 집안에서 그저 어른이라는 신분 하나가 명함이 되어 할머니요, 어머니요, 언니요, 이모가 될 뿐이지, 힘 있게 뼈있는 말 한마디도 할 수 없어 '아주 작은 권력'도 없는 이름만 남은 종이호랑이가 되어 버렸다.

장모님의 오력을 이렇게 진단하고 보니, 그의 '오력 성적표'가 너무도 낮아 그분보다 내 심산이 틀어진다.

몇몇 해 전 돌아가신 친모의 말년도 마찬가지였다. 꼭 권력과 실력 그리고 재력까지 겸비하면서, 감정이 폭발하면 종주먹이라도 날릴 기개와 힘이 있어야 하는 건 아니지만, 한때 동네가 훤하도록 인물 좋고 인심 후하며 체력도 넘쳐나 온 동네 궂은일 마다치 않고 봉사하며 다녔던 분들이었다. 어쩌다 병마에 밀려 마른 장작처럼 깡마르고 백발이 성성한 채 걸음도 제대로 걷지 못해 툭하면 넘어지기 일쑤인 허약한 노인이 되었는지. 세월은 이다지도 야박한 것인가.

늙고 병들고 혼자된 사람이 이분들밖에 없는 건 아니지만, 노년에 체력이 바닥나고 권력도 없으며 게다가 먹을 끼니마저 걱정하고 사는 힘없는 노년은 상거지와 다를 바 없다. 나의 노년 자화상이 흑백 화면처럼 떠오르며 '등 굽은 쓸쓸한 노인'이 '바로 나'라고 무섭게 엄습해 와 불쑥 세월에 부아가 치민다.

이미 오력 가운데 대부분을 상실한 분에게 굳이 그 가운데에서 필요한 건 무엇이냐고 묻는다면 뭐라 답을 하실까. 권력? 금력? 체력? 실력? 폭력?

아니다. 늘그막에 있는 욕심도 버리며 살아야 할 판에 무언가에 한발이라도 걸치려는 유혹은 허접쓰레기 같은 노욕이다.

오력보다 정작 필요한 건 '대화'이다. 그러기에 사랑하는 마음이 깔린 따뜻한 말 한마디라도 건네는 말동무가 되어 드려야 한다. 아침에 눈 뜨면 연인들의 대화처럼 달콤하게 말이다. 할머니에게, 어머니에게, 언니에게 아침 인사라도 곰살갑게 건네면 최소한 하루를 시작하는 행복의 반은 채워진다.

머잖아 돌아가시면 후회막급하다고 땅을 치며 울고불고 외친들 세월은 매몰차게 외면한다. 『한시외전』에 '나무가 고요하고자 하나 바람이 멈추지 않고, 자식이 효도하고자 하나 어버이가 기다리지 않는다'는 말이 있다. 하늘 보고 땅을 치며 한(恨)을 다질 것이 아니라 살아생전 '말벗'이 되어 드리는 것이 진정한 위함이렷다.

'자주 안부 전화 드리자', '따뜻한 마음이 실린 말 한마디 해드리자'. 이것이 말년 말동무를 위한 최소한의 정성이며 최대한의 사랑이기도 하다.

이 글을 쓰고 나서 사 년 뒤 장모님은 영면하셨다.

시와 어머니

　포도송이가 알알이 영글듯 집안 곳곳에 바이올린 선율이 송송 열린다. 낯선 그림 한 폭이 달콤한 음률에 맞춰 고단한 몸을 사푼대다 포근한 미학을 꾸미는 저녁노을에 새 이불을 덮는다. 작은 거실에 음악과 그림이 나란히 서서 따뜻한 시(詩) 한 편을 초대한다. 시와 아울러 그림과 음악이 조화를 이루니 작은 거실이 제법 풍성해 보인다. 나의 문학관에 들른 기쁨이다.

　시(詩)를 접하면서 음악과 그림에도 사뭇 가까워지고 있다. 서로 영역이 뚜렷하게 다르지만, 그 관계는 사이좋은 이웃이고 다정한 친구 같다. 혼자 있을 때보다 둘이 있을 때 더 행복하고 둘보다 셋이 함께할 때 먼 길을 떠날 힘이 난다. 상생(相生)의 조화 때문이렷다. 그래서 좋은 시에는 필시 운율과 심상이 맛있는 양념처럼 골고루 들어가는가 보다.

시를 전문적으로 짓는 사람을 시인이라 부르는데, 나는 이 말이 참 좋다. 듣기에도 부르기에도 정이 새록새록 돋는다. 세 살배기 막둥이를 남기고 일찍 돌아가신 아버지 사진을 보면 얼굴에 시인이라고 쓰여 있는 건 아니지만 누가 보아도 천생 시인의 모습이다. 부드러운 인상에 조신해 보이는 낡은 사진 한 장이 서재 뒤편에 서서 내가 하는 일을 온종일 지켜본다.

시를 좋아하고 좋은 글 몇 줄이라도 짓기 시작한 지는 그리 오래되지 않았다. 물론 초등학교 일 학년으로 거슬러가자면 꽤 오랜 일이겠지만, 중·고등학교 때 교과서에서 배우던 타율 학습기를 벗어나 스스로 시집을 사서 책상 옆에 두고 줄을 쳐가며 외우고 외출할 때 한 권이라도 들고 나가는 자율학습을 한 지는 십년 안짝이다.

습작 시간을 꽤 즐겼다. 잡문이나 산문 같은 전자 메일 한 장을 보내더라도 한 줄에 대여섯 글자를 넘기지 않으면서 시처럼 쓰는 스스로의 변화가 감지되었다. 그 길이 운명인지 고통인지 모른 채 국외에서 시인으로 등단하게 될 줄이야.

그때부터 시 한 편 시 한 행에 슬피 우는 밤은 가쁜 숨을 내쉬었다. 시인이 된 후 스스로 '시인 사표(詩人 辭表)'를 내야 할 정도로 무지몽매한 자신과의 싸움은 처절했다. 변변한 시 관련 서적하나 제대로 읽지 못했는데, 겨우 살아온 경험 몇 토막에 들락날락하는 감성 몇 가닥을 밑천으로 스스로 시인이라고, 당당히 시인(是認)할 수가 없었다.

우선 밤잠을 포기했다. 나만의 야학을 차려 스스로 시인학교에 입학하여 선생님도 되고 학생도 되었다. 늘그막에 우리말에 철들어 인터넷보다는 국어사전 속 잔글씨를 읽고 베껴 쓰느라 돋보기도 샀다. 이렇게 몇 해가 지나니 얻는 것도 있었지만 잃는 건 무엇보다도 건강이었다. 불청객인 안구건조증과 어깨·허리·발 통증의 사통(四痛)이 밤낮으로 괴롭혔고, 골프공에 얻어맞아 생긴 두통과 신열을 앓는 심통(心痛)까지 육통(六痛)이 찰싹 들러붙었다.

그사이 부끄러운 줄 모르고 시답잖은 백 편의 시를 첫 묶음으로 덜컥 냈다. 그 뒤로 삼 년간 이를 악물고 썼다지만, 많은지 적은지도 모른 채 두 번째 시집을 세상 밖으로 시집보냈다. 습작기는 길수록 좋다는데 말처럼 이 역시 습작의 연장들이다.

나는 꽃을 좋아하는가 봐, 글쎄······.
시집 두 권에 모두 '꽃' 자가 들어간 게 생경하지만 실은 나도 궁금하다. 평소 꽃을 그렇게까지 좋아하던 사람이 아닌데 말이다. 『창공에 핀 꽃』과 『인연, 그 꽃을 따며』, 모두 '꽃' 자가 제목 속에서 자리를 차지하고 앉아있다. 그렇게 꽃을 밝힌 건 아마도 시를 접하면서 느낀 한 가지가 마음에서 넙죽 튀어나왔는지 모르겠다. 세상에서 가장 아름다운 게 꽃이라면, 나는 다 시들은 꽃가지에 물을 주고 메마른 땅에 꽃나무 하나를 심고 싶어서였을까.
'시는 꽃이다'는 말은 흔한 말이기에 그것만으로 덥석 제목을 가져다 붙인 건 아니다. 꽃은 남자이기보다는 여자에 더 가까운데, 내게 여자 중의 여자는 누구인가. 쌍두마차라면 아내와 어머니다. 아내는 현실 속에 존재하는 여자이고, 어머니는 과거서부터 현재까지 가슴속에 늘 존재하는 모체이다.

두 사람 중 내 시집 속에서 단 한 명의 주인공을 고르라면 솔직히 아내보다는 어머니를 떠올릴 거 같다. 어머니는 떠나고 안 계셔도 배꼽 구멍으로 흔적을 남긴 살아있는 존재이다. 숨을 쉴 때마다 배꼽이 움직이며 온몸에 널려 있는 어머니의 심성이 드문드문 말을 건다.

그 존재 그 가슴에 꽃 한 송이 달아드리는 마음으로 시집은 꽃이 되어 하늘을 날아다니고 있다. 아들 손에 핀 꽃 속에서 어머니는 어디선가 내 시집을 가슴에 꼬옥 품고 계실 듯하다.

어머니, 이번에는 수필 속에서 만납니다. 시보다 더 긴 이야기로 어머니를 만나렵니다.

수술은 늘 힘들어

아내가 심장 수술을 했다.

호주에서만 벌써 여섯 번째니 이역만리에서 달갑지 않은 병상 향연을 벌이는 게 안타깝다. 수술을 여러 번 한 사람에게 병원은 생명을 이어주는 고마운 곳이기도 하지만, 거사를 치를 때마다 겪는 심적 육체적 고통에 금전적인 부담까지 생각한다면 진절머리치게 멀리하고 싶은 곳일 게다.

생각해 보니, 아내의 수술부위는 참 다양하다. 얼굴만 빼고 젖가슴에서부터 다리에 손목 그리고 자궁은 두 번씩이나, 게다가 이번엔 심장이 하나 더 얹혀졌다. 부분 부분이 인체 해부와도 같아 섬뜩하기까지 하다.

전문의가 이번 수술은 비교적 간단한 것이라며 안심을 시켰지만 그래도 수술이기에 걱정이 없지 않았다. 이는 통증은 물론 외상흔적도 거의 없는 것으로 잘 알려진 내시경을 통한 '부정맥 시술'이었다.

경험자가 말하길, 어렵지 않은 시술이기에 잠깐이면 끝난다고 하여 걱정은 손톱만큼도 하지 않았다. 그런 분위기로 수술 전날 아내는 지인의 식당개업식에 늦게까지 참석했다가 가볍게 한숨 자고 이른 아침 병원으로 가 편안한 마음으로 침상에 누웠는데…….

수술에 앞서 의무고지(告知)가 낭독되었다. 통역사 입회하에 십여 분에 걸쳐 법의학적 설명이 이어지며, 의사면책 사고를 포함한 후유증을 자세하게 열거하는 통에 비록 그 확률은 미미하다지만 겁을 먹을 만했다. 시간에 쫓기듯 의사 편리에 따라 구두로 마구 넘어가는 바람에 끝내 저항 없는 항복에 가깝게 수술 동의서에 서명하였다. 이어서 수술실로 옮겨졌고, 그때부터 환자에게는 마취가 시작되고 보호자에게는 초조한 기다림이 길게 늘어졌다.

이후 꽤 시간이 흘렀다. 간단한 시술이라던 말과는 달리 예정 시간을 훨씬 넘겨도 닫힌 문은 열릴 줄 몰랐다. 점차 의사가 고지한 내용이 그을음처럼 그물거리기 시작했다. 행여 어느 하나라도 잘못된 현실로 다가올 수도 있다는 불안감에 속내는 불탄 쇠가죽 모양 오그라들었다. 수술시간이 꽤 길어지고 무엇보다도 그 부위가 심장이라는 점이 새삼 버거웠다.

실제로 모든 수술은 쉬운 게 하나도 없다. 아니 아주 힘든 일이다. 우선 마취를 잘해야 하는 일에서부터 의사가 뜻한 대로 수술이 이루어져야 하고, 환자가 마취에서 깨어나기 전에 모든 과정을 마쳐야 한다. 준비에서부터 퇴원, 그리고 후유증 없는 성공의 그린카드를 받기까지는 넘어야 할 산이 한두 개가 아니다. 그 먼 길을 잘 다녀오려면 한마디로 모든 게 궁합이 잘 맞아 떨어져야 한다.

수술 시간이 예정의 세 배를 훌쩍 넘기고 있었다. 아무리 좋게 생각하려 해도 수술부위가 잘못되었거나 혹은 마취가 과다하게 됐을 수도 있다는 의구심이 먹구름 장으로 까맣게 밀려왔다. 수술 직전, 의사에게 분명히 물어본 '예정시간은 한 시간 정도'라는 답변이 확성기처럼 크게 요동치고, "환자에 따라 조금 더 걸릴 수도 있다."는 그의 여운 섞인 말은 조그마한 메아리로 울렸다. '행여 잘못이라도 된다면 어떻게 해야 한단 말인가.' 불안은 침착함을 잃게 하고 다시 공포를 수반하여 대기실 안락의자가 무색할 정도로 쫄밋거렸다.

그런 중 몇 번이고 따질 듯 간호사에게 수술경과를 되물어도 편한 답이 나오지 않았다. 하도 오줌 마려운 강아지 모양 안절부절못하는 꼴이 거슬렸는지 한 남자 간호사가 한쪽 구석을 가리키며 커피나 한 잔 마시라고 주방으로 손을 끌었다. 그는 마치 비밀인 양 냉장고에 신선한 우유가 있다는 친절까지 베풀었지만, 속내는 검은 머리가 발을 동동거리며 왔다 갔다 하는 모양새가 일하는 데 방해가 되니, 차나 마시면서 가만히 앉아있으라는 파란 눈알의 무언 명령 같았다.

잔뜩 마른 목구멍에 물 한 모금이라도 넘겨야 할 참에 눈앞의 커피와 홍차가 반가웠고, 소형 냉장고도 한눈에 쏙 들어왔다. 남자 간호사가 무료로 먹으라는 말을 순진한 척 곧이곧대로 믿으며 열어본 냉장고 안에는 우유와 밀봉된 종이 봉지가 수북이 쌓여있었다. 대략 열 개 남짓 보였는데, 봉지마다 치즈나 잼을 바른 샌드위치 네 조각에 사과, 물, 요구르트가 들어있었다. 일순간(一瞬間)

이것도 먹으라는 소리였느냐고 스스로 확대해석하며 중얼거렸다.

'호주병원은 정말 친절하단 말이야. 그 유명한 로열 알프레드 프린스 병원(RPA)에서 무료로 수술도 해주지, 간호사도 그만하면 친절하고, 심장 수술은 세계 최고수준이니. 아무튼, 이민 한 번 잘 왔어.'

혼자 주절주절 호주병원 칭찬을 한 보따리 풀어놨다. 배는 고파지고 손은 저절로 스낵봉지로 향하는데 옆 플라스틱 통에 담긴 작은 아이스크림 하나가 귀염둥이로 반짝거리는 것이 아닌가.

이왕 먹는 거 든든히 먹어놔야 아내가 나오더라도 간호를 잘할 수 있겠다 싶어서 아무도 찾지 않을 듯한 주방에 홀로 큰 상을 벌였다. 우선 봉지 하나를 집어서 속에 든 양식을 고루 풀어놓으니 점심치고는 꽤 그럴싸했다. 게다가 군침이 살살 도는 아이스크림까지 상 위에 올려놓고는 막 먹으려는 순간, 인기척이 들렸다.

내심 도둑질하다가 들킨 것처럼 깜짝 놀랐지만, 짐짓 태연한 척 그대로 서 있는데, 하얀 가운에 청진기를 목에 건 노랑머리 미녀 의사가 냉장고를 열어 스낵봉지 하나를 집어 들고 뭔가 찾는 듯 두리번거리다 내 앞에 놓인 아이스크림을 냉큼 들고 나갔다.

'어이쿠, 저게 저 의사 것이었구나.'

점잖은 체면의 의사는 뱀 눈으로 흘기거나 쌀쌀맞게 면박 주는 소리는 없었지만, 물건만 휑하니 들고 나가는 품새가 하마터면 큰일 날 뻔했다는 눈치였다. 갑자기 뒷머리가 띵해지면서 그럼 이 스낵봉지들은 대체 뭔가 하며 자세히 들여다보니 봉지마다 'A, B, D, Pa' 등 조그마한 글씨가 그제야 눈에 들어왔다. 영문 약자(略字)는 주인을 표시해 놓은 것으로 봉지들은 모두 주인을 기다리고 있었다.

하지만 무참히 뜯긴 봉지에 다시 담을 수 없는 노릇이었다. 더욱이 그 시각이 오후 한시가 넘었고 당장에라도 회복실로 돌아올 아내를 두고 점심을 먹으러 밖으로 나갈 수도 없으니 하는 수 없었다. 내친김에 똥 싼다고 누가 더 들어오기 전에 먹을 것을 집히는 대로 얼른 해치우고는 유유히 커피를 들고 대기실로 돌아왔다. 밖으로 나가지도 않고 무아지경에 잠시 아내 걱정은 잊은 채 식사한번 잘한 셈이다. 급히 먹느라 속이 좀 불편했지만 뜨거운 커피를 후후 불어가며 한껏 여유를 부렸다. 그러곤 커피에 코를 박는 찰나 간호사로부터 아내가 돌아왔다는 전갈을 받았다. 커피고 뭐고 전부 팽개치고 득달같이 병실로 달려갔다.

아내는 나를 보자마자 주르륵 굵은 눈물을 흘렸다.
"금방 끝난다더니 이게 뭐예요. 너무 아프고 힘들었어요."
네 시간 반 만에 돌아와 지친 몸에서 나온 첫 마디는 울먹이는 분노였다. 아내의 화풀이에 죄인처럼 손만 잡아주며 아무런 입을 뗄 수가 없었다. 속으로 눈물이 글썽이며 살아 돌아온 것을 위안으로 삼았다.

십여 분 뒤 수술을 담당한 의사가 회진을 왔다. 그의 첫 마디는 '아주 복잡한 시술'이었다며, 자세한 수술내용과 함께 '시간이 오래 지체돼서 미안합니다(sorry for the delay)'는 말을 몇 번씩이나 했다. 솔직하고 진지한 음성이었다.

심장 깊숙한 외벽에서 자연 발생한 흉터(scar)를 발견하고는 이를 치료하는 데 시간이 오래 걸렸고, 이때 제대로 마취를 할 수 없는 상황으로 심한 통증이 왔을 거라며 오른쪽 어깨를 어루만져주었다. 아내는 그의 위로에 또 한 번 눈물을 흘렸다. 조금 전까지 차오르던 분노의 눈물이 순간 안도의 눈물로 변했다.

이번 수술은 사타구니 양쪽에 작은 구멍을 내고 내시경을 이용해 심장까지 접근하는 방식으로, 아내는 한숨 푹 자고 나면 그렇게도 날뛰던 부정맥에서 해방되는 줄 알았는데, 수술 중 잠에 푹 빠지기는커녕 처음 시작할 때와 추가로 마취할 때만 잠깐 잠이 들었을 뿐, 마취되지 않은 근 두세 시간 동안 정신이 말똥말똥한 상태로 그 자체가 불안의 연속이었단다. 게다가 쇠꼬챙이로 생살을 찌르는 듯한 통증이 올 때면 이러다가 죽는 것이 아닌가 하는 심한 공포에 시달렸다고 한다.

수술은 아무리 간단한 것이라도 언제나 힘든 것이다. 환자들이 병명과 함께 수술 날짜를 받고 나면, 그때부터 불안 초조가 시작된다. 앞으로 겪을 육체적 고통이 피부에 와 닿으면서 경험자를 찾아 이리저리 묻기에 바쁘고, 인터넷 검색에 장시간 매달리기도 한다.

아내는 이번 일로 결코 만만치 않은 고통과 불안을 고스란히 겪었다. 불과 얼마 전까지만 해도 심장 수술을 놓고 감히 간단하다며 얕잡아 보았던 견해가 얼마나 짧은 생각이었는지를 값지게 배웠다.

백세 시대가 눈앞에 열린 세상에 사는 지금, 강심장을 달고 신상품으로 통통 걸어 나온 아내가 제법 든든하다. 내가 지닌 가장 소중하고 값비싼 것을 명품이라 한다면, 어려운 수술 중에 강심장을 단 여인, 이 여인이 바로 나의 명품 중의 명품이 아닐까.

제4부
길가에 떨어진 돌

하긴 우주 전체로 볼 때, 지구도 조그만 파편에 불과하니 나는 실제로 돌 조각은커녕 모래 한 알도 못 되는 무력한 존재이다. 지금 서 있는 이 자리이나마 정작 내 생을 지탱해 주는 안전지대냐고 따져 물으면, 솔직히 불안감이 슬쩍 엄습해온다.

길가에 떨어진 돌

길가에 돌멩이 하나가 눈에 들어온다.

옛날에는 돌만 보면 으레 축구 하듯 멀리 차버리던 못된 버릇이 있었다. 그런 탓에 사촌 형이 제대할 때 넘겨준 군화는 그 끝이 돌과 부딪쳐 검은색은 벗겨지고 겁에 질린 듯 허연 속가죽을 드러내기 일쑤였지만 그런 상처투성이를 즐겨 신었던 기억이 선연하다.

느린 걸음으로 여유롭게 산책하거나 시내로 들어가는 기차를 놓칠세라 부산을 떨며 빠른 걸음으로 걷다 보면, 드물지만 길가 모퉁이에 자리 잡고 있는 돌멩이를 만날 수 있는데, 높은 눈으로 걸을 때는 보이지 않지만, 동전 한 닢이라도 찾으려는 듯 눈을 땅바닥으로 내리깔고 걸을 때면 심심치 않게 만날 수 있다.

그중 유난히 눈에 띄는 돌 조각이 있는가 하면, 공연히 발에 걸리는 거추장스러운 돌멩이도 있다. 어디에서 왔는지 알 수 없지만, 눈에 띄고 발에 걸리고, 그러다가 멀리 채이거나 던져지면 비로소 박혀있던 자리에서 옮겨져 공간 이동한다.

어느 별에서 왔는지 알 수 없는 돌멩이 하나일지라도 그의 유랑 같은 생애를 따라가 보면, 어떤 연유로 여기까지 왔는지 묻지 않을 수 없다. 남녘 땅 호주까지 와서 사는 나의 삶이 길에 떨어진 돌멩이 같다는 생각이 문득 스친다.

하긴 우주 전체로 볼 때, 지구도 조그만 파편에 불과하니 나는 실제로 돌 조각은커녕 모래 한 알도 못 되는 무력한 존재이다. 지금 서 있는 이 자리이나마 정작 내 생을 지탱해 주는 안전지대냐고 따져 물으면, 솔직히 불안감이 슬쩍 엄습해온다.

나란 존재는 전쟁 통에 태어났다.

총알이 날고 폭탄이 터지는 판에 아이를 낳는 것이 보통 힘겨운 일이 아닐 텐데 하필 그 어려운 시절에 뭐가 급하다고 세상에 나왔는지 모르겠다. 나의 탄생은 반가운 출현이라기보다는 버거운 삶에 씁쓸한 무게만 더 얹어준 '빚진 생의 시작'이었으리. 그리 힘들 때 태어난 게 내 죄도 아니련만 어머니에게 늘 미안한 마음이 들기도 했다.

그런데 내가 군대에 갈 무렵 넌지시 던진 어머니의 한마디는 심한 멀미를 느낄 정도로 의미심장했으며 반전의 충격인 반전이었다. 그것은 무언가를 평생 가슴에 품고 사시다 떨어뜨린 듯 내려놓은 말씀으로 애초에 빚진 생의 시작이라고 느꼈던 나의 부담감을 덜어주었다.

무슨 얘기 끝에 어머니는, "계룡산으로 피난 갔었어. 그때 그만 아기가 들어서서 걱정이 태산 같았어, 할 수 없이 용하다는 한의원을 찾아가 너를 떼려고 갖은 애를 썼지. 그런데 얼마나 악착같이 떨어지지 않는지 울며 겨자 먹기로 그만 낳게 되었단다." 하시며 잠시 쉬었다 말씀을 이어가셨다.

"그래서 그런지, 태어나서 일주일간을 울지도 않고 그냥 잠만 자는 듯 조용해서 윗목에 밀어놓았지, 꼭 죽은 줄 알았어."

'아니 이럴 수가! 세상에 나오지도 못할 뻔한 인생이 아니었던가.'

마치 출생의 비밀 같은 그 폭로 앞에서 뭘 그깟 일로 그러냐는 담담한 표정으로 "못 올 뻔한 세상에 온 걸 보니, 세상에 꼭 필요한 사람이 돼야겠네요." 푸념하던 그의 가슴앓이를 어루만져드렸다.

이 말을 받아 신이 나셨는지 어머님은 그 뒤의 이야기를 이어나가셨다.

"어떻게 약을 썼길래 애가 나왔어요?"

이 말을 되받아치는 한의사의 답변이 걸작이다.

"왜 애를 떼세요? 아기가 건강하게 잘 나오라는 약을 썼으니 애가 쑥 나왔지요."

내 생각의 반전은 어머니와 한의사의 반전으로 이어져 드라마의 말장난처럼 언어의 희롱이 연출되었다. 순간을 넘기는 능청스러운 한의사의 거짓말은 나의 '출생 비밀'의 은은한 전설처럼 별세계 어딘가를 떠돌다가 머물 곳을 찾는 돌 조각 운명처럼 이곳에 나를 불러들인 셈이다.

'나라는 돌 조각은 어디에서 온 낙석인가?'

회사생활을 접고, 남태평양을 건너던 그 날이 벌써 삼십 년을 풀쩍 넘었다. 삼십대 젊음은 찾을 길 없고, 정처 없이 세월에 쫓겨 간 날들을 세어보니 이순과 종심 사이에 놓였다. 돌 조각은 고사하고 먼지에도 못 미치는 무력감과 허무를 비웃는 듯 하 세월이 지나간다.

공항에서 이별을 고하던 친지와 친구의 모습이 아직도 눈에 선한데 거울에 비친 주름만이 조용히 시간의 흐름을 말해주고 있다. 생계에 목을 매고, 무역에 목숨 건듯 헛손질하다가 관광이란 사업에 연이 닿았지만 운명은 나를 다시 한국으로 끌어당겼다.

당시 컴퓨터 제조회사의 경영을 잘하고 있던 친구가 호주에 사는 나를 서울로 불러들였다. 길게 가지 못한 그와의 만남은 악연까지는 아니더라도 이제껏 다시 만난 일이 없으니, 차라리 만나지나 말았어야 하는 씁쓸한 흔적을 남겼다. 이 빌미가 한국에 나가게 된 동기가 되어 땅까불하는 기러기 운명으로 자리 잡더니 끝내 가정마저 밀어내는 나락의 끈이 되고 말았다.

이후, 거친 바다에서 혹독하게 사공의 훈련을 받으며 재기의 발판으로 사업이란 틀에서 동분서주하던 오 년간의 한국 생활을 마치고, 다시 돌아온 호주는 고향인 듯 나를 반겼다.

이민사회의 제 일성은 생계형 삶이다. 일차 이민에서는 고난의 행군으로 피곤한 생계로 허덕였다. 그래서 이차 이민에서는 기본 생계의 틀만 벗어나면 여유로운 호주인의 삶을 목표로 삼았다. 그것은 문화생활에 어섯눈이라도 뜨는 것이었다. 아무튼, 사십대 후반에 해후한 이 공간에서 온갖 모임은 항상 아내와 함께였고 주말이면 친구들과 어울려 먹고 마시고 수다 떨며 한껏 호주의 여유를 흉내 내기 시작했다. 꿈을 키우면 현실이 되는 법이기에 비록 작은 돌도 안 되는 존재이지만 돌고 도는 운명에 호주에 순응하는 팡돌이 되어갔다.

일로는 한국 소비자원에 글 쓰는 일, TV 위성방송국 일, 그리고 동문회 일과 고려문화포럼이라는 문화단체를 운영하면서, 나의 생활은 남 보기에 화려한 포장으로 씌워져 넉넉한 삶을 사는 사람으로 비친 듯했다.

완전히 속 빈 강정은 아니었지만, 남에게 손 내밀지 않고 집이라도 한 칸 가진 모습이 그리 비쳤을지도 모르겠다. 거기에 물질적 여유가 있기보다는 마음의 여유를 갖고 살려고 노력한 것뿐이었다. 이런 모습은 아마 첫술 뜨기가 어려운 이민생활에서 맛본 쓴 밥, 단 밥, 눈물 젖은 빵과 어두운 터널 속을 기어 다니던 기억이 늘 등 한쪽을 멍울처럼 누르고 있는 까닭일 듯하다.

이런 터에 육십 무렵 자서전을 준비하려는 생각으로 끄적대던 종이가 팔자에 없는 문학의 길로 슬쩍 길을 내주어, '옳다구나!' 하고 올라선 게 그럴듯한 문인의 빨간 모자였다. 이국땅에서 한국 문학을 한답시고 시인에 수필가도 되고 열정인지 만용인지 시집도 두 번 내며 흡족히 이 길을 가고 있다.

'창작' 행위의 글 내용처럼 집을 짓고(作家), 그 안에 들어 사는 사람(詩人)의 맛을 담는 작업은 즐거운 비명이다. 밤마다 백지 위에 올라 그림을 그리며 소리를 지르고, 피아노 건반을 누르듯 자판을 두드리며 나만의 혼을 찾는다. 다시 '도르르' 나의 작은 돌멩이 구르는 소리가 들린다.

이름 없는 돌 파편이 갈 곳 몰라 정처 없이 굴러다니다 지금은 천 년 갈 곳이 있는 듯 된비탈을 기어오른다. 수미산(須彌山) 초입에서 발버둥 치고 고해의 바다에서 끝 모르는 헤엄을 치는 무한 궤도 놀이에 흠뻑 빠져있는 것이다.

그렇다, 낯선 발에 툭 차이는 작은 돌 하나로 여기저기 토심 없이 굴러다니다가 나만의 비밀장소를 찾으며 초롱초롱한 눈망울로 천 년의 먼 산길을 돌아가고 있구나.

적당한 힘에 적당한 거리에서 나만의 에너지를 발산하며 지구라는 별 위에 몸을 붙이고 살고 있다. 여기에 세상의 이치가 붙어다닌다. 비록 나나 돌 조각이나 모두 떠돌아다니며 흩어진 삶을 주워 담는 노마드(Nomad)이지만 새로운 체험을 품어 안고 화합하며 창조하는 21세기의 신 유목민이 되고 싶다. 그저 맥없이 멍한 눈으로 굴러다니다 차이는 낙석이 아닌 남의 아픔을 어루만져주고 고통을 막아주는 튼실한 길거리의 바윗돌이 되련다.

시드니의 겨울

야경이 아름다운 시드니 밤거리를 내려다본다. 하루를 버티지 못하고 우수수 떨어지는 낙엽으로 도심의 번뇌는 소리 없이 묻혀 가고, 그 위로 아쉬운 가을을 붙들 양 소슬한 가랑비가 살포시 뿌려진다. 하버 브리지(Harbour Bridge)를 덮고 있던 가을이 떠난 지 며칠이나 되었다고, 푸름을 뽐내던 나무들의 모습이 하루가 다르게 핼쑥하다. 언제 따뜻한 바람이 머물다 갔는지 기억은 가물거리고 저 산 너머 춤추듯 제집 찾아간 제비 날던 가락이 간절하다.

겨울이 왔다. 창문을 단단히 틀어막아도 도둑처럼 스며드는 쌀쌀한 한기가 겨울 들머리부터 제대로 맛을 보여주려는 듯 기세가 대단하다. 호주에 처음 와서는 남쪽 땅에 무슨 추위가 있겠냐는 둥, 겨울이라고 해도 기온이 최저 4~5도 정도라며, '그게 어디 겨울 축에나 끼겠냐'고 깔보며 호기를 부렸다.

하긴 겨우내 눈 구경을 할 수 없는 시드니에 살면서, '이것이 겨울이오' 하고 명함을 내밀기에는 한국의 혹독한 겨울 앞에 낮간지러운 건 사실이다. 그래서 한국에서 온 손님들과 호주의 겨울 이야기를 하려면 은근히 눈치가 보여 조용히 꼬리를 내릴 수밖에 없지만, 이곳 사람들은 살면 살수록 왜 이리 추운지 모르겠다고 난리들이다.

요즘 들어 추위가 드세진다는 느낌은 운동 부족으로 몸이 허약해진 탓도 있지만, 지난 세기 동안 환경파괴로 잔뜩 화가 난 지구가 여름에는 점점 불을 달구고 겨울에는 강추위로 온몸을 먹먹하게 만들기 때문이기도 하다.

시드니 겨울도 이제는 따뜻하다는 말과는 점점 거리를 두고 있어, 간혹 지인의 집을 방문해 보면 이글루에 사는 에스키모를 만난 양, 대부분 두툼한 스웨터에 털 장화를 신고 있다. 게다가 집집이 감기가 기승을 부리니 만나는 사람들의 안부 물음에 감기가 단골메뉴로 등장하는 것이 이제는 자연스럽기까지 하다.

땅이 넓은 호주는 지역마다 추위가 다르지만, 시드니는 영하로 내려가는 혹독한 겨울이 없기에 난방시설이 한국만 못하다. 그저 겨울나기로 조그마한 히터와 양털 실내화를 신으면 그만이었다. 이젠 해가 갈수록 뼈까지 시릴 정도로 추위가 심해 방마다 히터를 모조리 틀어놓고 두꺼운 스웨터는 물론, 한국에서 긴급 공수한 군밤 장수들이 즐겨 쓰던 귀 덮는 모자를 쓰고 목도리까지 해야 그런대로 견딜만하니 덕지덕지 두른 모양새가 실로 가관이다.

겨울이 오기 전에는 낭만이 가득한 눈 덮인 하얀 산장을 그리며 따끈한 커피 한 잔 마시는 정겨운 풍경이 담긴 겨울을 기다릴 때도 있다. 하나 막상 창문에 도끼눈을 뜬 성에로 가득 찬 겨울과 맞닥뜨리게 되면 언제 그런 생각을 했었느냐고 시침을 뚝 뗀다. 하얀 마귀가 창을 두드리며 서릿발에 침 흘리고 있는 자리를 피해, 옅은 해귀라도 안으려 조각 볕 드는 길목을 기웃댄다.

이렇듯 몸을 떨게 하는 추위라는 이유로 겨울은 가을만 못하고 봄만도 못하다는 편견이 마음 한편 그늘에서 허우적댄다. '떨어진 가을 위로 따뜻한 햇볕은 언제 찾아오려나.' 날렵한 감상은 날 안아줄 봄 처녀를 눈 빠지게 기다리게 한다. 그 봄이 너무 멀어 속상하면 '낮술로 얼굴이나 불콰하게 물들여 볼까.'

하지만, 새봄이 빨리 온다고 능사는 아니다. 봄은 죽음으로 가는 생명의 남은 수(壽)를 무섭게 갉아먹고 있는 염왕(閻王)의 다른 모습일 수도 있다. 철없이 그루터기에 나이테 하나를 더 긋게 되는 봄맞이는 조건 없이 오는 환희도 아니고 희열도 아니다. 겨울 초입부터 땅속의 뱀처럼 잔뜩 웅크리고는 세월만 가라고 읊조리며 편안히 잠만 잘 수는 없지 않은가. 자칫 세월의 흙먼지를 먹으며 벌겋게 피 묻은 나이테 하나만 빨리 만들어지기를 학수고대하는 멍청한 존재가 될까 두렵다.

한낱 겨울을 몸에 달라붙은 벌레 떨구듯 털어내려는 소아병적 생각은 게으름의 소치다. 눈에 보이지 않는 날개를 단 세월이 또 하나의 선을 그으려 야금야금 다가오는데 언제까지 나태한 인생을 살 것인가 꾸짖는다. 발 빠른 초침이 시간 갉아먹는 소리를 내며 고래 힘줄 같은 생명줄을 잡아당기고 있다. 허겁이 살아가는 세포 덩어리에 새로운 생명을 불어넣는 기운이 솟구친다.

끝없이 변하는 자연은 올 겨울을 인생의 가르침으로 보낸 것이다. 이 겨울은 손님으로 충분한 대접을 받을 가치가 있는데 홀대

할 뻔했다. 겨울이 가고 나면 자연스레 봄 손님을 맞게 된다. 앞으로 누구든 나를 찾는 노크 소리가 들리면 겨울이건 봄이건, 삭풍이든 꽃바람이든 따뜻한 눈길로 포옹해야겠다.

나뭇가지에 핀 연두색 새순이 피었다 지는 것을 보고도 배움이 없다면 자연은 내년 겨울에 또다시 살찬 인생의 날 것을 가르치러 올 것이다. 뜻있어 오고 가는 겨울 앞에 몸을 떨며 봄을 기다리지만, 오는 시간 막지 못하고 가는 시간 잡지 못한다. 세월의 강에 차가운 꼬리를 남기는 시드니의 겨울을 따뜻하게 맞으며 살캉대는 자연의 소리를 가득 담아 들어보련다.

○ 호주 속 자화상·1 – 두 번의 이민

　나의 인생 이모작의 시작이랄 수 있는 호주 이민은 우연일까 필연일까. 그 출발점은 싱가포르에서 시작되었다. 비행기에서 처음 만난 분이 던진 뜻밖의 한마디가 바로 심장에 꽂힌 그날, 발걸음은 해외개발공사로 오가며 이 년 만에 호주 이민허락을 받았다.

　싱가포르 기내에서 만난 그분은 모 대학 교수로 호주에서 출발하여 서울로 돌아가는 길이었다. 이날 비행기는 싱가포르 이광요 수상의 국빈 특별편으로, 드물게 국가원수의 친필 사인도 받으며 뭔가 행운의 여신이 기분 좋게 등을 떼미는 뿌듯한 기분으로 하늘을 날았다.

　여행의 피곤함으로 지칠 만도 한데 교수님은 불쑥 호주 이야기를 꺼냈다. 당시 호주는 남아프리카공화국과 더불어 백호주의가 팽배했던 나라로 유색인종에게는 이민의 기회가 거의 없는 곳으로 알려졌고, 지리적으로도 아주 먼 나라였기에, 그의 여행담을 마이동풍으로 흘려들었다. 그분은 아랑곳없이 호주의 공보관인 양 이 나라의 평판을 비행기 날개 뒤를 나르는 날틀 구름(비행운) 위에 펼쳐놓았다.

"호주라는 나라는 기회의 나라예요. 한 살이라도 젊을 때 가면 좋을 거예요. 나도 조금만 젊었으면 지금이라도 이민을 가고 싶어요. 젊어서 일하고 노년에 사회복지 혜택도 받고 청정한 공기에 후덕한 인심, 그저 부러울 뿐이지요."

이야기는 비행시간 내내 지칠 줄 모르고 이어졌고 그의 신분 덕에 신뢰가 더해졌는지 나는 그의 입담에 금세 빠져들었다. 그는 대전에 있는 한 대학병원의 학장으로 친구들과 여행을 하는 도중에 호주에 대한 정보, 특히 이민 정보를 많이 듣게 되었단다.

나는 당시 허리와 호흡기 질환으로 고생하던 터라 팔 년째 하고 있던 비행 생활을 청산하려는 마음이 굴뚝같았다. 대한항공 국내 부서로 내려앉을까 또는 친구와 사업을 할까 고민하면서 한편으로는 외국 이민을 생각한지라 그의 호주이민 정보는 귀가 번쩍 뜨이는 귀한 선물이었다.

그렇게 받은 선물은 결국 삼십대 중반에 이민을 선택하게 되었고, 오 년 동안 이방인의 설움으로 고생만 하다가 한국으로 되돌아가는 비운을 겪었다. 결국, 몇 년 후 재 이민으로 호주와 두 번의 사랑을 나누며 삼십 년의 뿌리를 내리고 있다. 부모·형제, 친구들을 다 떼어 놓고 먼 낯선 나라에 가서 살겠다니, 도대체 무슨 운명일까. 그 이야기를 풀어놓는다.

'쿵!'

바퀴 소리와 함께 육중한 동체가 하늘에서 지상으로 내려앉았다. 이날부터 끼니를 걱정해야 하듯 하루하루의 삶을 염려해야 한다는 불안이 가슴에 대못질해 댔다. 이곳에서의 삶은 삼십오 년 동안 살아온 방식과는 전혀 다른 거친 늪 속에서 지상으로 빠져나오려는 몸부림이었다. 지금은 꿈결처럼 멀리 스쳐 지나가지만 허둥대며 뭉뚱그리던 기억의 조각들이 고생보따리를 푼다.

그동안 이곳에서 어떻게 살았나, 이 땅은 내게 어떤 곳이었나, 누군가 이민을 오고 싶다면 권할 만한 곳인가 하는 물음이 머리 위 별빛처럼 쏟아져 내렸다. 이민생활의 성적표를 받듯 기대 어린 눈초리로 스스로 내린 그 점수를 조용히 바라본다.

'절반은 실패요, 절반은 성공이다.'

실패의 절반은 멋모르던 첫 이민 시절이었고, 절반의 성공은 호주로 다시 돌아와 열심히 살아준 데 대한 보상이다.

이민 초기 오 년은 돈도 못 벌고 가정은 해체되어 다시 한국으로 돌아가는 고난의 행군이었으니, 몸 고생 맘고생의 이중고는 이방의 호된 신고식이었다. 겉보기에는 막 뜨고 있는 친구의 컴퓨터 회사에 중역으로 초빙되는 인간승리처럼 보였겠지만, 속사정은 이미 홀몸이 되어 어머니 품으로 돌아가는 방황하는 철새였다. 고난의 오 년은 돌이킬 수 없는 바람으로 멀리 사라졌다. 다시 돌아오지 않기를 바라는 기억 속에서 지워지지 않는 트라우마로 간혹 나타나 쓴웃음을 짓곤 한다.

한국에 다시 돌아와 몇 년이 바람처럼 지나갔다. 피붙이의 도움에 사촌의 격려가 큰 힘이 되어 전일 겪었던 실패의 고통은 차츰 잊어버리며 평생 반려자인 지금의 아내를 만나 새 삶을 찾았다. 가정의 운을 되찾으니 사업 운도 제법 따라주어, 도(道) 닦듯

수양하는 제2의 삶에 몸을 던졌다. 한국에서 삶의 안정을 찾아갔지만, 한번 뜬색시처럼 이민 바람이 솔솔 마음을 어지럽혔다. 어렵사리 안착한 한국 생활을 정리하고 전과는 다른 각오와 준비를 손에 움켜쥐고서 두 번째 호주 길에 올랐다.

장고 끝에 겁 많은 아내를 잘 설득한 터였다. 서부 영화의 제목을 흉내 낸 나는 '돌아온 장고'였다. 지난날 시행착오를 거울삼으니, 복권을 맞은 듯 하는 일도 척척 들어맞았다. 무엇보다도 아내의 부드럽고 살가운 감성이 일하는 내 마음을 편하게 해주었다. 실수해도 보듬어 주고 작은 성공이라도 기를 팍팍 넣어주는 그녀의 성품에 하늘도 감동했는지 두 번째 호주 정착 성적표는 일단은 성공이라고 외치고 싶다. 본 대로 듣던 대로 그래서 소원한 대로 사업도 가정도 무난한 삶을 이어간다.

가정의 평화와 사업의 안정이라는 두 마리 토끼를 잡아보니 이것이 행복이라 말하고 싶다.

돌이켜 보면, 타향을 고향으로 만들어 나가는 이민 생활 정착기(定着記)는 전반전의 실패와 후반전의 회복으로 이제 동점이 된 셈이다.

앞으로 살아가면서 가슴 깊이 새길 교훈은 값비싸게 배운 실패의 경험을 가볍게 흘려버리지 말라는 것이다. 더불어 오늘의 만족을 내일로 이어가기 위해서 아침마다 일일신 우일신(日日新又日新)의 경구를 되뇌며, 거울 앞에서 활짝 웃으련다.

호주 속 자화상·2 - 호주는 천당인가 지옥인가

호주는?

천국인가 지옥인가, 생각처럼 행운이 굴러다니는 기회의 땅인가 아니면 살던 곳보다도 못한 불행이 도사리고 있는 땅인가. 결론부터 얘기하자면, 사람 사는 곳은 다 마찬가지더라.

도널드 혼(Donald Horne)이라는 호주 작가가 있다. 그는 1964년에 발간된 책 제목으로 호주를 '럭키 컨트리(The Lucky Country)'로 소개하여 이 말은 호주의 상징적 별명이 되었다. 하나 1976년에 이 말을 뒤집는 『럭키 컨트리의 죽음(The Death of Lucky Country)』이란 책이 나오면서 호주는 눈에 보이는 것처럼 행운(Luck)이 가득 찬 나라가 아님을 토로했다. 호주의 이중성이 드러나는 듯했다.

또한 어떤 작가는 호주를 두고 '심심한 천국', 한국을 '재미있는 지옥'이라고 부르며 두 나라를 대조했다. 제목만 본다면 나는 재미

182

있는 지옥에서 삼십오 년을 살다가 심심한 천국으로 탈출한 것이다. 아무튼, 이 나라에 산 지가 그럭저럭 삼십 년이 되었다. 그동안 살아온 이 땅은 어떤 나라인가.

겉으로 평가된 삶의 질이 때때로 일순위로 천국이라는 틀만 썼지, 치솟는 물가와 미친 집값에 인구 14%가 빈곤선 미만으로 속 빈 강정처럼 재미는커녕 사는 삶 자체가 사시사철 꽁꽁 얼어붙은 겨울 천국이다. 그러니 피부로 느끼는 '행복의 질'은 점점 형편없이 떨어지는 이율배반의 땅이 되어가고 있다.

사실 그 평가는 현실적으로 가치평가의 기준이 너무 다양하고 애매해 전적으로 개인적인 견해에 의존할 수밖에 없어 이제껏 산 삶의 자화상을 그려본다. 일일이 지난 시간을 다 그릴 수는 없으니 드문드문 생각나는 힘든 일 궂은일을 희로애락으로 채색하며 삼십 세 성년으로 훌쩍 자란 이민 얼굴을 백지 위에 올린다.

때 묻지 않은 삼원색 바탕에 감법 혼합으로 물감이 뒤섞이듯 혼잡한 삶이 묻어있는 얼굴이 완성되면 환하게 웃을지 찡그릴지 아니면 펑펑 울지, 나도 모른다. 맘속으로는 재미있는 천당에서 사는 모습을 그리고 싶은데 그 색상은 꽤 흐려진다.

어떤 기억은 펄펄 끓는 지옥이기에 빨갛게만 칠하고 싶은데 웬일인지 밝게 웃으려 파랑을 덮어 씌웠다. 혼합색으로 조금은 중후한 색이 뜬다. 이곳에서 삼십 년 가까이 살며 나이 육십이 넘으니 이제는 의젓해야 한다는 메시지를 발견한다.

다 그려 놓은 그림이 거울처럼 나를 보며 빙그레 웃는다. 찡그리거나 울고 있는 게 아니니 천만다행이다. 색깔은 전체적으로 호주의 여름을 빛내주는 자카란다의 투명한 보랏빛에 가깝고, 세월에 옅게 그을린 건강미 나는 얼굴빛이다. 운명을 바꾼 이 땅의 삶이 다른 사람에게도 살아보라고 강력하게 추천할 만큼 명당이었던가. 이곳이 천당이든 지옥이든 이렇게 열심히 살았지만, 당신에게 단언할 수 있는 천당과 지옥의 이분법을 엄밀하게 적용할 잣대가 내겐 없다. 다만 다시 태어나서 같은 순간 같은 결심을 한다면……

그렇다, 이젠 미룰 수 없다. 답을 내려 보자.

호주는 이민 올 만한 가치가 충분히 있는 지상의 천당이기에 다시 와서 씨를 뿌리고 꽃을 피우고 싶다. 앞으로 이 땅에서 펼쳐질 여생이 어떨지는 모르지만, 나의 삼십 년 중간평가는 싱겁지만 이렇게 끝이 났다.

이제 두 가지 명제를 따라가 본다. 나의 자화상을 보며 '삶의 질'과 '행복의 질'을 각각 100점 만점으로 하여 답을 매겨 본다.

삶의 질 80점, 행복의 질 80점. 이만하면 지옥과는 거리가 꽤 먼 천당이다. 한 가지 덧붙인다면 살면 살수록 재미있는 곳일까 아니면 밋밋하고 심심한 곳일까. 천당이라면 심심해도 좋겠지만 덤으로 재미까지 얻는다면 얼마나 좋을까.

대개 삶의 질은 외형상 수치에 의존하는 듯하고 행복의 질은 내면적 수치에 기대는 느낌이다. 나의 외형상 수치를 계산기에 두드리면 선진국 땅에 내 이름으로 된 집 한 채에 외아들 결혼시키고 아름답게 늙어가는 건강한 아내와 노후의 최저 생활비를 보장해주는 세계 최고 복지 나라에 사니 이만하면 제법 천당을 닮은 곳에 사는 게 아닌가. 그래서 일단 80점은 매겨봤다.

하지만 행복의 질은 조금 다르다. 비록 집이 몇 채가 있더라도 자식이 속을 썩이면 고통이요, 배우자가 한눈이라도 판다면 심한 가슴앓이요, 나라의 복지만 믿고 돈 한 푼 없다면 마음이 편치 않을 것이다. 더구나 일이 고되거나 정신적으로 시달려 건강마저 잃는다면 외견상 삶의 질이 100점인들 그 행복지수는 20점도 못 될 것이다.

나의 행복의 질은 어떤가. 일단 80점을 매겼는데 지금의 마음 상태가 그렇다고 대변한다.

인생은 시간에 따라 늙기도 하지만 운명이 그 궤를 달리한다. 이십여 년 전으로 되돌아가면, 삶의 질은 객관적으로 90점짜리 호주 땅에 와 초기 이민 오 년 동안 행복지수가 20점도 안 되었으니 이런 곳을 천당이라고 부를 수 있을 것인가. '암울한 천국'이라고 명명한 어느 작가의 말에 공감이 간다. 감지덕지한 80점의 점수가 삶의 견인차다. 이제는 삼십 년의 중간평가가 아닌 최종평가가 무서운 눈으로 나의 삶을 기다린다.

천당과 지옥이 매일같이 문을 열고 기다린다. 두 문 중 어느 문으로 들어가느냐는 전적으로 나의 손과 마음에 달렸다. 세상 어느 것과도 화합할 힘이 있고 세상 어디라도 가슴을 여는 한, 호주에서의 삶은 늘 천당이 될 수 있다. 더구나 좋은 벗이 있고 베풀 일을 찾는다면 이곳은 그렇게도 소원인 재미있는 천당이 될 수 있다.

"호주는 천당인가요, 지옥인가요?" 이렇게 묻는다면, 그 답은 단순하다.

"천당도 지옥도 아닙니다. 두 문은 항상 열려있습니다. 나는 두 문을 다 들어가 보았습니다. 당신이 천당 문을 열고 들어가면 천당에 사는 거요, 지옥문을 열고 들어서면 지옥에 사는 겁니다. 천당과 지옥이 하느님의 심판이기도 하고 인과응보의 탓이라고도 하지만, 현생에서는 당신 마음에 달려있습니다. 이도 저도 아니면 저를 친구로 사귀세요. 저는 천당에 살고 있거든요."

"오늘 밤 자화상을 한번 그려보세요. 기왕이면 밝은 삼원색의 웃는 얼굴로 재미나게 사는 자신을 그려보세요. 그곳이 천당입니다."

라포자 O

‘쉼’, ‘쉼터’.

사노라면 이 말보다 더 친근한 말도 드물 듯싶다. 오래전 월간 잡지 이름인 ‘쉼터’가 생각나기도 하지만, 군대에 입대해서 훈련병 시절, 살벌한 분위기 속에 제식훈련을 받다가 간절히 기다려지는 명령어는 "쉬어!"가 아니던가. 삶에서 ‘쉼’을 뺀다면 그곳은 바로 지옥일 것이다.

누구에게나 최초의 쉼터는 어머니 품이다. 오감 중 시각 청각의 발달이 늦은 상태에서 본능적으로 미각과 촉각으로 살 냄새와 젖 냄새를 느끼며, 살갑게 만져주는 보드라운 손길과 따스한 체온에서 지상 최고의 안락감을 맛보는 태초 이래의 쉼터이다. 꼬물꼬물 더듬는 물렁뼈 같은 고사리 손의 감각은 생존을 위한 몸짓이기도 하지만 낯선 세상에서의 쉼터를 찾은 안도감으로 평화로움을 느낀다.

이민 1세대는 낯선 땅에서 쉼보다는 일하는 걸 천직으로 알고,

한국인 특유의 죽기 살기로 밀어붙이며, 쉬는 것도 잊어버린 채 앞만 보고 살아왔다고 해도 과언이 아니다.

이에 비해 대다수 호주 이웃이나 외국 친구들을 보면 일하기보다는 쉬는 데 익숙해 보인다. 때로는 느림보로 멍청해 보이기도 하지만 그러면서도 잘 먹고 잘사는 걸 보면 우리와는 사뭇 다른 생활방식이 영 부러운 게 아니다.

동물들도 닮은꼴이다. 한국의 개나 새들은 빠르고 영악스러운데, 이곳 동물들은 잡힐 듯한 거리에서도 잘 도망가질 않는다. 호주의 대표적인 동물인 코알라 역시 낮에는 술에 취한 듯 스무 시간가량 자고 밤에만 활동하는 느리고 순한 게 한국인보다는 호주인의 삶을 많이 닮은 듯하다.

호주는 연말이면 한국보다 유난히 더 바빠진다.

대다수 호주인의 일 년은 연말 휴가를 기다리며 사는 것 같다. 직장에서 받는 휴가 일수를 계산해 두었다가 연말연시에 사용하는데, 많은 공장이 12월 말부터 1월 26일(국경일)까지 대부분 쉼을 갖는다. 이즈음 집에 있는 사람들을 이상히 여길 정도로 어디 가까운 곳에라도 다녀오지 못하면 사회의 낙오자라도 된 듯 눈치가 보인다. 오가다 만나는 이웃의 인사가 "Merry Christmas!", "Happy New Year!"이기도 하지만, 조금 더 이야기하다 보면, "휴가는 어디로 가느냐?"는 질문이 다반사여서 짐짓 어디 한 군데라도 대답할 거리를 생각해 둬야 할 판이다.

동양인의 사고방식으로는, 인생이 하나의 무대라면 그 무대는 일터이지 쉼터는 아니다. 피할 수 없는 숙명의 인생 사고(四苦)만 보더라도, 현재 이곳이 편하게 쉴 수 있는 쉼터라면 왜 사는 것을 고행으로 보았겠는가. 사고(四苦)에 추가로 사고(四苦)가 더해진 인생 팔고의 고행 앞에서 무력해질 수밖에 없는 인간에게 매년 새해 첫걸음은 지난 일이 미결로 남았던들 새로운 기회로 찾아드는 파랑새를 선뜻 받아야 한다.

늘 평상심으로 바쁠 때 쉬어갈 줄도 알고 망중한을 즐길 줄 알아야 하는데 쉬는 방법, 아니 쉬는 생활태도에 익숙하지 못한 낀 세대로서의 삶의 방식을 느림보 같은 호주인의 생활에서 배워야겠다.

요즘 한인촌에 식당 개업이 한창이다. 한식·일식·중식은 물론이고 다양한 커피 전문점도 곳곳에 눈에 띈다. 그런 중에 이탈리아 식당 개업이 특별히 눈길을 끈다. 한인이 이탈리아 식당을 여는 경우는 드문 편인데, 나름대로 그만한 자신감과 도전정신이 그리했는지 모르겠다. 이 식당을 통해 나는 몇 가지 배움을 받으며 약간 들뜬 연말을 맞고 있다.

가까운 분이 개업했음에도 차일피일 미루다가 연말에 모임의 장소로 이용하기 위해 사전 방문을 했다. 레스토랑 이름이 라포자(La Pausa)이다. 발음이 '라 포사'인가 했는데, 이탈리아 발음으로 '라 포자'라고 한다. 뜻을 물으니, 영어로 'pause' 곧 'break'의 의미로, '라포자'는 쉼터라는 뜻이다.

주인장의 후덕함도 마음에 들지만, 도심 속의 쉼터라는 간판의 의미가 신선한 산소를 풍풍 내뿜는 것 같아 연말 파티 장소로 선뜻 결정했다. 정갈한 음식과 맛깔스러운 솜씨 그리고 입구에서부터 특유의 디자인이 마음에 들며 숲 속의 빈터에서 피톤치드를 마시는 환상에 매료되었다.

흔히 노동에는 세 가지 기쁨(보람)이 있다고 한다.

첫째는 돈을 벌어서 좋고, 둘째는 땀을 흘려서 좋고, 셋째로는 일을 한 후에 쉴 수 있어서 좋다는 것이다. 여기서 '쉰다는 것'은 일을 하는 조건에서만 누릴 수 있는 보람이 강조된 듯하다. 실컷 자고 일어난 사람에게 다시 잠을 청하는 것은 휴식이 아니라 게으름이고 죽음을 청하는 것이나 다름없는 일이다. 쉼터 그 자체에서 보람을 느끼기 위해서는 열심히 일해야 하며 땀도 흠뻑 흘려야 한다.

한 해의 농사가 다소 부족하다고 해도 열심히 일했다면 결과에 연연할 필요는 없다. 운명의 굴레에서 일복을 타고난 사람은 쉴 기회보다는 몸을 움직여야 하고 그런 경우엔 그저 무재칠보시(無財七普施) 중에 몸 보시(身施)라고 생각하면 홀가분하다.

할 일을 다 했으면 쉬면 그만인데, 우리네 정서에 쉬면 큰일 나는 줄 알고, 이것을 여유롭게 쓰질 못하고 미래를 걱정하는 버릇이 있다. 연말 파티 장소로 이곳을 택한 건 참 잘한 일이다. '쉼'의 참 의미를 가르쳐주는 라포자에서 레스토랑 그 이상의 가치를 느낀다.

해야 할 일의 일정을 잘 짜는 것도 중요하지만, 쉬는 일정 또한 미리 짜두는 습관을 들이며 살아야겠다. 성장도 좋고 발전도 좋지만, 쉬지 않고 빨리 달려가다 좋은 시절 다 보내고 결국 지쳐서 병들고 쓰러지기밖에 더하겠는가. '자, 이제 일을 마쳤으면 쉬

자꾸나. 하늘은 안식을 주는데 부질없이 바쁜 척만 하며 천명을 거스르는구나.'

세상살이에는 이런 인생 저런 인생이 다 있지만, 이제는 한국 사람의 '빨리빨리 근성'과 호주 사람의 '느림보 근성', 그 중간쯤에서 여유로운 중용의 삶을 살고 싶다.

검은 터널

행복과 성공의 열쇠를 동시에 갖고 싶은 열망, 모두의 소망이다. 이승을 뒹구는 속인에게는, 삶이 나무라면 행복은 뿌리요 성공은 열매이지 싶다.

'나는 어떤 나무인가.'

먼 옛날처럼 켜켜이 내려앉은 아득한 기억 속의 나.

선뜻 이민을 떠난 그 길은 미래지향적인 삶을 살고 싶은 젊은이에게 기회의 땅으로, 아프로디테의 유혹에 몸을 맡겼다. 당시만해도 이민 간다는 자체가 인생 대박까지는 아닐지라도, 이미 절반쯤은 성공을 안겨다 줄 거라는 마음으로 잘 다니던 직장에 멋지게 사표를 던지고 떠난 젊은이의 삶 한 토막을 들여다본다.

세상살이는 고행의 연속이란다. 그래도 '하늘이 울 때마다 벼락 칠까'라는 말처럼, 천둥 번개 다 지나고 소낙비를 이겨내면 '천당이 여기 있구나'라는 믿음 하나 짊어지고 올랐던 이민 비행기는 11월의 냉기가 가득했던 겨울.

그로부터 사 년 반이 지나 타고 온 비행기를 되돌려 모국으로 돌아가는 역이민 길은 호주의 더운 여름이었다. 그 당시 내 삶의 나무는 뿌리가 썩어 들어가고 열매는 시들어 있었다.

가족이라는 연결고리는 끊어지고 대신 가지고 왔던 검정 이민 가방 하나를 끌어안듯 옮기며, 사슬에 묶인 듯 떨어지지 않는 발걸음은 심장을 쪼이는 아픔에 휘청거렸다. 밀려오는 눈물에 휴지 한 장을 손에 들고 안추르는 눈물을 감추는 자신이 이처럼 서러울 수가 없었다. 어찌 이 순간을 평생 잊으랴. 항공기는 환희에 벅찼던 도전의 땅에 슬픔만을 남긴 채 끈끈한 흔적을 안고 무겁게 하늘로 올랐다.

운명의 신은 내 인생의 실타래를 술술 풀어주다가 왜 갑자기 목을 꽉 움켜쥐는지 야속해 하며, 망명하는 사람 모양 어설픈 감정을 제대로 정리하지 못한 채, 김포공항에 무겁고도 지친 몸을 내렸다.

길게 보면 삶에는 승자도 패자도 없다지만, 패자에게는 늘 변명이 떠나지 않는다. 못 되면 네 탓이고 남 때문이라 둘러대며 살았던 세월의 혹독한 대가는 '검은 터널' 속 삶으로 인도되었다.

불도를 닦는 사미(沙彌)는 아니지만 자라면서 남자는 눈물을 흘리면 안 된다는 강박관념이 컸다. 눈물은 약자나 패자의 상징으로 여겨온 탓에, 설령 눈물을 흘릴 일이 있다 해도 이를 피하려고 애써왔다. 하나 몇 번이나마 눈물을 흘려야 그 물줄기가 내 삶의 뿌리를 적시는가 보다.

첫 기억은 군대에 입대해서 처음으로 어머니 편지를 받았을 때이다. 봉투를 뜯자마자 가슴이 미어지며 첫 줄도 채 읽지 못하고 꺼억 꺼억 소리만 내며 흘렸던 병영에서의 눈물이었다. 두 번째는 역이민 오는 비행기에서였다. 신천지를 찾아갔다 생의 패자라는 자책을 하며 애사(哀史)만 남기고, 떠나는 비행기에서 내내 남몰래 흘렸던 눈물이다. 그러고는 어머니 임종 시 당신의 마지막 호흡을 지켜보면서 한없이 흘렸던 눈물이 마지막이었다.

고통마저 삼키듯 달려드는 달빛이 얄미웠다. 검은 파도 위에서 맥없이 춤추는 조각배의 노를 젓고, 아픔을 망각으로 버티는 참담한 이방에서의 꿈은 햇볕이 없는 검은 터널 속이었다. 비행기에서 내려 어머님이 계신 옛집을 향했다. 그 길은 아스팔트로 잘 다듬어진 길이건만 멀고도 험한 듯 덜컹거리며 속을 울렁이게 했다.

서울의 아침 태양은 미래의 희망을 보여주는 듯 생각보다 밝았다. 하지만 나는 아직 그 햇빛을 받아들이지 못했다. 몸과 마음이 우울증의 늪에 깊숙이 빠져있었나 보다. 삶과 죽음의 경계선에서 혓바닥을 날름거리는 살모사에 물린 듯 초라한 귀향은 심사를 꼬이게 했고, 자연 웃음을 멀리하고 자신을 스스로 경멸하는 속내와 세상 사람의 날 선 눈초리에 모를 세우며 아픈 시간을 보내고 있었다.

돌아오지 않는 시침은 자꾸 흐르는데 경제적으로나 개인사에 진보보다는 퇴보 일색으로 가까스로 벼랑 끝을 잡고 있었다. 자칫 방황과 방탕의 손에 끌려 양귀비라도 먹고 깨어나지 않을 잠에 빠지는 썩은 삶에 몸을 섞어보고도 싶었다. '쥐구멍에도 해 뜰 날 있다'는 속담은 나와는 아무 상관없이 쏜살같이 지나가며 무의미한 하루하루를 넘기던 어느 날.

고등학교 선배를 만나게 되었다. 평소 다독에 박식한 말씀이 어느 선지자보다 낫다고 여기며 무척 존경하는 분이기에 그간 살아온 사십 년을 잘게 풀어서 속내를 숨김없이 털어놨다. 이야기를 듣고 난 선배는, 대뜸 "후배는 이제 살 구멍이 생겼다." 하는 것이 아닌가.

"아니 어떻게 살 구멍이 그렇게 쉽게 나오겠어요? 갈 길이 먼데요?"

깜깜한 터널에서 헤어나지 못하고 찰떡에 발이 붙은 것처럼 한 발 떼기가 어려운 때에, 선배의 말은 비록 빈말이라도 갇힌 우물 속에 내리는 동아줄처럼 듬직하게 보였다. 그 끝은 두꺼운 어둠을 자르는 푸른 톱이 되어 하늘의 빛을 밝게 비추는 듯했다.

'살길이 열렸다'는 말을 풀어주는 선배의 눈빛은 청안(靑眼)을 가진 스승의 메아리처럼 들렸다. 첫째, 자신을 솔직하게 털어놓음으로써, 남으로부터 솔직하다는 인상을 심어주어 신뢰감을 얻을 것이고, 둘째는 현재의 궁한 환경을 토로함으로써, 궁하면 변하고 변하면 통한다는 우주 묘리가 튀어나올 것이라는 설명이었다.

나는 다시 이렇게 받아들였다.

'과거의 일에 솔직하라, 그리고 지금의 현실을 인정하고 처방을 찾아라, 그러면 살 것이다.'

단순하지만 명쾌한 조언은 깜깜한 터널 속에서 성냥불보다 몇 배나 귀한 손전등 같은 신의 한 수로 깊은 울림이 되었다. '잔뜩 구름이 끼어 언제 폭우를 쏟아낼지 모르는 불안한 마음'이 시원한 바람에 사라지는 것을 느꼈다.

'먼지 묻은 과거는 털고 앞으로 나아가라'는 뼈있는 두 마디가 새 삶에 뿌리를 내리며 이내 용기를 주었다. 용기는 자신감을 얻게 하고, 자신감은 반드시 성공할 것이라는 확신도 갖게 했다. 성공이라는 달콤한 열매가 손에 들어오는 듯 행복의 뿌리에 몸을 감았다.

그의 사자후는, "총알이 눈앞에 날아올 땐 이것저것 따질 것 없이 납작 엎드려라."라는 다른 선배의 조언과 함께 이카로스의 양 날개가 되어 어둡고 긴 터널을 헤쳐 나가는 삶의 알짬으로 자리 잡았다. 나의 길잡이가 된 이 말은 훗날 어려움에 처한 후배들을 만났을 때 꼭 들려주는 레퍼토리가 되어 억지일지라도 감로주로 먹이곤 한다.

넘어져 본 사람만이 바닥을 짚을 줄 아는 법이다.

넘어진 자세에서 위로 보는 기분이 어떤 것인지 썩어가는 나무의 뿌리 속에서 배운 것이다. 넘어지고 일어서기를 반복하는 동안 세월은 백마가 문틈으로 지나가는 것처럼 눈 깜짝할 사이에 지나갔다. 내 인생의 한 페이지가 뚝 잘려 없어진 듯 까마득하게 기억 한편에서 가물거린다. 지금은 무용담을 털어놓듯 서슴없이 이야기하는 걸 보면 삶의 생채기에 세월이 덧입혀 단단하게 굳은살을 얻었나 보다.

지나간 세월 속에서, 나를 이해해 주는 처가 고맙고 사랑스러워서 '처갓집 말뚝 보고 절한다'는 팔불출의 기쁨은 빈 독에 물을 채우듯 다시 시작한 사업에도 불을 지펴, '살길이 열렸다'는 선배의 말처럼 쥐구멍에 볕이 드는 기쁨을 실감했다. '위기를 기회로' 삼으라는 교훈이 단물이 나도록 고마웠다.

이제는 누군가가 달넘이 어두운 그늘에서 아픈 상처로 울 때, 같이 울어줄 수 있는 눈물을 준비한다. 그들과 함께 어떤 환경에 처하더라도 더는 '그 어디에도 검은 터널은 없다' 선언하련다. 비록 들어갈 때는 '검은 터널'이었지만 빠져나오니 '환한 햇살이더라' 외치며, 어둠을 겪지 않은 빛은 빛이 아니더라고 소리 높이 외치련다.

'죽음의 신이 문을 노크해도 기쁘게 문을 열고 생명이 가득 찬 그릇을 올리겠다'는 타고르의 시구를 생활로 받으며 살고 있다. 현생이든 죽음의 세계에서든 좋은 오늘에서 뻗어 나오는 벅찬 환희를 껴안으며, 세상 사람들과 어둠 없는 하늘을 가볍게 날고 싶다. 다시 돌아온 호주에서의 나무는 건강한 뿌리로 튼실한 열매를 맺기 위해 태양에 눈을 맞추고 있다. 나보다 힘든 사람의 손을 잡으며 말이다.

◯ 재외동포와 한국문학

재외동포라 불리는 조국을 떠난 사람들이 칠백만 명이 넘는다고 한다. 나도 이 중 한 사람으로, 타고난 역마살을 벗어나지 못해 여기까지 왔는가 보다. 외국에 살면 조국이란 단어가 멀어진 듯해도 때때로 지근에서 손짓한다. 비록 국적은 바뀌었어도 조국이라는 단어를 품에 안고 사는 것이 재외동포의 운명적인 삶이다.

재외동포에게는 죽을 때까지 한국이라는 나라가 뒷배이다. 이민 1세대는 삭막한 오지에서 죽기 살기로 매달리며 그렇게 자식도 키우고 알탕갈탕 살아간다. 그런 중에 한국말을 시나브로 잃어가고, 자식을 제대로 가르치지 못한 죄스러운 마음에 아파한다.

언어는 소통수단이면서 자기 정체성을 나타내는 존재의 표시이다. 비록 호주 시민권을 취득했어도 호주 이웃이 볼 때 나의 바탕은 머리에 노란 물감을 들이더라도 영락없는 한국인이다. 그런데 실정은 어떤가. 사용하는 언어가 영어보다는 대부분 한국말이고, 그나마 제대로 작문을 할 수 있는 게 한글이라 해도 나의 말 나의 글을 쓰면서도 쉬운 단어조차 잊어가는 게 현실이다. 특히 글을 쓸 때면 고급 어휘는 가물가물하고 감칠맛 나는 순우리말은 매일 뇌 속에서 수도 없이 사라진다. 건망증 때문이랄 수도 있지만, 말 좀 하고 글 좀 쓰려 들면 왜 이리 감감한지 녹슬어가는 뇌와 손이 답답하게 늙어간다. 어떤 때는 한국어와 생활영어가 뒤엉켜 비빔밥으로 섞여 나올 때가 있다. 콩나물에 치즈를 버무린 격이랄까, 한국어 망각 증상이 역력하다.

이렇게 가다가는 나는 누구인지, 내 자식은 어디에서 왔는지 그 정체성 자체도 흐려질 듯하다. 자식에게 유산으로 재물을 물려주는 것도 좋지만, 한국어를 올곧게 물려주는 일이야말로 1세대의 간절한 소망이기도 하다. 언어 속에 정신문화가 고스란히 들어 있는데, 우리는 자손들에게 살만 찌우는 빵과 치즈만 남겨주고 말이나 글은 내팽개칠 것인가. 죽으면서 끝내 후회막급할 일이다. 외국에서 한국어를 잊지 말고 지켜나가려는 이유의 한 가지가 여기에도 있지 않을까.

이곳에서 나의 한국어 관심은 진작부터 있었던 건 아니다. 대부분 이민자가 그러하듯 맨땅에 헤딩하며 생활 전선에서 피 터지게 싸우다가 조금 숨 돌릴 만하면 바다낚시나 골프 혹은 여행으로 여가 선용을 한다. 내 경우는 형편없이 떨어진 부끄러운 모국어 실력을 어느 정도 올려놓는 길을 택했다. 자식도 가르치면서 내 공부를 먼저 해야겠다는 모국어 애정이 꺼져가는 화롯불 불쏘시개로 살아났다. 속으로 지식인이라 자처하는 한, 지켜야 할 언어의 영역에서 사명감이 솟았다.

나이 들어 스스로 국문과에 입학하는 계획을 세우고 먼지가 꾀죄죄하게 쌓인 국어사전과 문학지를 섭렵했다. 이제 나는 국문과 일 학년이 된 것이었다.

한국어 공부를 두 가지로 나누어 보면, 하나는 한국말을 일차적으로 쓰고 읽는 일이고, 또 하나는 수준을 높여 문학적 예술로 끌어올리는 이차적인 작업이다. 작가에 대한 욕심도 슬쩍 끼워 넣으며 목표는 높을수록 좋은 듯 이민자의 도전 정신을 보탰다. 먼저 재미있는 속담을 익히고 순우리말과 고급 어휘에 한발씩 다가섰다. 또한, 국어 노트를 만들어가는 재미가 쏠쏠했다. 몇 해 동안 빼곡하게 적은 대여섯 권의 작은 노트가 책상머리에 가지런히 앉았다.

곁눈질하며 문학이라는 설산에 오르는 도전이 시작되었다.

다른 사람의 글을 읽을 땐 술술 잘도 넘어갔는데 막상 좋은 글을 짓는 일은 그야말로 〈몽유도원도〉의 꿈이었다. 그래도 세종대왕이 한글 하나는 정말 잘 만드셨다는 생각이 절로 들었다. 이 상황에 한문학을 공부하려 들었다가는 하 세월 언제 끝날지 모를 일로 한글의 우수성에 절로 찬사가 나온다.

그저 읽으면 낭송이고, 짧게 쓰면 시이고 조금 늘어지면 수필이라며 좌충우돌의 문학 습작이 밤을 달렸다. 용감한 돈키호테처럼 당나귀를 타고 가고 싶은 곳으로 마구 달밤을 휘저으면서, 시작은 반이 되고 대부분 자정을 넘기는 문학 짝사랑은 즐거운 비명이었다.

시간이나 생활이 허락하는 대로 사상이나 감정을 나의 언어로 표현하는 작업이 죽을 때까지 찾아가야 할 노란 집이 되었다. 그 집은 결국 문학의 좁은 문으로 많이 읽고 많이 써보고 많이 생각하는 구양순의 삼다(三多)의 문을 두드리며, 내 인생을 고백하고 요약하는 일로 날 새는 줄 몰랐다.

예부터 예술을 하면 가난하게 산다고 하는 부정된 생각이 팽배했던 그 길을, 단지 문학을 좋아하는 단계를 넘어 이제는 즐기는 단계로 들어섰다. 산이 있으니 나무를 심고 뜰이 있어 계절 따라 꽃을 심는 마음으로 비생계형 문학인의 길에 무임승차하고 있는 셈이다.

한국문학은 우리나라에서 하기에도 착박(窄迫)한 작업임을 뻔히 알면서, 열악한 조건의 이곳 호주에서 문학을 한다는 것이 실로 힘겨운 일임에 눈물이 나기도 한다. 그 눈물은 물질적으로 도움이 안 되는 행위를 외국에서 시도하는 정성의 눈물이요, 또 하나는 나라 사랑 한글 사랑에 감복 받을 눈물이요, 그러면서 돈 안 되는 일에 밤새 매달리는 어리석음을 꾸짖는 배우자의 애환 담긴 눈물이기도 하다.

그리 힘든 문학의 길은 나에게 어떤 선택인가.
첫째 이유는 더 늦기 전에 나를 찾으려 함이다.

한눈에도 벌써 흰 터럭이 수북하다. 더 늙어 기력이 더 떨어지기 전에 참나의 문을 서성이며 매일 밤 찾아오는 그분과 대화를 나눈다. 글쓰기는 그분의 손을 당겨 참나를 남기는 고백의 작업이다.

둘째는 자식에게 물려줄 정신유산이다.

모국의 글로, 부모가 쓴 글과 책을 자식에게 남기고 싶은 것이다. 늙어 보니 돈은 일부일 뿐이고 존엄한 이름이나 품위가 그보다 크다는 사실을 알려주고 싶은 게다.

셋째는 한국의 국가 지명도(브랜드)를 높이고 싶다.

조국은 나를 낳았고 나는 한국어로 좋은 글을 남겨 조국의 국격 향상을 위한 명품작업을 하고 싶다. 나의 작품이 호주인의 손에 번역되는 바람을 안으며 말이다.

넷째는 한국의 은근과 끈기에 호주의 순수와 여유를 접목하고 싶다.

은근과 끈기는 모국의 상징으로 핏속에 끓고 있는 우리의 근성이고, 자연의 순수함과 유유자적은 호주의 상징으로 타향살이에서 익힌 산 경험이다. 두 삶의 만남, 그 속에 섞인 애증을 문학으로 포착하고 싶은 것이다.

이 땅에 와서 강산이 몇 번이나 바뀐 재외동포에게 한국문학은 색다른 의미를 부여하고 있다. 함께 고생한 1세대에게는 향수를 나누는 기쁨으로 자라고, 2·3세대에게는 동양문화의 깊은 맛과 멋을 알려주며 동질의 핏줄을 이어주는 기쁨으로 자란다. 한국문학이 주는 보람의 숲은 깊고도 넓다.

이민과 삼익우 삼손우

친구는 가려서 사귀어야 한다는 말을 어려서부터 귀가 따갑게 들었다. '친구 따라 강남 간다'는 말도 친구를 주제로 한 문구 중 단골 메뉴다. 이말 속에는 좋은 친구든 나쁜 친구든 친구 가는 길에 덩달아 휩쓸려가는 줏대 없는 모습이 담겨 있지만, 한편으로는 친구처럼 좋은 게 세상에 없다는 의미도 된다. 훗날 친구가 출세하면 덕이나 보려는 심보보다도 부모·형제나 배우자와는 다른 차원에서 감성적 교감을 부담 없이 나눌 수 있는 상대로 그 가치가 높다는데 큰 이견이 없다. 친구가 많은 사람은 외롭게 사는 사람에 비해 수명이 3.7년이나 더 늘어난다는 보고가 이제 자연스럽기까지 하다.

외로움을 달래주는 친구는 우울증을 치료해주고 세월이 묵을수록 깊은 향기를 내며 혹여 철없을 때 만나 지금껏 사귀는 좋은 덕성을 가진 속칭 '불알친구'가 있다면 생의 반은 성공한 셈이다.

불가에서는 친구의 특징을 꽃, 저울, 산, 땅으로 비유하고 있

203 이민과 삼익우 삼손우

다. 각각의 특징을 친구의 성향에 빗대어 분류하고 있는 것이 인상적이다. 이에 대한 풀이가 잘 나와 있지만, 주관적인 견해를 조금 덧붙이면 이렇다.

꽃은 필 때는 좋지만 지고 나면 아무도 거들떠보지 않는 얄팍한 친구, 저울은 이리저리 이문을 따져서 이익이 큰 쪽으로 움직이는 타산적인 친구, 그리고 산은 날짐승이든 길짐승이든 모두의 안식처가 되어주며 그 자리에서 변함없이 푸근하게 맞아주는 마음 튼실한 친구, 마지막으로 땅은 만물의 생명에 새순을 틔워주고 곡식을 내어주며 사람들에게 기쁨과 은혜를 베풀어주는 어머니같이 후덕한 친구라고 조심스레 주(註)를 달아본다.

공자는 친구를 유익한 친구와 해로운 친구로 나누고 있다.

전자를 '삼익우(三益友)'라 하고, 후자를 '삼손우(三損友)'라 하는데, 구체적인 예가 흥미롭다.

도움이 되는 삼익우는 심성이 곧고, 믿음직하고, 견문이 많은 벗이라 한다. 반면, 삼손우는 편벽하거나, 말만 잘하고 성실하지 못하거나, 착하기만 하고 줏대가 없는 벗이다. 세월이 가도 빛을 더해가는 고전은 나이가 들면서 친구 사귀기에 몸가짐을 잘하라는 경구로 귀담아 들을 일이다.

햇살 가득한 베란다 위로 포로롱 새가 날아 앉는다.

친구처럼 다정스런 날개를 파닥이는 새들에게서 나는 어떤 친구가 있는지 잠시 상념에 빠져보며, 이 친구들로부터 나는 어떤 존재인가를 되받아 비추어본다.

사귄 지 오래된 구년친구(舊年親舊)를 떠올렸다. 그 위에 공자의 공식을 슬쩍 대입하는 재미가 쏠쏠한 것이 흥분으로 차오른다. 일 방적인 '나 홀로 계산법'을 두드려보니, 한국에 있는 친한 친구들 대부분이 '익우'의 세 가지 덕목에서 어긋남이 없다. 다른 복은 몰라도 친구 복은 타고난 듯 자화자찬으로 한껏 어깨가 솟아오른다. 호주에 와서 사귄 한국 친구와 외국 친구도 생각해 보았다. 구색 친구(具色親舊)라도 친구를 까다롭게 고른 탓에 이들 역시 삼손우보다는 삼익우에 가깝다.

이번에는 나라는 존재에 대해 되물을 차례다.

친구로부터 익우가 되는지 손우가 되는지에 대한 자문자답이다. 나는 과연 몇 점이나 얻을 수 있을까? 친구들을 평가할 때보다 나를 더 흥분시킨다.

이 평가는 따져볼 것도 없이 '불합격'이다. 오랫동안 나의 가슴 한쪽에 드리워졌던 그림자가 그 이유를 말해준다. 일찌감치 이민을 떠나 가족은 물론 친구들에게 마음에 상처를 준 탓에 결코 이로운 친구의 자리에 서기 어렵다는 것을 아는 까닭이다.

요즘은 세태가 변해서 이민을 갈 수만 있으면 오히려 권장하는 세상이 되었다. 자식들 영어공부나 사교육비 등의 문제로 '기러기 아빠', 라는 말이 허다하지만 삼십 년 전만 해도 한국을 떠난다는 것은 가족과 친구로부터 멀리 벗어나 홀로 넓은 세상에서 살아보겠다는 의미로 색안경의 시각이 두드러진 시기였다. 이민의 선택은 가족은 물론 친구와도 영영 떨어져 살아야 하는 숙명이 되기에, 나는 좋은 친구의 덕목을 받기에 앞서 손우(損友)의 자책점으로 씁쓸함이 가슴을 헤집는다.

사반세기 전 이들에게 아무런 상의도 없이 불쑥 던진 한마디,

"나 이민 간다."

"그게 무슨 소리야?"

"어디로, 언제?"

말문이 막힌 친구들은 놀란 눈으로 물었다.

"응, 호주로 이민을 가게 됐어. 백호주의가 강해 못 갈 줄 알았는데, 운 좋게 통과했어. 나하고 같이 신청했던 사람들은 아무도 합격 못 했는데 나는 쉽게 나온 편이야."

이때만 해도 미국은 몰라도 호주 이민은 상상조차 못 했던 일로, 그것을 쉽게 땄다는 자부심으로 교만에 들떠있었던 것 같다. 나의 이런 행동거지에 친구들은 씁쓰레한 표정으로 할 말을 잊고 더듬고 있었다.

느닷없는 나의 이민 발표는 이들에게 기쁨보다는 충격이었다. '친구 하나가 갑자기 사라진다니.' 나라는 눈앞의 존재가 곧 부재의 존재로 변하는 갑작스러운 현실을 어떻게 받아들여야 할지 몰라 상처를 받은 것이다. 나를 낳아주고 길러주고 무한한 사랑을 나눈 피붙이는 물론이고, 평생 우정을 들메던 친구들에게 난데없이 이제 곧 떠나겠다는 폭탄선언을 한 것이다.

내 이민문제를 놓고 건곤일척의 결심을 내리게 되었을 때는 누구와도 상의하지 못했다. 그 이유는 단순했다. '합격되지 않을 수도 있는데 괜한 소란을 떠는 게 아닌가, 그러니 합격이 된 다음에 말해도 되겠지.' 그러나 이런 발상은 친구나 가족에게 오랫동안 타당한 변명으로 다가서지 못했다. 상대방을 위한 배려가 흐렸다는 점을 간과한 용렬(庸劣)한 사고는 끈끈한 정의 샘물을 다시 찾는

데 오랜 시간을 허비하게 되었다.

희로애락을 함께 나눴던 이들에게 이민 길 오르는 내 모습을 투영해 본다. 이 모습은 영화에서나 봄 직한 사랑하는 이의 멋진 공항의 이별이 아니다. 가족과 친구에게 의리와 정을 던져버리는, 손우에 해당하는 '편벽하고, 말만 늘어놓는 성실성이 모자란 모습'으로 흐르고 있었다.

세월이 가기 전에 바늘 끝 같은 허물이라도 씻으려는 회심가가 공중에 솟구친다. 불쑥 떠나는 사랑하는 이의 모습이 다시는 돌아오지 않을 빈 배처럼 황량해 보였을 터다. 허전한 마음을 안고 돌아서는 가족과 친구 모두에게 남긴 가슴앓이는 속죄의 시간을 찾고 있었다.

흐르는 세월 속에 가슴 깊이 그리운 어머니는 아니 계시고, 형제도 벌써 칠십 고개를 넘어섰다. 살아서 몇 번이나 만날 수 있을지 참으로 인생이 덧없고 '지나가는 그림자'란 말에 공감한다. 어려서 함께 공부하고 의기투합한 평생지기와 '소나무요 잣나무요' 하며 한 달에 열 번의 전화나 메일로 태평양을 넘나든다 해도, 이는 몇 해에 한 번 얼굴을 맞대고 대취하며 서로의 건강과 안녕을 빌어주는 것에 감히 비할 바가 못 된다.

'친구와 된장은 오래 묵을수록 좋다'는 말을 떠올릴 때마다 속죄하는 민낯을 내려놓고 싶은 마음에 가슴 한편을 덮고 있는 그림자를 불러본다. 거꾸로 가는 시계를 타고 그리운 이를 부른다고 사라질 그림자는 아니지만, 학창시절이나 직장과 사회에서 만난 평생지기를 잊을 수가 없다.

하루에도 몇 번씩 창 너머로 들리는 비행기 엔진 소리가 그리움을 유혹할 때면, 베란다에 내려앉는 처량한 새 소리에 깊은 울정을 더듬으며 환희의 만남을 재촉한다.

명절이 다가오거나 해가 바뀔 때면 어릴 적 향수와 보고픈 가족, 그리고 또 하나의 인생을 약속한 친구들의 미소가 날개를 접으며 깊은 산길을 오른다.

제5부
청파동 감나무집

느릿한 새처럼 날아가는 비행기 꼬리에서 먹음직한 홍시를 터뜨린 듯 해거름 꽃노을이 비경으로 가득 차다. 장난기 동한 선녀가 터진 홍시를 몰래 훔쳐 먹다 입가에 주홍색 물감을 잔뜩 묻혀놓은 듯 하늘은 점점 짙게 물들어간다.

○ 청파동 감나무집

　뇌리에 흔들리는 몇 가닥 기억들이 어제처럼 생생한 건 손때에 닳아 없어질까 오매불망 아끼며 고이 접어둔 빛바랜 사진첩 같은 추억 때문일까. 추억도 자꾸 꺼내보면 닳는다는데 내 기억 속에 곱게 자라고 있는 청파동 감나무집이 오늘따라 새롭다.

　느릿한 새처럼 날아가는 비행기 꼬리에서 먹음직한 홍시를 터뜨린 듯 해거름 꽃노을이 비경으로 가득 차다. 장난기 동한 선녀가 터진 홍시를 몰래 훔쳐 먹다 입가에 주홍색 물감을 잔뜩 묻혀놓은 듯 하늘은 점점 짙게 물들어간다. 어느새 사라진 비행기 뒤로 붉은 하늘은 곶감으로 환생하여 하얀 분꽃이 서서히 감돌더니 지상의 일을 거두고 이내 어둠으로 사라진다. 땡감 빛으로 시작한 하루는 노르스름한 생감이 되었다가 잘 익은 홍시가 되더니 이내 곶감으로의 변신을 서슴지 않는다.

　콩밭을 맴도는 비둘기처럼 숙명여대의 오르막 길목을 지키고 있는 청파동은 변하지 않고 머릿속에 박혀 흑백마저 닳아 엷어진 사진처럼 기억 저편에 들어와 있다.

서울의 상징인 남산이 눈높이로 보이는 언덕배기의 누님 댁은, 사십여 년 전에 처음 장만한 집으로 몇 십 년은 족히 넘을 감나무로 둘러싸여 있는 하얀 이층집이다.

매부는 시골에서 자랐기 때문인지 후덕한 인정이 잘 익은 된장처럼 꽃나무에도 지극정성이다. 꽃을 좋아하는 아내 마음을 사랑하는 속내는 비가 오나 눈이 오나 틈만 나면 보살피는 정성이 고스란히 하늘에 닿아 되돌아오는 듯하다. 정성의 극치는 이웃들에게 '감나무집'이라 불리며 이 집의 대명사처럼 되어버린, 10m가 훌쩍 넘는 웅장한 감나무에 최고조로 달한다.

가을이 깊어 오면 이웃집에도 선홍색의 감이 많이 열려 온 동네가 마치 꽃등을 달아 놓은 듯 장관을 이룬다. 붉게 물든 감 노을 밑에 선 그의 모습은 마치 단군이 신단수에 올라 기도하는 듯 강인한 혼이 내비친다. 정작 당신은 수확한 감을 몇 개나 맛보았는지 모르겠지만 매년 가을 한 철에 잘 익은 감을 따기까지 비손은 누구도 따라가지 못할 빠른 걸음이다.

큰매부가 일찍 미국에 이민을 가는 바람에 청파동 집안에서 최연장자가 된 둘째 매부가 형님과 더불어 대소사를 맡아왔다. 그런 그의 통솔력은 감나무를 수확하는 날이면 절정을 이룬다. 가을 햇살을 듬뿍 먹고 이제는 지상으로 내려서려는 감과의 교감이 맞닥뜨리는 그날이 오면, 이른 아침부터 작업복에서 비파 소리를 내며 분주한 모습으로 일요일 단잠을 깨운다.

정오가 되기 전에 모여든 친척들이 마당을 가득 메우면 마치 사

단장의 훈시 같은 작전지시와 안전대책을 꼼꼼히 전수하기에 시간 가는 줄 모르고, 이내 특허를 내어도 좋을 만큼 기막히게 만든 장대가 드디어 선을 뵌다. 하늘을 찌를 듯 높은 장대는 엄청난 길이에도 튼실하기가 쇠꼬챙이에 비길 만큼 큰 괴력을 갖고 있었으며, 오로지 감을 물고 있는 나뭇가지만을 손쉽게 비틀어 꺾을 수 있는 브이(V) 자 쇠고리가 또한 일품이다. 고리 밑에는 망태기가 달려있어 따는 족족 그 속에 쉽게 떨굴 수 있으니 감 따는 데에는 이보다 더한 도구가 없어 보여 가히 올림픽 메달감으로 손색이 없다.

이날을 빛내는 또 한 사람은 빠른 몸놀림이 몸에 밴 해병대 대령 출신인 사촌 매형이다. 가지가 약해 부러지기 일쑤인데도 사주경계를 하며 서슴지 않고 까치둥지 근처까지 오르는 재주와 용기는 '역시 해병대로구나!' 하는 감탄사가 절로 나오게 한다. 그러나 세월 앞에는 장사가 없는 탓에 해병도 오십 후반을 넘기고는 나무 오르기에 은퇴를 선언했다.

해가 뉘엿뉘엿 서산을 향해 갈 무렵이면 미처 선택받지 못한 감들은 장대나 사람의 접근을 거부하며 동네를 지켜보다 머지않은 날 길일을 잡아 하늘에 바치는 제삿밥으로 운명을 다하여 땅에 떨어지거나 까치밥 신세가 된다. 마지막 감들의 회자정리 인연 위로 술렁이는 금 노을 은 노을이 타들어 간다.

어둑발이 내리기 전 연례행사를 마치고 나면, 온통 관심은 모두 몇 접이나 수확했느냐에 쏠린다. 몸이 약한 누나는 모두가 감 따기에 집중할 때, 거두어들인 늘챈 감의 숫자를 셈하기 좋게 형수들과 가지런히 늘어놓는다. 열 접을 넘어서면 낫낫한 표정으로 최종합계를 눈으로 헤아리며 마치 경매를 하듯 은밀히 종이에 감춘다. 이어서 수확한 감 숫자 맞추기를 하며 그해의 우승자를 가린다. 비록 많지 않은 상금이 걸려있지만, 건곤일척의 대운을 가리듯 족집게처럼 최종집계 수치에 한 걸음이라도 바짝 다가서려고 잔머리 굴리는 소리에 대청마루는 장터처럼 시끌벅적하다. 온종일 감을 따느라 일가친척이 괸 자리는 행사의 마감에 접어들면서 홍조를 띠는 낯꽃이 잘 익은 홍시보다 더 빨갛게 익어간다.

단감의 향에 취한 채 집계발표에 모인 시선 위로 누나는 옥돌 구르는 낭랑한 목소리로 흥을 돋우며 드디어 최종숫자를 개봉한다. 그러고 나면 "어이쿠!" 하며 툭, 툭 감 떨어지는 소리가 곳곳에서 난다. 숫자를 너무 많이 쓰거나 적게 쓴 이들의 탄식이다. 그렇지만 근접하게 적어낸 사람은 포커페이스 모양 입을 꾹 다문 채 시치미를 떼고 있는데, 숫자를 적어 넣은 종이를 펴는 이들의 눈총에는 로또 당첨 번호를 맞추어 나가는 이들의 표정으로 간절한 소망이 역력하다.

탄성과 환호의 희비가 엇갈린 채 가장 근접한 숫자가 나오면 절로 어깨춤에 장단을 맞추는 추임새가 큰 박수에 씻겨 내린다. 상금을 받은 부부는 두 손을 번쩍 들고 "만세!"를 몇 번이고 외치다가 양 손바닥을 마주치며 아이들처럼 폴짝폴짝 뛴다. 기쁜 하루에 잠기는 것도 잠시, 열병식을 하는 것처럼 늘어선 감을 흐뭇한 표정으로 사열하며 부부 별로 기념사진을 추억 속에 남긴다.

이 행사는 연례적으로 열리는 청파동 가족들의 대잔치이다.
이를 주관하고 후원하는 사람들 모두가 피를 나눈 형제자매들이다. 형님 누나 내외를 위시하여 열 쌍의 사촌이 삼십여 년 전에 발족한 '청파회'를 발판으로, 한마음 한뜻이 되어 해마다 감을 수확하고 고루 나누어 가진다. '수확에서 한마음이, 나눔으로 또 한마음'이 더해지며 서로의 건강과 행복을 비는 정겨운 모습은 매년 기념사진으로 고스란히 남아, 추억을 꺼내볼 때마다 그 향이 산현하다.

올해도 청파동 감나무집의 풍성한 수확은 온 가족을 부를 것이다. 이제는 감을 따는 선수가 자연스럽게 세대 교체되어 2세대로 옮겨가겠지만, 다 함께 모여서 웃고 즐기며 숫자를 세어보는 잔치는 살아있는 전설처럼 지속될 것이다.

몇 해 전 세상을 달리한 분들은 정겨움을 함께 나누지 못하겠지만, 하늘나라에서 내려다보는 이들의 영혼은 뭉근히 익어가는 곳감 속에 얹혀 있지 않을까 생각하며 그들의 미소를 잠시 그려본다.

마지막 잎새

누가 묻지 않아도 매년 1월이 되면 새로운 결심을 도슬러 먹으려고 야단에 법석 만들기로 분주하다. 과연 12월은 사람들에게 어떤 마음을 다잡게 할까.

1월부터 무겁던 달력이 한 장씩 옷을 벗으며 이제 달랑 한 달만 남긴 채 알알한 얼굴로 빤히 쳐다본다. 달력이 가벼워진 만큼 마음도 가벼워졌으면 좋으련만, 인생의 참가치를 깨우쳐 나가기보다는 나이만 한 살 더 먹는 부담으로 그 회한은 비장미와 골계미 사이에서 삐걱댄다.

지인 한 분은 12월 달력 한 장을 '마지막 잎새'에 비유한다. 외롭다 못해 처량하기 그지없어 보이는 마지막 잎새 한 장과 마지막 달이 많이도 빼닮았다면서, 소임을 다하고 퇴역하는 군인처럼 늠름히 12월에 손짓하며 떠난다는 그의 말이 비장하다. 정년을 맞이하는 교수직을 퇴역 군인에 빗대면서 자신도 당당히 은퇴를 준비하는 듯한 애상에 젖는다.

고등학교 시절 누구나 한 번쯤 읽었을 오 헨리(O Henry)의 「마지막 잎새」가 무연히 떠오른다. 죽어가는 위층 여자(존시)에게 희망을 주려고 담쟁이 잎을 그려 가지에 달아놓고 죽어간 늙은 화백(베어몬)의 희생 이야기다. 이 그림이 없었더라면, 병든 존시는 생명의 끈을 휘몰아치는 북풍 속에 떨어지는 잎새처럼 놓아버렸을 것이다.

　생과 사의 이분법 세계에 사는 평범한 사람은 잎새가 떨어지면 나도 죽을 것이라는 무의식적 자기암시에 빠져 존시를 나약하게 만들었지만, 노(老) 화백의 희생으로 그 절망은 희망의 잎새로 바뀌었다. 누군가가 그려준 떨어지지 않는 잎새를 보며 존시는 죽기를 기다리는 자포자기는 죄악이라며 반성한다.

　마지막 남은 달력 한 장을 단순히 죽음이나 석양 또는 퇴역과 같은 마지막 가는 길로 연관 짓는 것은 너무 감상적이고 단편적이라는 생각이 든다. 인생은 결코 생각만큼 짧지도 않고 단순하지도 않기 때문이다.

　그렇듯 내게 12월의 마지막 한 장은 지난 열한 장에서 이루지 못한 소망을 되새김질 치며 열게 하는 마지막 보루로 나의 삶을 지켜주는 수문장이기에 경의를 표할 일이다.

　제야의 종(鐘)이 귓전 울릴 준비로 바쁘다. 돌이켜 보면 사람 사는 일에 남는 건 후회이고, 그 속엔 추억이 애증으로 남아 싫든 좋든 동거를 한다. 해마다 세운 계획을 실천 없이 보내다가 마지막 달 마지막 날의 달력에 무슨 말을 해야 할까. 허망하게 산 것을 탓한들 남는 건 후회뿐이라면 누구를 탓하리.

그저 지금을 바라보자.

어제도 말고 내일도 말고 지금 이 순간에 가장 큰 의미를 두자. 미추의 두 얼굴로 뒤범벅이 된 어제는 이미 지나가 버렸고, 불확실한 내일은 장황한 계획 속에 무기력할 때가 허다하지 않던가. 마지막 잎새 그 끝에서 영원히 떨어지지 않을 현재를 본다.

이제 눈앞의 달력에는 남은 시간이 거의 없다. '지금'이라는 시간이 채찍질한다. 시간은 정지해있는 것이 아니라 멈추지 않는 기차처럼 계속 달리면서 열심히 뛰라고 재촉한다. 문득 사라질 달력 한 장이 운명을 탓하듯 애처로운데, 마지막 남은 잎새는 비록 붓질이었지만 떨어지지 않았다. 하지만 집집이 남은 달력 한 장은 제야의 종소리가 울리고 나면 폐지처럼 무참히 버려질 것이다. 비록 종이 한 장이지만 그렇게 쉽게 이별을 고하고 싶지 않다는 생각이 움찔댄다.

그렇다고 이 한 장을 벽화로 그려둘 수도 없지만, 괜스레 새 달력 옆에 흔적처럼 남겨두고 싶은 마음에 두 달력을 나란히 걸어두면 어떨까. 그래도 지난 일 년의 마지막 주자로서 나의 일 년을 고스란히 지켜본 의리의 돌쇠가 아닌가.

쓸모가 없어졌다고 마음에서라도 서둘러 내쳐버릴 필요는 없다. 비록 시야에서 사라진다 해도 12월에서 13월로 잇는, 희망과 미래의 바통을 넘기는 소중한 나의 삶 조각이다. 오늘 밤 눈보라가 쳐도 일 년 중 가장 사랑스러운 이 한 장을 오래오래 떨어지지 않는 잎새처럼 1월로 가는 새 마음에 그려 넣는다.

아침에 온 편지

쌀쌀한 겨울 아침, 눈을 뜨면 제일 먼저 생각나는 게 그윽한 향의 커피 한 잔이다. 커피가 생활의 한 자리를 차지하면서 기왕이면 좋아하는 단골손님 맞듯 한 종류의 커피를 선호하게 된다. 짙게 볶은 원두보다는 은은한 분위기를 연출하는 라테(Latte)가 다소 텁텁하긴 해도 커피 속의 우유 맛이 도드라져 매일 아침 그와 달콤한 데이트를 즐긴다. 라테와 함께 여는 아침, 그와 더불어 컴퓨터를 켜거나 스마트폰으로 메일을 검색하는 게 일과처럼 되었다.

'오늘은 어떤 편지가 기다리고 있을까?'

몇 초간이나마 다팔거리는 호기심은 아침 신문을 펴보는 일만큼 궁금증을 자아낸다. 파란 눈을 깜빡이면 연인의 윙크처럼 살갑다. 하지만 이보다 정 깊게 추억할 수 있는 건 예전에 우체부 아저씨들이 낡은 가죽 가방을 메고 다니면서 외치는 한마디였다. 땀을 훔치며 대문 앞에 섰다가 헛기침을 한번 하고는 큰소리로

"편지요! 편지!" 기쁨을 배달하는 전도사의 다정한 목소리엔 정겨움도 듬뿍 배어 있었다. 멀리 타 도시로 시집간 큰누님의 편지를 기다리던 어머니는 우체부 아저씨가 지나갈라치면 눈을 맞추려고 빤히 쳐다보면서, "우리 집에 온 편지 없수?" 그 한마디는 바쁜 걸음을 멈추게 하지만, 미안한 듯 씨익 건네던 따뜻한 잔웃음은 이젠 추억 속에서나 뒤져봐야 하는 정겨운 풍습으로 못내 아쉽다.

요즘도 우체부 아저씨들이 가가호호 우편물을 배달하고 있지만, 인터넷 시장에 밀려 손때 묻은 반가운 소식을 직접 전달할 기회가 줄어드는 게 현실이다. 우리 정서 밑바닥에 깊숙이 자리 잡고 있는 '정(情)의 문화'가 썰물에 쓸려가는 세태에 안쓰러운 마음이 드는 걸 보면 어쩔 수 없는 구세대인가 보다.

이제는 안부를 주고받는 일상사 대부분이 거미줄같이 촘촘히 짜인 그물망의 웹(web)을 이용하여 세상 어디라도 마음만 먹으면 쉽게 소식을 전달할 수 있다. 아무리 구세대라 해도 넉넉한 노년을 위해, 간단한 인터넷 사용법이나마 익힌 사람들은 메일로 안부를 묻는 일이 자연스러운 일상이다. 모두 너른 바다를 마음껏 헤엄치는 자유로운 물고기가 되어 다양한 세계 뉴스도 보고 생생한 정보도 얻으며 원하는 곳을 마음껏 여행한다.

예전엔 한국에 전화 한 통을 하려 해도 세계에서 제일 비싼 통화 요금을 자랑하는 호주인지라 늘 다이얼 앞에서 주춤거렸다. 이제 좋은 세상 만나 전보다 턱없이 낮아진 전화료에 공짜 전자메일이나 카카오톡을 주고받는 일은 정작 관심의 크기와 성의 문제이지 금전과는 전혀 상관없는 복덩이다.

안부를 주고받는 건 마음의 교환이다. 안부의 물음은 관심에서 시작한다. 관심(볼 觀, 마음 心)은 '마음을 보는 것'으로, 전자 메일은 마음 위에 마음을 얹어놓는 오작교와 다를 바 없다. 애절한 사랑을 나누듯, 숱하게 오가는 편지에 인간애가 눈뜨고, 수많은 교신은 밤하늘에 촘촘히 박힌 별처럼 짙은 어둠이 내리면 더욱 맑아진다.

서로 안부를 묻는 심사는 궁금한 마음 끝에 나올 수도 있지만, 그 속에는 '주려는' 마음이 그리움을 건넌다. 늙어가며 건강 챙기고 소식(小食)하는 일도 중요하지만, 재물이든 마음이든 끼고만 있지 말고 '넉넉히 퍼 주라(give it)'는 말도 가슴에 새길 일이다.

메일을 주는 것은 한 사람의 행위이지만 받는 쪽이 있으니 '둘이 된다'. 단순한 메일 한두 장의 교환 속에서 얻을 수 있는 의미는, 주는 것은 하나가 아닌 둘이기에 이를 엮는 매듭에 깊은 점수를 더하고 싶다. 이는 단순한 논리를 넘어 세상을 하나에서 둘로, 그리고 열을 만들고 백을 넘어 만으로 이어지는, 얽히고설킨 인연의 그물망이 내 삶 속에 들어있음을 알게 해준다.

오늘 아침에도 메일 한 장을 받았다.

멀리 캐나다에서 온 편지이다. M.D.라이크의 명시(名詩) '사랑받지 못하는 것은 슬프다, 그러나 사랑하지 못하는 것은 더욱 슬프다'는 말을 전하는 그의 단상(斷想)이 비수처럼 날카롭다.

'사랑받지 못한다고 슬퍼하면서도 정작 남을 사랑하지 못하는 것은 까마득히 잊고 산다'는 송곳 같은 일침이 가슴 한구석을 찌른다. 이미 화석처럼 굳어버린 이기적인 자아를 나무라며, 무심했던 마음을 열라는 뼈아픈 소리에 활짝 문을 연다.

더불어 사는 세상은 한없이 좋다. 아침에 메일을 보낼 곳이 있는 사람은 받을 곳도 있기에 세상이 살만한 가치로 행복하다. 한 달에 한두 번은 작은 마음이라도 부담 없이 사랑의 메일을 나누었으면 좋겠다. 단순한 공중파 한 줄에 불과한 '전자 메일'에 맑은 산소가 들어 있는 한, 그 가치는 정성의 합수머리로 구만리를 날아오르는 붕새의 날개에 얹혀 보석처럼 빛날 것이다.

인터넷 시대 문명의 이기를 마음껏 활용하면서, '메일이 있는 한 행복하다'는 믿음으로 눈을 뜨면 자연스레 모바일폰에 손이 가는 호모 모빌리쿠스(Homo Mobilicus)가 된다. 매일 아침 편지를 쓰자. 그러면 간밤에 얼었던 마음을 녹이는 행복이라는 두 글자가 꼭꼭 숨어 있다가 톡하고 튀어나올 것만 같다.

육십 송이 장미

어느 날 아침 눈을 떴을 때, 머리맡에 예쁜 장미가 놓여 있다면 어떤 기분일까?

꽃도 꽃 나름이겠고 때와 장소도 고려해야겠지만, 선물로 받는 경우 마다할 사람은 없을 것이다. 환자 병상에 조그마한 화분도 고마워할 일이지만, 백마를 탄 멋진 왕자가 장미 한 송이를 들고 이마에 입맞춤하는 꿈은 여자들의 로망이 아닐까. '어디 그런 남자 없소?'

간혹 생일이나 기념일에 꽃다발을 받아본 적은 있지만, 생활하는 공간인 안방 침대 머리맡에 아침마다 꽃다발을 받는다면 얼마나 좋을까. 사내인 나도 은근히 바라는 마음인데 여인네들에게는 사치스러운 공상일지라도 기분 좋은 일일 게다. 그런 날은 아침부터 창밖에 궂은비가 내려도 좋고, 한겨울에 매서운 눈보라가 쳐도 홍매가 활짝 웃듯 '온종일 마음 쾌청'을 보장해 줄 것이다.

여러 해 전이다.

동갑내기 친구가 시 한 편을 지어달라는 부탁을 해왔다. 아직 남에게 헌시를 선뜻 내놓을 만큼 내공이 쌓이지 못했으니 망설일 수밖에 없었고, 괜한 순설(脣舌)로 수다만 떠는 게 아닌가 싶어 주저했었다.

주문받는 시는 시심이 독립적인 감성에서 확 쏟아져 나오는 게 아니기에 조금은 무거운 짐이 되어 어깨를 누른다. 이리저리 한 달의 장고 끝에 그에게 특별한 날을 기념하는 「그날, 그 아침」이란 시를 선물했다. 그때 다 내리지 못한 여운이 머리 뒤를 잡아당기곤 해, 뒷날 수필 한 편을 보내며 스스로 마음을 달랬더니 보람이라는 흔흔한 부메랑으로 돌아왔다.

수필 내용은 내가 생각했던 이벤트이다.

그녀는 눈을 떴다.

밤새 여러 꿈이 겹쳐 좋은 꿈인지 흉몽인지 채 분간이 되지 않은 몽중몽(夢中夢)으로 먹먹한 머릿속을 가라앉히는데, 코끝에 향수를 뿌렸는지 야릇한 향이 알랑거린다. 춤추는 이 향에 익숙지는 않지만, 문득 '꽃향기'라는 것을 직감할 수 있었다. 자연스럽게 향을 뿜는 진원지를 찾아 얼굴을 돌리니, 천사가 강림했는지 장미 다발이 겹겹이 웃고 있었다.

'웬 장미!'

장미 한 다발, 그것도 아주 큰 다발이 낯선 화병 속에서 여왕의 화관(花冠)처럼 화려하면서도 근엄한 자태로 기침(起寢)을 기다리고 있다. 갑작스러운 호사에 어안이 벙벙하지만, 꽃다발 향을 뒤집어쓰고 있으니 간밤의 꿈은 길몽이 틀림없으렷다!

흑장미 속 백장미 한 송이가 '미스코리아 진'처럼 튀는 자태로 중앙에서 눈웃음치며 웃는다. 그러곤 내게 왕관자리를 물려주려는 듯 다가와 눈을 맞춘다. 온통 기분 좋은 상상 속에 은은한 향내가 점점 폐부를 찌른다.

방안은 그저 화려한 미소를 머금은 중후한 장미 다발과 이를 비추는 청아한 거울, 그리고 내가 있을 뿐이다. 광휘(光輝)로 밝히는 거울 속에 들어앉아 왕비처럼 카리스마 넘치는 자태에 감히 손을 얹지 못하고, 비몽사몽 하는데 코는 향을 쫓고 눈은 닫힌 문을 열고자 뻣뻣한 사대(四大)를 펴며 사방을 둘러본다.

안방은 물론 밖에도 아무런 인기척이 없어 순간 적막에 질린 눈을 잠시 깜빡이다가 이제는 제 발로 걸어 들어왔을 리 만무한 꽃의 출처를 찾아야 한다.

'누가 놓고 갔을까. 설마 남편이?'

'남자는 나이가 들면 점점 여성 호르몬이 많아진다더니, 정말 그런가.'

'아무렴 어쩔……. 이게 웬 떡이냐.'

고맙게 받으면서 아직 누구로부터의 선물인지 심증을 굳히지 못하고 있다. 다만, 집 안에서 벌어진 일이니 내부에 있는 사람의 이벤트가 아닌가 여기며, 수문장을 불러본다.

"여보! 여보!"

두 번을 불러도 침묵이 흐를 뿐 메아리조차 없다. 잠시 거울 속 민얼굴을 손빗으로 쓸어내리면서 슬쩍 미미소(微微笑)를 지어본다. '화장기 하나 없어도 이만하면 됐지.' 스스로 으쓱해지며 돌아서려는데 불현듯 머리를 탕 때린다.

'아, 오늘이 내 생일이지. 그래서 장미 다발이……'

꽃 선물 받아 본 지가 얼마나 됐다고 이렇게 당황할까. 더구나 아침 꽃다발로 요정에 홀렸다가 겨우 생일을 기억해 내고는 깃털을 활짝 펼치고 있는 꽃송이를 세어보기 시작했다. 한 송이 두 송이를 채 세기도 전에 뭉클 그 숫자가 이미 가슴에 꽂힌다.

육십 송이. 그래 오늘이 내 환갑이지 않은가. 며칠 전 환갑은 당겨서 가족들과 조촐하게 보냈는데 그게 며칠이나 됐다고 정작 생일은 헐렁헐렁 넘어가 버릴 참이었다.

육십 년을 건강하게 잘 살아온 날을 기념하는 이 아침이 태양보다도 화려하게 밝다. 화려하다 못해 찬연한 아침이다. 이토록 가슴 뭉클하게 만들어 준 사람을 빨리 만나보고 싶어 방문을 여는 순간……, 사람은 보이지 않고 잔잔한 음악이 들려온다. 방문이 열리면서 기다렸다는 듯이 들려오는 합창 소리에 정신을 잃고 말았다.

"생일 축하합니다~"

노래와 함께 그제야 숨었던 목소리의 주인공들이 하나둘 모습을 드러낸다. 한 사람은 "당신의 회갑을~", 또 한 사람은 "어머님의 환갑을~", 그리고 이어지는 손녀의 은방울 목소리, "할머니의 생신을 축하드립니다!" 박수소리와 함께 마음 따뜻한 비둘기들의 합창이 끝났다.

잠시 놀란 가슴이 벌떡거려 기쁜지 슬픈지 분간 못 하고 '고맙다'는 말도 떼지 못한 채 그저 행복의 눈물이 성기다가 이내 얼굴을 적신다. 더 감동하면 심장이 터져버릴 것 같은 클라이맥스에 주인공을 향해 조신한 발걸음으로 한 발자국씩 다가와 다정한 사랑을 품어주는 사람들……. 이런 게 가족인가. 한 다발의 기쁨을 주기 위해 이른 아침부터 깜짝 파티를 준비한 가족들. 두터운 정을 칭칭 감고 세상의 온갖 복을 담는다.

'세상은 살 만한 곳이다.'
이 단순한 언사는 역시 명언이다. 한바탕 아침을 깨우는 돌발 파티로 세상의 축복을 다 껴안으니 천상을 나는 천사인들 부럽지 않다. 저녁에는 시인인 친구의 낭송으로 그날, 이 아침처럼 이 육십 송이 장미 위에 초를 밝혀 육십 성상에 곤고(困苦)가 아무리 깊다 한들 이날 하루로 다 씻겨 진다.

아름다운 주인공을 찾아 화관을 씌워주는 행복한 아침, 오늘같이 소중한 날이 또 있을까. 백 년을 기약하는 해 질 녘 노을에 외롭지 않은 노부부가 되어 해변의 갈매기를 따라 운우지락(雲雨之樂)을 나누며 영화 속 주인공이 된다.

그렇다. 이 순간 이어질 삶의 여로가 얼마나 더 길고 짧은지는 그리 중요하지 않다. 내일 또다시 태양은 뜨겁게 높이 뜰 것이다.

그녀의 화답이 이어갔다.
"오늘 받은 장미꽃은 육십 년의 가풀막을 힘겹게 살아온 길에 한 송이 한 송이 곱게 피어오른 꽃으로 사람과 자연이 주는 최대의 축복입니다. 평생 넘치게 받은 깊고도 높은 사랑을 모두에게 한 송이씩 나누어 드리고 싶습니다. 희로애락을 '기쁨'이라는 한 단어로 모아 모두 드리고 싶습니다."

그녀는 가족과 이웃들에게 꽃 한 송이씩 나누어 주고, 침실에는 백장미 한 송이와 흑장미 한 송이를 꽂아두었다.

그녀의 특별한 날 시를 지어 낭송하고, 며칠 뒤 수필로 장미 육십 송이를 선사하며 더욱 든든한 우정을 다져나갔다.

향수(鄕愁)

고향을 떠나온 사람이라면 누구나 정든 보금자리를 그리워하기 마련이다. 더구나 자기 나라가 아닌 타국으로 유목민의 길을 떠난 재외동포가 제 살던 곳을 그리워하는 마음은 어떤 색깔보다도 짙게 밴 수채화다. 땅 설고 물선 데 말까지 어눌한 이 땅에서 눈물이 앞설 수밖에 없는 게 이민자의 삶이 아닌가.

집 떠난 지 얼마 되지 않은 사람도 밤마다 찾아오는 향수가 깊은데. 하물며 말도 제대로 통하지 않고 문화도 다른 별세계로 이민 온 사람은 마음 한편에 그림자가 고스란히 쌓여 소리 없는 병(病)의 무게로 한 겹씩 두 겹씩 그리움을 더해간다.

"정이 없으면 그게 어디 사는 건가요."

유난히 정에 배고파하고 정을 품고 사는 우리네 사람들. 고향은 정으로 똘똘 뭉친 어머니 젖줄처럼 긴 강물로 흐른다. 짙은 향수 냄새는 뇌와 마음을 마비시키는 힘이 있어 이 병에 빠지면 고향 땅을 밟기 전에는 좀처럼 나을 수 없다.

정이 많기에 눈물도 많은 한국인에게 고향이나 향수에 관한 노래는 참으로 많은데, 가장 공감되는 건 아마도 정지용 시인의 시를 노래로 만든 〈향수〉가 아닐까 싶다. 이민촌에서 즐겨 부르는 이 노랫말에는, '그곳이 차마 꿈엔들 잊힐 리야'가 후렴구로 다섯 번에 걸쳐 나온다. 그가 일본 동경유학 시절 고향을 그리며 지었다는 이 시는 국민 노래가 되어, 부르는 이나 듣는 이나 세월의 벽을 넘는다. 고향은 달라도 각자 느끼는 정서는 같기에 목멘 소리로 절규에 가까운 서정을 일으키고 듣는 이 모두 따라 부르게 하며, 곡조마다 심장에 쿵 하고 대못을 친다.

이민을 떠나는 사람은 신천지에 대한 꿈과 희망에 비례하여 불안함과 초조한 마음으로 '언제 다시 고향을 밟을 수 있을까' 저마다 씁쓸한 고질병을 키운다.

삼십 중반에 이민 온 내 이민 짬밥도 생각보다 적잖이 늘채다. 종종 이민자들끼리 만나면 마치 군대에서 군번 따지듯 묻곤 한다.

"언제 이민 오셨는지요?"

이 말은 간혹 심문하는 듯한 느낌이 들 때도 있다. 이민 연수(年數)로 보아 오래된 것이 무슨 훈장도 아니고 중요한 것도 아니지만, 때로는 장유유서의 줄서기라도 되는 듯 기 싸움처럼 보일 때가 있다.

십 년 전만 해도 이민 햇수가 오래되었다고 내세울 만한 것은 못 되었지만, 이제는 강산이 두 번 바뀌고도 또 한 번 뒤집히려는 숫자로 질주하고 있어 매시간이 긴장으로까지 받아들여진다. 된장이야 오래 묵을수록 구수하다지만, 이민 햇수가 길다는 건 그다지 자랑만은 못 되는 것 같다. 그저 먼저 온 사람을 보고 '이민 선배'라거나 '구포'라고 부르는 신참 이민자(신포)들이 낯선 바람처럼 주차장을 서성인다.

지난 햇수를 갈마쥐면, 세월의 장난인 듯 잘 사귀던 사람들 간에도 묘한 변화가 생기곤 한다. 필요에 따라 게 눈 감추듯 변하는 인심의 임계점(critical point)은 산마루 아래를 향해 부는 냇바람의 차가운 몸짓에 휩싸일 때도 있다. 처음 만났던 사람에서부터 지금껏 사귀고 있는 사람, 그리고 자연스럽게 헤어지기도 하는 그 공간에 새롭게 채워지는 사람들이 그 끈을 이어간다. 틈새에서 만나는 새로운 사람들이 신선한 눈초리로 몸 갈이 하는 늘썽한 가로수 모양 설핏한 손을 내민다.

헌 사람 새 사람이 오가며 세월에도 변하지 않는 고향 산천이 몸 곳곳에 성기는 그리움의 진한 향수(香水)를 뿌린다.

나의 향수(鄕愁)는 산 깊고 물 좋은 시골 풍취가 물씬 나는 그런 곳은 아니다. 백범 김구 선생이 잠들어 있는 효창공원 길목의 '청파(靑坡)'가 고향으로, 어린 시절 이 푸른 언덕을 시도 때도 없이 오르내리던 기억이 가슴에서 식지 않는다. 그리고 방학 때면 시골이라며 할아버지가 계신 안양 사촌 집에 놀러 가곤 했는데, 당시 버스는 덜컹거리며 제대로 연소되지 않은 휘발유 냄새를 뿜는 탓에 콧속부터 어지럽다가 골이 패기까지 했다. 소달구지도 함께 사용하던 길을 거의 두 시간을 달려야 닿던 시골이었다. 때마침 흑석동에 사는 외사촌도 합류하여, 어린 시절 삼총사는 여름이면 자전거를 타고 겨울이면 썰매를 지치며 동심의 추억을 키웠다.

얼마 전 우리 부부에게 저녁 식사를 초청한 지인의 사모님이 그의 고향 이야기를 살포시 꺼냈다. 듣는 내내 그분의 고향 그리는 마음이 내게도 절절하게 다가와 '머나먼 고향'을 안주 삼아 내친김에 와인 몇 잔으로 건배를 부르며 향수를 달래듯 진하게 마셔댔다.

그의 아름다운 고장 고흥 바닷가의 추억을 부러워하던 청안(靑眼)은 등을 두드리며 신들린 무당처럼 와인 잔 속의 향수에 너울쳤다.

부인(婦人)의 회상하는 눈에는 '어릴 때 놀던 바닷가에 예쁜 이층집을 지어 주겠다'는 남편의 약속을 손꼽아 기다리는 간절한 소망이 들어있다. 잠시 스르르 감긴 눈까풀에는 이민 온 세월을 뛰어넘어 고향 땅 바닷가로 달려가 벌써 예쁜 집 하나를 지어가고 있었다.

향수를 부르기에 딱 좋은 펜폴드 레드 와인(Penfold red wine) 향에 취해갈 때, 효창공원 오르던 내 고향 청파가 엷게 빛바랜 사진으로 솟아오른다. 한 콩깍지 속에서 자라며 뛰어놀던 형제들과 친구들이 향수(鄕愁)라는 이름으로 코끝을 스치며 남모를 이슬로 술잔 속에서 뒹군다.

시드니 추석

이 시각쯤 되면, 한국의 추석 첫 소식으로 차량 행렬이 큰 뉴스거리이겠다. 한국 TV에서는 벌써 고향으로 바삐 달려가는 마음이 길목 구석구석을 누빈다.

한때 좁은 땅덩어리에 많은 사람과 부대끼며 살아왔지만, 호주나 캐나다처럼 넓은 영토에 사는 재외교포에게는 법석거리는 시달림이 남의 나랏일인 양 아릿하다. 흐려진 기억만큼 추석의 열정과 의미가 옅어지는 사실을 옆으로 비켜둔 탓일까.

시드니 한인촌을 서성거리면 차례를 지내려는 교포가 간간이 눈에 띈다. 한국의 재래시장이나 대형 백화점 행사에 비하면 만분의 일도 못 되는 메마른 사막이다. 추석이래도 그저 그런 날처럼 지나 보낸다. 최소한 내게는 말이다.

한국에서 형님이 차례를 지내니 한가위 휘영청 밝은 달이 세상 비추어도 기쁨을 나눌 조상도 없이, 아내와 단둘이 방앗간에서 빚은 송편 한 접시에 추석을 담아 꿀꺽 삼킨다. 몇 해 전까지 아들 내외가 다녀갔는데 지금은 중국에 살고 있어 전화나 한 통 삐쭉 오가면 그것으로 그만이다. 아들은 그나마 한국말로 안부를 전해오는데, 애석하게도 중국 며느리와 손주는 영어와 중국말이 섞인 한국말 한두 마디를 할뿐 쓸쓸한 명절을 더욱 아프게 한다. 하긴 이들에게 한국문화는커녕 기본적인 한국말도 가르치질 못했으니 누굴 탓하랴. 기댈 곳 없는 소리 없는 외침만 입가를 맴돌다 사라진다. 나 역시 멀리 떨어진 피붙이에게 겨우 전화로 안부를 묻는 것이 연례행사의 소명을 다한 듯 쓸쓸한 빈 기차처럼 명절의 한구석을 지나간다.

고향이 없는 사람은 없다.

그곳은 동심과 그리움이 배어있고, 어머니 손길이 담긴 마음의 안식처다. 지금은 대도시로 변해버렸지만 어린 시절 할아버지가 계신 안양에만 가도 덜컹거리며 먼지를 풀풀 날리는 버스를 타고 한두 시간은 족히 달렸던 시골길이 아지랑이처럼 눈에 아른거린다. 어른을 뵙고 차례 지내는 명절 가족 모임이 마음속에 들어서 향수를 살살 피운다.

서울 촌놈에게는 들판의 태풍을 이겨낸 고개 숙인 벼가 나무에 달린 줄 알았다가 동갑내기 사촌에게 놀림 받고, 성묘 가는 사람들의 행렬을 차례인지 제사인지도 분간하지 못했던 철부지 시절의 향수가 도회지 소년에게는 몇 점 안 되는 소중한 시골 경험이며 추억이다.

추석이라고 차례만 지내러 갔던 건 아니었다. 추석맞이로 간 길에 당시 만안국민학교 운동장에서 사촌들과 자전거 타기를 배우던 기억이 짜릿하다. 브레이크를 잡는 손쉬운 동작 하나를 제대로 작동하지 못해 달리던 자전거는 가만히 서 있는 교단을 들이받고서야 겨우 멈춰 섰고, 내 인생에 처음으로 낸 사고의 추억으로 뇌리에서 춤을 춘다.

성급히 뛰어다니는 바람 한 점에 이른 낙엽이 어린 시절을 불러오며 어느덧 귀밑머리에 서리가 하얗게 내리고 얼굴과 손등에는 탄력을 잃어 주름만이 늙는 세월을 살핀다. 북적대는 삶을 피해서 이민을 왔다고 했던가. 그러다가도 명절을 만나면 끓는 피를 속일 수 없어 마른 정에 목이 마르고 사막 위를 걷듯 허접스러운 이민 생활을 달래느라, 심장 위에 그려진 동그란 가슴이 다 일그러지기 전에 술 한잔을 건넨다.

북적이는 자동차 행렬이 지겨울 법도 하지만, 모처럼 찾는 고향길에 선조의 음덕을 담아오고 어린 추억에 익은 과일을 한입 베어 물고 돌아오면, 메마른 서울의 회색 시멘트라도 얼마간은 촉촉한 기운이 돌 듯하다.

올해는 운이 좋은 편이다.

허공을 가르는 빗방울에 한가위를 추적추적 적시며 황량한 눈물을 보일까 걱정이 되는지, 정 많은 후배 부부가 저녁 식사에 우리 부부를 초대했다. 땅거미가 채 검어지기 전에 시작된 추석 전야제는 미처 단장하지 못한 보름달을 재촉했다. 치켜든 포도주잔에 둥근 달을 담아 고국의 정을 마시며 하얀 벽 속에 지지 않는 고독의 옷고름을 풀어헤친다.

깊어가는 한가위에 동참한 술안주로 호주 최남단 태즈메이니아

(Tasmania) 앞바다에서 방금 건져왔다는 싱싱한 연어회 한 접시가 유과와 밤 몇 알에 잘 어우러지니 적포도주 두 병이 금세 동이 났다. 몇 해 만에 까먹어본 생밤이 이렇게 달 수가 있을까. 기억에 남을만한 별미다.

비록 향내 그윽하고 아삭아삭한 감칠맛을 부르는 조선 밤은 아니더라도, 시드니 산속 어디선가 한 해를 헤매다가 여기까지 굴러와 호주 명품 펜폴드(Penfold) 포도주의 이색적인 안주로 궁합을 맞춘다. 고소한 밤톨 몇 알을 무딘 칼로 치면서 하얗다 못해 형광빛이 감도는 속살의 감칠맛은 다시없는 별미로 호주산(産) 밤 맛에 혀끝이 고향을 물고 간다.

남달리 고향 산천과 띠앗 간의 정을 심하게 타는 후배 부부는 잔이라도 깰 듯 열 번도 넘게 건배를 청한다. 시나브로 취기 오른 얼굴은 한국의 가을 익는 소리에 더욱 취한다. 때마침 떠오른 달빛에 모두가 미인 되어 예쁜 밤 나들이 화장을 한다. 발그스레한 얼굴 위로 술 빛만 비쳤겠는가, 마음속 거울로 비치는 피붙이를 조용히 불러본다.

참기름 냄새 그윽한 추석, 달빛 타고 떠오르면 넉넉한 정이 새록새록 솟는 큰 걸음으로 현관문을 나선다. 선걸음도 부족해 벌써 고향에 닿으면 어린 시절 사진 속 기억이 늙지 않은 흑백 추억으로 집 앞에서 기다린다. 청지기처럼 집 지키던 잘 익은 시골집 밤나무가 하얀 속살을 드러내고 혀끝에 동심이 돌아친다. 무딘 칼날로 한 겹 두 겹 벗겨내며 열 겹 스무 겹 깊은 시름도 벗겨낸다.

취했다 깼다, 어느덧 눈을 뜨니 다시 돌아온 시드니는 봄으로 눈이 부시고, 서울의 갈 추석은 지난 삶을 애환으로 군데군데 집

고 읽는다. 내년에는 아내와 올망졸망 송편을 만들어 호주 이웃
에게 나누어주면 쫄깃한 애환도 나누어지겠지.

12월 나그네, 1월 손님 사이에서

새 달력을 받으니 벌써 해가 바뀐 듯하다. 멀쩡히 잘 쓰고 있던 마지막 달력 한 장이 낡은 달력의 파수꾼이 되어 외로이 쳐다본다.

사는 방법에는 여러 갈래가 있지만 극명하게 다른 두 가지가 있다. 후회하며 살 것인가, 없는 희망이라도 강제로 끌어 쓰며 살 것인가. 이 두 유형으로 햄릿과 돈키호테가 늘 회자된다. 어떤 사람은 지극히 햄릿형으로 세상 근심 다 짊어진 듯이 늘 심각하며, 또 어떤 사람은 희희낙락하며 '잘되면 좋고 아니면 말고' 식으로 무모하게 덤비는 돈키호테로 산다.

바뀌는 달력 앞에 보이지 않던 신의 전령사가 빛보다 빠른 속도로 모습을 드러낸다. 시공간을 자유롭게 넘나들며 앞으로 튕겨 나가는 스프린터로 달력 한 장을 던져주며 삶을 가르친다. 지난 잘잘못을 나무라다가 칭찬하기도 하며 고심보다는 웃으며 살라는 지혜 고인 눈으로 새해를 예습시킨다.

언젠가 무심코 탁자 위에 앉아있는 12월의 월력을 보며, 몽땅 연필이 떠올랐다. 자궁이 열릴 때 열두 마디 연필로 태어났다가 한 마디씩 짧아지는 외로운 존재 마냥 열두 장으로 시작한 건강하고 풍성한 몸매는 어디 가고 달랑 한 장으로 겨울 앞에 벌벌 떠는 초라하고 처량한 모습이다.

하지만 작더라도 당찬 게 몽땅 연필이다. 쉽사리 버리지 않는다. 비록 외롭게 남은 한 장이지만 마지막 혼불을 태우는 가시적인 소망과 희망으로 정신적 참살이를 이어나가는 생명의 불꽃이다. 활활 타오르는 불꽃은 삶의 근원이며 새 생명을 잉태하는 위대한 자궁이다. 여기에서 역사와 신화를 만들고 내 삶도 함께 진화한다.

게으르고 변명하는 자에게 결심과 다짐의 기회를 주는 1월이 다가온다. 어릴 적 달을 따려고 망태를 걸머쥐고 뒷동산에 오르듯 1월을 맞이하러 마음의 동산에 올라보자. 1월이 되면 삶의 새로운 각오를 다지며 더 높은 곳을 향해 결심의 두 주먹을 불끈 쥔다. 그러면서 마음 한구석에는 열두 번째 월력은 꽤 먼 거리에 있다고 유유자적 하지만, 지난 세수(歲首)를 돌이켜 보면 매년 초에 보았던 12월도 어느 틈엔가 백마처럼 쏜살같이 달려왔다 번개처럼 사라질 것은 자명한 일이다.

새해를 맞아 달력 첫 장을 뚫어지게 쳐다보다 한 장 한 장 살갑게 눈을 맞춰본다. 2월 3월을 넘기면서 겨울을 보내며 봄을 맞고 7, 8월을 넘기며 바닷가에 선 비키니 차림의 예쁜 여자들을 보고 여름을 감상하며 9, 10월의 풍성한 바람과 단풍 잎사귀를 만지작거리다가 문풍지 떨리는 11월 12월로 일 년의 수명을 마감한다. 하루에 천 리를 가는 적토마처럼 빠른 세월에 무념무상(無念無想)의 탄식이 절로 나온다. 올 한 해는 어떻게 보낼 것인지 뜨겁게 달궈진 철로 위에 서서 달려오는 세월의 기차를 맞는다.

누가 뭐래도 세월은 정해진 길이 있는지, 지난 시간은 들추지 않고 하늘 속 갈 길을 척척 알아서 잘도 간다. 시간을 돌릴 수만 있다면 팽목항에 빠진 '세월호'도 건질 수 있고, 무너진 삼풍백화점도 바로 세울 수 있으련만, 앞만 보고 달려가는 세월은 잡을 수 없어 하늘에 투망이라도 던지고 싶은 심정은 괜한 몽니가 아니다. 희어가는 머리카락을 검게 염색하고 얼굴에 보톡스나 맞으면 행여 가는 세월이 잡히는 줄 착각하지만, 아직껏 흐르는 세월을 붙잡은 사람이 없으니 투망에 걸려드는 건 스치는 바람뿐인가.

초록 바람 속에 슬며시 사라져 간 세월이 노란색 그리움이라면 나아갈 세월은 언제나 푸른 희망처럼 보인다. 그리움과 희망 사이의 전령사로 현재가 존재한다. 흔히 미래의 변명거리로 희망도 중요하지만, 글을 쓰는 작가에겐 글을 품어 안은 지금의 이 시간이 소중하고 독자에겐 글을 읽는 이 시각보다 더 값진 건 없다. 나의 삶은 지금이라는 현재성(顯在性)의 연속이다. 잠시 돌아보면 과거의 강줄기를 보게 되고 조금 더 멀리 보면 언젠가 닿을 삶의 강을 훔쳐보게 된다. 벼랑 끝 노루막이에서 내려다보면 누군가를 볼 수 있다. 애내성(欸乃聲)을 부르며 물줄기를 저어가는 저 사람은 바로 내가 아닌가.

자신의 미래가 몹시 궁금하여 점괘도 보고 사주팔자 풀어주는 철학관을 기웃거리는 때가 1월이기도 하다. 그 궁금증은 남녀노소 국적을 가릴 것도 없다. 한번 태어난 세상, 모두 잘살아보기를 간절히 바라는 순수한 마음의 발로일 게다. 나 역시 과거 이십여 년 전까지만 해도 미래를 무척이나 궁금해 하며 인생 선행학습을 받아온 사람 중 하나임을 부인하지 않는다. 과거와 미래 속을 찬찬히 들여다보면 현재라는 DNA가 한 몸으로 공존하며 서로 부둥켜안고 있다. 그러기에 이제는 마음을 바꿔 미래보다는 지금이라는 시간에 집중하며 살아야겠다.

올해도 친지가 챙겨준 달력을 앞에 두고 조심스레 한 장씩 넘겨본다. 지금이라는 시간도 쪼개보면 열 개 스무 개로 나눌 수 있다. 빠르게 도는 세상의 속도를 쫓으려면 큼지막한 지금 속에 들어있는 오늘이라는 작은 조각을 하나하나 꺼내어 소중하게 생각하고 그날 그 시각의 사명과 다짐에 집중해야 한다. 지나고 보면 자신과 싸운 세월이나 자신과의 약속의 결과가 그날의 운세였고 짧게 앞선 미래이기도 했음을 경험이 조각조각 설명한다. 그래서 지난 달력 속에서 쉬지 않고 달려온 크로노스의 모래시계를 죽은 자의 절규가 아닌 산 자의 함성으로 들으려 한다.

12월과 1월을 외줄 위에 올려놓고 팔짱을 끼고 오가는 길을 본다. 한 해의 마지막인 12월은 가는 나그네요 1월은 오는 손님으로 그 중간에서 김삿갓처럼 무한한 세월의 그림자를 밟는다. 알고 보면 12월도 나의 화신(化身)이고 눈앞의 1월도 나의 화신이다. 다만 지금 이 순간 12월의 옷을 벗고 1월의 새 옷으로 갈아입는 내 몸이 부단히 세월을 쫓고 있을 뿐이다. 지난 일은 그리움으로, 다가올 일은 희망으로.

빈대떡 단상 ○

문화가 다른 이민생활에서 종종 불편함을 만날 때가 있다. 사소한 것이지만 어려서부터 즐겨 먹던 한국 음식을 제때 맛볼 수 없는 게 그중 하나이다. 특히 시드니의 겨울 문화가 한국과 사뭇 다르기에 겨울철 음식을 손쉽게 사 먹을 곳이 마땅치 않은 것은 크든 작든 고통이다. '저 좋아서 떠난' 이한(離韓)이기에 그 속에 든 이한(離恨)의 아픔은 숙명으로 받을 수밖에 없다.

찬바람이 살살 고개를 들기 시작하면 서울거리는 작년에 왔던 포장마차가 때맞춰 두꺼운 바람막이 비닐로 단단히 방어벽 채비를 하겠지. 가로등이 하나둘 켜지는 길 한쪽에 둥지 트는 정겨운 풍경이 그리움으로 출렁인다.

귓불까지 깊게 눌러쓴 털모자와 두툼한 군용점퍼의 군고구마 아저씨가 보인다. 숯 때가 꾀죄죄 그을린 집게로 군밤의 몸을 톡톡 털고, 그 옆 큰 드럼통에는 군고구마가 서로 구르다 껴안으며 푹 익어간다. 길 건너 포장마차에는 겨울을 녹일 듯한 뜨거운 어묵 국물이 펄펄 끓고, 빈대떡이나 호떡을 부쳐주는 냄새에 정신을 못 차릴 것만 같다. 생각만 해도 군침이 솔솔 스며 고였던 침이 목젖 성화에 못 이겨 꼴깍하고 넘어간다.

창문 너머 지구 저편까지 훤히 비추는 덩두렷한 보름달이 정겹게 떠 있다. '달달 무슨 달 쟁반같이 둥근 달, 어디 어디 떴나 남산 위에 떴지.' 어릴 적 동요처럼 구름 겨드랑이를 기웃거리며 야밤을 밝히는 달이 오늘은 넓적한 빈대떡으로 보이는 까닭은 무엇일까. '뭐 눈엔 뭐만 보인다'더니 배가 출출하니 뭐든 먹을 것으로만 보이나 보다.

시드니 한인 이민 역사는 미국처럼 길지 않다. 그래도 벌써 오십 년을 넘어서고 있으니 반백 년에 사람도 늘고 먹을거리도 느는 품새가 서울의 한구석을 닮아간다. 몇몇 '한인촌'에 가면 빈대떡을 쉽게 만날 수 있다. 주인장은 골수 단골에게 펑퍼짐한 파전을 서비스로 내어오고, 여럿이 모이면 해물파전 한 장은 으레 단골 메뉴로 인기 만점이다.

빈대떡이 주는 이미지는 어떤가.

먼저 제사나 차례 상에 빠짐없이 올리는 예의를 갖춘 정중한 음식이고, 편하게는 겨울철이나 비 오는 밤에 입맛을 다시게 하는 정이 많은 푸근한 음식이다. 모가 나지 않은 둥그런 모양에서 안정을 주며, 맛도 재료에 따라 담백한 것부터 고소한 것까지 생활 안팎에서 가장 친근한 먹을거리가 아닐까. 근데 왜 이런 이름이 지어졌을까? 속 아픈 궁금증이 몰려온다.

출출해서 먹을 때는 남녀노소 귀천을 가리지 않고 허겁지겁하면서도, 공연히 이름이 가량맞고 빈티가 나 천한 음식으로 밀쳐 두는 처사에 심사가 뒤틀리는 건 나만의 감상인가. 가격 싸지, 만들기 편하지, 거기에 맛까지 좋지 않은가. 수더분하고 거늑한 모양에 초간장을 찍어 먹는 감칠맛은 영양도 만점인데, 이를 일품요리에 넣지는 못할망정 하찮게 여길 아무런 이유가 없다는 생각에 이름의 유래를 살폈다.

막상 보니, 빈대떡에는 제대로 된 이름표가 있었다. 상당 기간 와전된 가두리에서 벗어나지 못한 채 '빈자'로 훼손돼 온 게 속상하다.

주문할 때마다 "여기 빈대떡 한 장이요." 빈대라는 소리가 내 귀엔 영 거슬린다. 주문하는 사람도 서민적이고 구수해 보이지만 귀해 보이진 않는다. '빈자의 떡(貧者)'으로 고단한 삶을 사는 낮은 계층의 서민이나 가난뱅이가 먹는 음식이란 인상이 역력하다. 게다가 동음(同音)인 빈대라는 곤충의 생김새가 동글납작하고 색깔이 갈색인 탓일까. 잘고 납작한 밤을 보고 '빈대밤'이라 부르는 걸 보면 못된 사람들이 둥글넓적한 음식의 모양만 보고 하대하는 이름을 골라 슬쩍 얹은 듯해 괘씸한 마음이 뇌리를 탄다. 본 이름으로 들어가 보자.

최세진(1468~1542)이란 학자가 있다.

'중국어에 능통했던 외교문서 전문인으로 중종 때는 한글 자모음을 정리하는 일을 했다'고 전한다. 국립박물관에 전시되고 있는 『훈몽자회』는 1527년에 그가 지은 것으로 국어학 발달의 선구자이다. 그는 중국어 학습서에서 이 음식을 소개하며, 중국의 병자

병(餠子餠)을 중국 발음 '빙쟈'로 읽었다 한다.

이로써 '빙자떡'이 시간이 지나면서 아마도 'ㅇ'이 'ㄴ'으로 순화되어 '빈자떡'으로 부르다가 지금의 '빈대떡'을 표준말 자리에 떡 하니 앉혔다. 1945년에 육당 최남선이 지은 『조선 상식』에도 '빈자떡의 어원이 중국 음의 빙자(餠飣)에서 온 듯하다'고 밝히고 있다.

게다가 몇 가지 민간어원 설과 트로트 노래가 '빈대'라 불리는 데 큰 영향을 준 게 아닌가 싶다. 민간 설 중 하나는 빈대가 많던 정동(貞洞)에 빈대떡 장수가 모여 있어 빈대떡이 되었다는 구전이 정설인 양 자리를 꿰차고 있다. 더구나 가수 한복남이 1943년에 작사 작곡에 노래까지 한 〈빈대떡 신사〉가 크게 유행하면서 빈대떡으로 확실하게 굳혀졌다고 본다.

'돈 없으면 집에 가서 빈대떡이나 부쳐 먹지, 한 푼 없는 건달이 요릿집이 무어냐 기생집이 무어냐.'

1절에 이은 2절의 후렴에서 '빈대떡'은 가난한 자를 상징하고 끄트머리 음식 정도로 각인되었다. 조선 중기 이래 내려온 민족 고유의 '빙자떡' 오백여 년의 정설을 짓누르고 있었던 셈이다. 어찌 되었든 민족의 향취를 담고 있는 빈대떡이 더는 '빈자가 먹던 떡'으로 시작한 것이 아니라는 역사적 사실과 유래를 공부하면서, 조금이나마 그의 명예를 찾아준 것 같아 마음 한구석이 뿌듯해 온다.

내 주변에 있는 호주인은 빈대떡을 어떻게 생각하고 있을까?

빈대떡의 인기가 '아주 높다'는 직접적인 경험을 하면서 절로 어깨가 으쓱거린다. 내가 사는 아파트는 백인계통 호주인이 약 오십여 명 그리고 중국인을 포함한 동양인이 사십여 명이며 한국인은 우리 내외를 포함해서 네 명뿐이다. 입주자대표는 현직 판사로 호주 토박이인데 지긋한 나이에 무료로 아파트 관리를 하면서 육 개월에 한 번씩 친교를 위한 파티를 열어준다. 한 번은 서양식, 그 다음은 동양식으로 사이좋게 번갈아 준비하는데, 이날은 온갖 음식을 다 볼 수 있는 또 하나의 국제 음식 박람회가 되어 음식 탐방에 한껏 들뜬다.

여러 나라의 고유 음식이 동원되는 이 행사에 아내의 솜씨도 단단히 한 몫 한다. 한 번은 불고기를 또 한 번은 잡채를 선보였는데, 얼마 전에는 빈대떡을 만들어갔다. 빈대떡을 맛본 이웃들은 동서양인을 막론하고 모두 찬사를 아끼지 않으며 다음에도 꼭 만들어오라는 선주문을 하여 우리 전통 음식의 위상이 더없이 높아졌다.

호주인도 빈대떡을 한번 맛보게 되면, 우리처럼 코와 입을 감칠나게 하는 마력에 혼혼히 끌려 삽삽하면서도 펑퍼짐한 엉덩이 속에 빠지고 마는 것을 확인한 것이다.

몇 해 전 시드니 한국문화원에서 '해외한식당 종사자 교육'을 맡아 한식에 대한 강의를 한 일이 있었다. 이때 외국인이 선호하는 한식을 조사했는데 한식점을 찾은 외국인 남녀 삼백삼십이 명을 상대로 설문을 한 결과, 스물여섯 가지 음식 중 빈대떡이 6위를 차지했다. 빈대떡보다 앞선 것으로는 불고기, 잡채, 갈비, 비빔밥, 만두이고, 빈대떡은 김치와 같은 순위로 그 맛이 어떻게 평가되었을지 짐작이 간다. 이백 개가 넘는 다민족이 사는 호주 내 외국인에게도 인기 만점임을 두 눈으로 똑똑히 보았다.

외국에서 빈대떡을 소개하는 이름을 보자. 영어로 소개할 때 곧잘 팬케이크(Pancake)나 피자에 견주곤 한다. 이때 흔히 'Mung Bean Pancake'이나 'Korean Pancake' 혹은 'Korean Pizza'라는 이름을 빌리는데, 팬케이크나 피자는 그 생긴 모양이 둥글고 납작하다는 점만 비슷하지 실은 사뭇 다르기에 지금의 영어 이름도 적절치 않다는 생각이다. 김치(Kimchi)를 영어로 설명할 때 굳이 영어의 유사한 이름 옆에 붙여 세울 필요가 없듯이, 빈대떡도 당연히 고유명사로 'Bindaedeok(빈대떡)' 혹은 원래 이름을 찾아 'Bin(g)jadeok(빈자떡, 빙자떡)'이면 충분하다는 생각이다.

요즈음 대표적 민속주인 막걸리가 건강 발효주로써 국내를 넘어 외국에서도 각광을 받는다는데, 그에 가장 잘 어울리는 안주로 설문 조사했다면 빈대떡이 최상위에 이름을 올렸을 게다. 엊그제 다녀온 한인의 날 행사가 열린 야외 장터에 점심시간이 되자 곳곳에 막걸리 파티가 열리고 남녀노소가 빈대떡 먹기에 입들이 바빴다. 함께 온 호주 이웃이나 VIP로 초청받은 호주 명사나 모두 서툰 젓가락질로 빈대떡 한 점씩을 떼먹으면서 막걸리에 거나하게 목을 축이는 모습이 흐뭇했다.

며칠 전 추석에도 송편과 함께 보름달 아래에서 아내의 맛깔난 손맛으로 빈대떡을 부쳐 먹었다. 시드니의 겨울을 이겨내고 언뜻 찾아오는 고향 생각을 누르는 데는 이보다 더 녹녹한 음식이 없을 성싶다. 벌써 탐스러운 냄새가 창밖에 오르며 곰살가운 달빛이 젓가락 집은 손처럼 다가와 살진 정을 품는다.

고국 만추

세상에서 가장 아름다운 세 가지를 꼽으라면 사람마다 다르겠
지만, 한량 남자라면 볼 것도 없이 예쁜 여인과 아름다운 경치 속
에 파묻혀 맛있는 음식에 술을 마시며 즐기는 것이 아닐까. 세상
남자 중에 절세미인을 마다할 이 없고 누구나 좋은 경치를 눈에
넣고 유람 다니면서 신선놀음하는 일은 생각만 해도 군침이 도
는 일이다.

세상에서 가장 아름다운 세 가지 물음의 원전은 『탈무드』에 있
다. 여기에는 클레오파트라 같은 미녀도 장가계 같은 멋진 경치도
진시황이 거나하게 즐기던 아방궁의 음식이나 술도 없다.

단지 아기의 웃는 얼굴과 예쁜 장미 그리고 어머니의 가없는 사
랑을 꼽고 있다. 무릎을 탁 치며 공감할 일이다. 이 가운데에서
도 제일 아름다운 걸 하나만 집으라면 당연히 어머니의 사랑이다.

아기는 나이가 들면 맑고 순수한 미소를 잃어가고, 장미는 활짝

피었다 시들면 추해지지만, 어머니의 사랑은 시간이 지나도 변함 없이 아름다운 것이 만국 공통의 인지상정이다. 문둥병(한센병)이 라도 내 어머니가 제일이라지 않던가.

거기에 세월이 가도 변함없이 아름다운 것 하나가 보름달처럼 살짝 떠오른다. 그건 다름 아닌 김삿갓이 휘둘러 다녔던 아름다 운 내 고향 산천이다. 단풍이 한창인 중추(仲秋)의 산자락은 가는 곳곳이 눈을 현혹하는 장관이다. 혹한의 겨울을 지나 봄에 눈을 트고 여름은 울창한 숲의 깊은 신록을 만들어주고 가을이 되면 오색찬란한 단풍으로 세상 모든 이의 눈을 즐겁게 해 준다. 잘 익 은 고향 만추의 단풍 진 아름다움은 세상에서 가장 아름답다는 '어머니의 마음'을 이어가는 미의 찬사요 축복이다.

'고향 산천' 하니 두보의 「춘망」을 떠올리지 않을 수 없다. 안사 의 난으로 형편없이 망가진 나라를 개탄하며 '나라는 망했어도 산 하는 변함없다(國破山河在)'는 첫 소절이 귀에 절절히 울린다. 그 속엔 봄이라는 계절이 들어있고 사람의 마음은 변해도 고향 산천 은 유구(悠久)하다는 자연의 숭고함도 들어있다.

내게도 두고 온 고국산천이 늘 그리움으로 어른거린다. 우리나 라는 대륙 한구석에서 땅덩어리는 비록 작지만, 사람으로 비유하 자면 이목구비가 또렷하고 맵시와 마음씨가 고운 여인네 같은 느 낌이다.

그렇게 아름다운 고향에는 아직도 그리운 가족과 친구가 있고,

나면서부터 익힌 우리말이 가슴에 살아 있어 훈풍에 날아오는 인정이 푸근하게 느껴진다. 갖은 인연으로 얽히고설켜 뭉친 정(情)이라는 순도 백 프로의 기운이 진한 청국장 향으로 잔뜩 배어있다. 하지만 제 손으로 고향을 떠난 이민자에겐 모두 그림의 떡이니 아름다운 고향길인 '구시월의 세단풍'은 꿈길에서나 만나볼까.

시간이 가고 나면 또 다른 시간이 나선다. 가는 세월 꽁지 따라 노래가 절로 나와 형형색색 보석으로 장식한 가을에 백마 타고 질주하는 온 강산이 연지곤지 화장을 하고 색동옷으로 갈아입는다. 계절 따라 새소리도 달리 우는 듯, 가을 새소리는 음악가의 귀를 달고 매의 눈이 된다.

유독 가을이 풀어헤치는 가슴살에 약했던 김삿갓처럼 애상(哀想)의 운율을 타고 단풍에 취해 느린 가락으로 시를 지으며 노래하고 벌주 석 잔을 들이켠다. 술 한 잔에 화중 유시(畵中 有詩)는 시중 유화(詩中 有畵)요, 술 두 잔에 음중 유시(音中 有詩)는 시중 유음(詩中 有音)이라며 한껏 불콰해진 얼굴로, 한 잔 더 마시며 붓을 들어 가을 속에 짙은 영감을 터트린다.

가을 속으로 깊숙이 빠져 가면 만나는 것이 만추(晩秋)다. 혼탁한 정치에 따라 인심은 어수선해도 변함없이 오롯한 건 강산뿐이다. 골짜기마다 울긋불긋한 나들이가 한창인 고국의 마음을 호주에 사는 이방인은 어린 시절 가을 익던 소리의 기억을 되돌아보며 그림을 그린다.

고향은 누구나 동심의 세계이기에 평생 잊을 수 없다. 베토벤은 어려서 살던 본(Borne)의 전원에서 간직한 추억으로 음악사상과 신조 대부분을 길렀다고 한다. 내꽃(시냇가 핀 꽃)에 앉아 자연이 주는 평화로움을 〈전원교향곡〉으로 작곡한 그처럼, '울긋불긋 꽃 대궐 차린 동네……' 하며 노래하던 고국에서 어린 시절을 보낸 사람은 자연과 인간과의 대화 속에서 형형색색 단풍이 저절로 부활한다. 환상의 눈으로 꽃 대궐을 짓고 베토벤처럼 작곡도 하고, 고흐같이 그림을 그리며 스스로 소월이 되어 가을 하늘로 마차를 몬다.

발 가는 대로 산속을 더듬으며 나무 한 그루를 심고, 한 잎 두 잎 떨어진 낙엽 위로 시 한 줄을 남겨보는 가을엔 모두가 시인.

살짝 떠나는 단풍은 고향의 흙이 되어 다시 가을로 찾아들겠지. 유혹의 말을 걸어오는 여인의 모습으로 매혹적인 걸음이 톡톡 어깨를 친다. 치마폭엔 붉은 꽃이 활짝 피고 손엔 빨간 포도주를 들고, 권하는 한 잔 두 잔을 거절하지 못한 채 산하는 점점 취해 어느새 만취한 얼굴이 된다.

세월, 잘도 달린다

연말연시로 온통 부산한 거리다. 덩달아 사람들 마음도 바빠진다. 지난해 불꽃놀이로 해를 바꾼 소식이 엊그제 같은데, 마치 단거리 선수처럼 쏜살같이 달려왔다가 해마다 속도를 붙여 과속으로 또 달린다. 너무 빨라서 언제 왔다 갔는지, 바람 같고 물 같아서 어떻게 생겼는지 가늠조차 못한다.

혹시 안경을 고쳐 쓰면 잘 보일까 하는 허망한 생각에 애꿎은 안경알만 몇 번씩 닦으며 밖을 내다본다. 보이는 건 아무것도 없다. 그저 바람에 나무가 흔들리고 물 위로 나뭇잎이 떠다닐 뿐이다. 어려서부터 지금껏 숱하게 만난 시간의 존재를 이 나이 먹도록 선뜻 '이것이다' 하고 내놓지 못하는 손이 자못 부끄럽다.

행여 거울 속 늙어가는 모습에서 찾아질까.

젊어서 경쟁에서 지지 않으려고 악다구니를 쓰며 이를 꽉 문 모습에서도 찾아보지만, 그 흔적을 다 볼 수 없다. 오고 간 시간의 흐름만이 낡은 앨범에서 새것으로 갈아치우는 분주한 자화상을 대신한다. 지나고 보면 시간이란 캡슐에 잠깐 스치는 바람이 우주 속 먼지 위에서 찰나의 곡예를 하는 듯하다.

이것으로 오리무중의 세월 하나하나를 설명하기엔 턱없이 부족하다. 명칭만 해도 그렇다. 삼인칭으로 '그놈'이라 부를까 '그 녀석'이라 부를까 아니면 아부를 떠느라 '그분'이라 부르리오마는, 보이지도 잡히지도 않으니 어떤 우수마발(牛溲馬勃) 같은 대명사로도 마땅치 않다. 그래서 흔히들 시적으로 바람 같다고도 하고 물 같다고도 하며 온갖 비유로 아양을 떠나보다.

그래도 올해만큼은 앙큼한 세월의 몸체를 몇 겹이고 벗기면서 아예 속속곳까지 벗기고 싶은 욕정이 솟는다. 이런 도발적 도전은 이제 나이가 들 만큼 들어서이기도 하고, 지나온 시간 속에 가는 끄나풀의 한이 남아 살풀이를 해야 직성이 풀릴 요량인지도 모른다. 하지만 진짜 속내는 예쁘게 생긴 빨간 똥구멍에 재주를 부리며 달려오는 병신년 원숭이에게 수작을 걸고 싶은 마음이 앞선 까닭이기도 하다. 이런저런 중정(中情)으로 어지럼증을 앓듯 눈동자를 굴리고 있는데, 마침 저녁준비를 하러 부엌에 든 아내의 쌀 씻는 모습에서 그 꼬투리를 밟게 되었다.

세월과 밥 짓는 일이 무슨 연관이 있겠느냐 만, 밥을 맛있게 먹으려면 잘 익혀야 하듯, 세월도 잘 익혀야 살맛이 날 것 같다. 갑자기 뜨끈뜨끈하고 차진 밥이 먹고 싶어 입속에 군침이 돌고 김치 고추장에 시장기가 돌아 위액이 발동을 건다. 빨리 세월 잡으러 밥 지으러 가보자.

세상만사 만만한 건 하나도 없지만, 그래도 밥 짓는 일은 쉬운 일에 속한다. 먼저 쌀을 깨끗한 물로 몇 번이고 고루 씻으면서 찌

꺼기를 거른 뒤 팔팔 끓여서 익히기까지 한 삼십 분쯤 기다려야
한다. 그동안 묵묵히 견디는 인내도 필요하다. 어설프게 중간에
뚜껑을 열거나 경솔하게 맛을 보려다가는 선 밥을 짓기에 십상이
다. 게다가 돌이라도 하나 씹히는 날에는 쥐구멍에라도 도망을 쳐
야 할 일이다.

되새김질해 보면 단순히 밥을 짓는 일이 하찮은 일인 듯해도 오
매불망 찾던 세월이라는 몸체와 조응(照應)하는 것이 조금씩 느껴
진다. 밥을 짓는 일상의 일이나 무거운 시간을 머리에 이고 가슴
에 달고 온 세월이나 참으로 정성을 다해 익혀야 하는 점에서 서
로 닮았다. 세상만사 요지경이듯 밥을 짓다 보면 별일을 다 만나
고, 세상살이도 살다 보면 별별 일을 다 겪는다.

먼저 밥을 보자.

솥뚜껑 운전을 수십 년 했어도 늘 밥이 잘 되는 건 아니다. 까
맣게 탄 밥도 짓고, 물기라곤 하나도 없는 내가 싫어하는 고두밥
을 짓는가 하면 때 아닌 홍수가 났는지 물기 질척한 진밥도 짓는
다. 또 솥 바닥을 박박 긁으면 나오는 누룽지와 숭늉 등 온갖 것
이 밥통이라는 좁은 공간 속에서 요동을 친다.

그간 지은 세월은 어떠한가. 기분 좋은 일에서부터 저주 같은
나쁜 일까지 순번 없이 지나고, 좋은 사람 나쁜 사람을 섞어 만
나며, 좋을 적 나쁠 적이 주마등처럼 빙빙 돌며 삶이라는 밥통에
서 온갖 냄새를 폴폴 날리지 않았던가. 그 속에서 행복과 불행이
엉키고, 성공과 실패가 멱살잡이하며 기쁠 땐 웃음으로, 슬플 땐
고적히 눈물지으며 온탕냉탕을 찾아든 게 사실 아닌가. 훈풍에서

광풍으로 밥알이 끓듯 요동치며 한 번 만나는 일기일회의 세월이 목을 감듯 칭칭 넝쿨을 틀며 높은 담장을 넘겠지.

올해 마지막 해거름이 산 위로 노릇노릇하다. 누군가의 생명을 앗아가듯 서산의 부엉이 밥으로 시들해질 햇살이지만, 내일 아침 해가 다시 머리 위로 솟구칠 것이다. 그 태양은 늘 기쁨이고 소망의 바람으로 부활하기에 그에게 소원을 빌게 된다. 꺼져가는 마음의 시력도 찾아주고, 득도 길에 원효가 마셨던 '깨우침의 물'처럼 무지몽매한 목젖도 시원하게 적셔준다.

이제 원효의 그 물로 밥을 지어 먹고 새해라는 도로 위를 멋지게 운전해 보련다. 나와 똑같은 속도계로 달려가는 것이 있다면 이름을 붙여주고 싶다. 그 이름 '세월'이라고. 그에게 손을 내밀어 동행하자면 선뜻 잡아줄 것 같다. 일생 놓지 않을 귀염둥이의 손을 저승 문턱까지 잡고 가는 것이다. 그 손목이 때로는 앙탈을 부리고 부글부글 화를 내더라도 놓을 수 없다. 어떤 해는 무서운 호랑이로, 어떤 해는 순한 양으로, 또 어떤 해는 재주 많은 원숭이로 해마다 다른 세월의 옷을 하나씩 벗기며 그 변주를 완상(玩賞)할 나이다.

지난 일을 거스를 수는 없다.

이제 가는 길이 험하다 해도 편하게 생각하고 쉽게 웃으며, 그러다 지치면 쉬었다 가련다. 하루를 무겁게 살기보다는 밥 잘 먹고 똥 잘 싸고 우스갯소리 잘하는 친구와 깔깔대며 배꼽 잡고 웃으련다. 종일 눈물 쏟는 이야기로 눈이 퉁퉁 부어도 좋다. 옆에 투명망토를 걸친 세월이 수작을 걸면 거는 대로 다 받아들이련다.

지나치면 삶의 무능력자로 보이겠지만, 늦으나마 자연에 순응하며 느림의 미덕을 따라보려는 소치에서이다.

어느덧 저녁밥을 짓는 아내의 손에 밥이 잘 익어간다. 정성으로 구수한 냄새가 솔솔 김을 타고 시장기를 돋운다. 세월도 잘 익히며 살라는 조물주의 눈짓이다. 군침이 도는 세월, 그의 손목을 덥석 잡는다. 세월도 밥처럼 익히기 나름이라면 올 한 해도 잘 지어보자. 이번 해는 과연 어떤 밥이 쏟아져 나올까.

제6부
이야기 속으로

순간의 착각이나 과실이 한 사람의 운명을 천
당과 지옥의 극과 극으로 내몰 수 있다는 사실
을 알게 해 준 오른쪽 어깨를 어루만지며, 죽
는 순간까지 잊지 못할 나만의 속삭임을 밤하
늘에 던진다.

군대 일화·1 - 환상(喚想)의 거울 속으로

가깝게 지내는 부부와 연말 저녁을 함께 보내면서, 와인 한 잔에 한담을 담다가 취중에 남자들의 단골소재인 군대 이야기를 불쑥 꺼내게 되었다. 여자들이 제일 듣기 싫어하는 이야기 중 하나가 군대 이야기라던가. 여자들이 잘 모르기에 온갖 뻥을 치고, 자기 기억에 도취해 같은 소리를 반복하기 일쑤니 듣는 이는 지루한 하품을 하며 빨리 끝나기를 바라는 눈초리로 몸을 비비 꼰다.

군 복무를 마치는 건 의무 사항이다. 그런데도 칼레시민의 노블레스 오블리주(noblesse oblige)까지는 아니더라도 심심치 않게 사회 지도층이나 연예인들의 병역 비리가 터져 나올 때면 입맛이 씁쓸하다.

어미 호랑이가 새끼를 절벽에서 떨어뜨리고 난 후, 기어오르는 새끼만 거둔다는 정글의 법칙처럼 살아남기 위해 넘어야 할 병역의 관문을 당당하게 통과하고 돌아왔다는 자부심의 삼 년이다. 이십대 초반 인생 황금기에 국가의 부름에 떳떳하게 의무를 다한 일은 큰 보람이며 특수 환경에서 많은 걸 배우고 나와 평생의 기억으로 뇌리 깊숙이 박혀있다. 사십 년이 지난 해마(hippocampus) 우편의 기억을 좌편이 받는 현실과 마주하며, 12월 마지막 주를 지켜보던 일요일 밤하늘은 내 마음을 오랫동안 붙잡아놓고 회상에 취하게 했다.

1973년 봄, 입영 열차는 기적 소리를 내며 집집이 귀한 아들을 태우고 서울역을 떠났다. 지나친 장발은 아니지만 덥수룩한 머리를 하고, 다가올 삼 년 세월을 검은 터널에 묻으며 종착지 없이 달리는 기차에 죄인인 듯 의지 없는 몸을 실었다.

피로 맺은 사촌과 함께 지원 입대한 병영 생활은 공군훈련소 정문 앞 줄서기에서부터 시작되었다. 줄을 잘 선 탓에 군번 하나 차이로 사촌과 같은 내무반에 배속되어 육 주간의 기본 군사훈련을 받으며 문자 그대로 운명처럼 동고동락하는 사이가 되었다.

무슨 명령이든 말끝마다 붙어 다니는 '삼 초 내로 하기'는, 옷을 갈아입는 것도 삼 초요 외우는 것도 삼 초여서 그때 삼 초라는 시간이 그렇게 긴 시간인지 처음으로 깨달았다. 어느 면에서 군대 경험은 남자들에게 인성과 평생의 교훈을 가르쳐 주는 덕목의 장이 되기에 부족함이 없다.

군복으로 갈아입으며 시작된 인생의 변신은 하루가 다르게 강하게 변해갔다. 민간인에서 군인으로, 장발에서 빡빡으로……

'유성서 대전까지……'라는 노랫말처럼 공군훈련소는 유성에 있었는데, 이 노래를 들어보니 대학에 입학하여 선배로부터 배운 '과가(科歌)'와 흡사해 공군 출신 선배 누군가가 여기에서 차용했다는 사실을 알게 되었고, 그때 익힌 실력으로 누구보다도 빨리 외웠다. 마지막 구절을 부를 때면 젖 먹던 힘까지 모아 목청을 높였던 생각이 난다.

"몽실몽실 젖가슴이 그립구나. 야 야 야 야~, 야 야 야 야 야 야 야 젖가슴이 그립구나."

이렇게 끝나는 구절처럼, 군인이 된 우리는 어머니의 젖가슴도 그리웠지만, 실상은 뜨거운 피가 끓는 젊은이들의 막힌 욕구를 상징하는 이성의 젖가슴을 그리며 탱크라도 뚫을 듯한 열정의 힘을 노랫말로 대신하였다. 오! 애끓는 청춘이여.

하기야 그러한 참음이 있었기에 사회인이 되어 웬만큼 힘든 일은 어려움 축에도 들지 않았으니 '무엇이든 할 수 있다'는 말은 군대를 갔다 온 대한민국 남자라면 공통의 선으로 배웠다. 그 힘이 오늘의 한국을 만드는 데 일조를 했으리라.

'똥개는 짖어도 세월은 간다'는 삼 년 생활이 언제 지나갈까 하고 아예 '삼 년은 죽었다'고 보고픈 어머님께 편지를 쓰며 얼마나 울었던가.

"아들 보아라……."

이렇게 시작하는 어머니의 편지에서 눈을 떼지 못했다. 아니, 더는 읽어 내려가질 못하고 가슴은 눈물샘을 펑펑 터트리며 그칠 줄을 몰랐다. 내 생애 이렇게 많은 눈물을 흘린 적이 있었던가. 지금도 그때를 생각하면 붉어지는 눈시울에 콧등까지 찡하다.

육 주 기본훈련을 마치고 병과를 배정받은 뒤, 훈련병에서 이등병 계급장을 받고서 자대에 배치되어 본격적으로 군인다운 생활을 하게 되었다. 갖은 역경과 희로애락으로 아로새긴 세월은 제대의 영광을 안겨주어, 1976년 2월 오류동 한구석의 추억을 뒤로하며 무사히 전역했다.

그간 잊을 수 없는 이야기들이 지렁이가 땅 밑에서 흙을 파듯 꼬물꼬물 가슴 깊은 곳에서 꿈틀댄다. 당시에는 크고 작은 일을 인생의 고난으로 겪었지만, 지금은 한낱 토막 이야기가 되어 마치 돈키호테의 무모한 무용담처럼 여유롭게 이야기할 수 있다. 그러기에 소중한 추억은 기억 속 보석함을 열 때마다 초롱초롱 빛을 발한다.

같은 이야기도 자꾸 하다 보면 조금씩 과장이 섞여 부풀려지기 일쑤다. 말하는 내내 영웅담을 들려주는 듯 혼자 들떠서 환상(喚想)의 거울 속으로 들어가 나만의 전가(傳家)의 보도(寶刀)를 호기심에 부푼 후배 부부에게 들려주었다. 아내는 이미 몇 번씩 들은 터라 지루한지 졸고 있지만, 회상해 보면 기막힌 일이 거짓말처럼 많았다.

일일이 다 열거할 수는 없지만, 훈련소 내무반에 몰래 오줌을 누다 걸려서 죽도록 맞은 일, 총알이 빗발치는 사격장에서 재수 없이 군기 잡는 표본으로 걸려 호되게 터진 일이 생생한 주마등으로 어지럽게 돌았다. 자대에 배치된 이후에는 두 번이나 상급자에게 하극상을 벌이며 잔뜩 호기를 부렸어도 용케 살아남은 일은 생각만으로도 아찔하다. 게다가 보초를 서다가 총기를 잃어버려 한때 탈영까지 생각했던 숨은 이야기를 들춰내며 타임머신을 타고 그 시간 속으로 빠져들어 갔다.

삼 년이라는 시간 속에 재미나고 짜릿한 토막 이야기를 뽑아보니, 평범한 군대생활은 아니었던 것 같다. 이미 지난 일이라고 직접 경험한 군대생활을 폄하하려거나 거짓말로 치장할 생각은 추호도 없다.

전국 팔도에서 모여든 혈기방장(血氣方壯)한 청년들을 단시일에 하나의 틀 속에 넣어 국가가 필요로 하는 인간형을 만들기 위해 '군기'라는 이름을 앞세운 구타나 굴욕적 행위는 그제나 지금이나 완전히 사라지지 않는 듯하다.

얼마 전, 일부 전경과 군부대의 지나친 구타와 성추행이 크게 보도되었다. 높은 담에 철조망으로 둘러싸인 군대라는 특수 사회는 시대 상황이 변해도 그저 졸병이나 하급자라는 이유로 얻어터지는 일이 비일비재한가 보다. 제 아들이 매 맞는 걸 보면 부모 눈에서는 피눈물이 날 것이고 물불 안 가리고 덤벼들 것이다. 시정되어야 할 병폐임은 두말하면 잔소리다. 항상 을은 사회적 모순의 부산물처럼 억울하게 드러나는 곳이 군대이기도 하다.

어린 조카가 벌써 성년이 되어 군대에 갔는데 무상으로 얻어맞지나 않는지 내심 걱정이 된다. 행여 아침을 먹지 않는 습관 때문에 식사 후 설사병이 도져 곤욕을 치를까 염려도 된다. 더군다나 십여 년이나 더운 나라에서 산 까닭에 한국의 추운 겨울을 어떻게 극복할지, 생각하면 할수록 모두가 염려고 걱정이다. 얼마 전 연일 이어진 구타를 참다가 사망에 이른 '윤 일병 사건'이 남의 일 같지 않은 건 왜일까. '참으면 윤 일병 못 참으면 임 병장'이라는 신조어가 현존하는 건 이 땅의 비극이다.

입대 전부터 군대 내 기합이 제일 걱정 되었지만, 때로는 스스로 인내를 넘어 상급자에게 엉기기도 하는 무모함을 낳기도 했다. 하지만 삼 년이란 세월 동안 어찌 매만 맞고 슬픈 일만 있었겠나. 기쁘고 즐거운 일이나 보람된 일도 군대생활의 반은 넘을 것이라는 자평을 하며, 군대를 다녀오지 않은 사람보다 '잘 다녀왔다'는 긍정적 사고가 평생 자신감을 불러, 죽는 날까지 떳떳하게 하늘을 우러르며 인생의 플러스적 단면을 꺼내 든다.

지나고 나면 구름 한 점도 안 되는 편린을 술 한 잔에 흩뜨리며 남의 일처럼 들여다본 군대 이야기는 주로 맞고 엉기며 싸워나간 다소 거친 일화만이 나열되어 멋쩍은 쓴웃음이 흐른다. 막걸리 대신 와인을 들이키며 젖어든 회상은 꽁꽁 얼어붙은 한국의 겨울을 대신한 한여름 밤의 크리스마스이브에 젊은 꿈을 낡게 하였다. 결코 사라지지 않는 이병에서 병장까지의 기억을 더듬으며……

○ 군대 일화·2 - 훈련소 내무반에 오줌 누다

훈련병에게 꿀잠은 세상에 제일 귀한 선물이다. 힘든 훈련이 연속되니 피로가 누적되어 머리만 대면 잠들기까지 일 초도 긴 시간이다. 그래도 녹초가 된 사지에 한밤중 오줌이 마려우면 일어나지 않을 수 없다. 아무리 고단해도 아기처럼 자면서 소변을 볼 수는 없지 않은가.

당시 훈련병이 화장실을 갈 때면, 한 사람씩 보내질 않았다. 최소 두세 명이 모여야 동초(動哨) 한 명이 화장실까지 동행하였다. 복장은 탈영사고를 대비해서 신발 끈은 풀어야 했고 상의만 입고 하의는 팬티 차림이었다.

야밤에 이 짓을 한두 번 경험해 보면 여간 불편한 게 아니었다. 돈보다도 귀한 꿀 단잠도 아깝거니와 화장실 갈 동료가 있을 때까지 오줌을 참는 고충도 고된 훈련만큼이나 괴로웠다.

입소한 지 한 주 정도 지난 어느 날, 우연히 침대 밑 관솔 구멍이 눈에 들어오는 것이 아닌가. 그 위치가 사촌과 나의 침상 중간이었는데, 아마도 내 침대 가까이 가려져 있었지 싶다. 여하튼 그 구멍이 유난히 눈을 반짝이게 한 것은 야밤에 오줌이 마려울 때 여기에 실례를 해도 되겠다는 어이없는 충동이 움터서였다. 사촌과 나는 밤중에 편안하게 배설할 장소를 발견한 기쁨에 누가 먼저랄 것도 없이 형제답게 서슴지 않고 담합했다.

그야말로 횡재를 만난 셈이다. 하늘이 내린 명당인 관솔 구멍은 어쩜 치수(사이즈)도 거시기가 들어가기에 알맞아 부족함이 없을 뿐만 아니라 너무 넓지도 않은 것이 정말 여자의 음부 같아서 밤마다 옹이구멍의 유혹에 빠지고 말았다. 이런 행복을 우리 두 사람 외에는 아무도 모른 채 캄캄한 밤에 내 물건을 구멍에 들이대는 그 날은 혼례 첫날밤 환희처럼 짜릿하고 스릴 있었다.

처음엔 소리가 날까 봐 염려되기도 하고 경험이 없어서 구멍의 가장자리에 오줌 방울을 떨구기도 했지만, 날이 갈수록 요리조리 잘 맞추어 실수 없이 깊숙이 넣고 찔끔찔끔 방사하던 오줌발은 점차 굵어지면서 이내 시원하게 발사하였다.

불과 10m 머리맡에 서슬 퍼런 내무반장이 자고 있어, 걸리는 날에는 맞아 죽을지도 모른다는 두려움이 엄습했다. 하지만 당장 터질 듯한 오줌보의 방사 유혹이 더 컸기에 위험을 불사하는 일은 이미 도를 넘고 있었다.

입대 전 집에서 요강도 사용해 봤지만, 훈련소에 와서 요강보다도 훨씬 편한 도구를 발견한 셈이다. 해후소(邂逅所)는 '근심을 푸는 곳'이란 말로 자연욕망을 푸는 변소라는 뜻인데, 밤마다 기이한 구멍을 통해 해소하고 있었으니 얼마나 기막힌 기쁨인가. 세상에는 별일도 다 많다지만, 군기가 아주 센 훈련소 내무반에서 이런 짓을 거리낌 없이 한 신참 훈련병이 세상에 또 있을까. 그런 기쁨에서인지 고단한 훈련병 생활도 밤이 주는 만족으로 할 만했으니, 나 원 참. 내가 봐도 황당한 강심장이라는 생각이 든다. 한데 그 기쁨은 그리 오래가진 못했다. '꼬리가 길면 잡힌다'는 속담이 어디 그냥 생겼겠는가.

어느 일요일, 십오륙 년 만에 내무반 대청소를 한다며 모든 훈련병이 침상 밑까지 물청소(속칭 미시마우시)를 하게 되었다. 양심에 가책되어 오줌을 누었던 곳을 몇 번이고 직접 청소했는데, 이상하게 별로 냄새가 나질 않았다. 워낙 먼지가 많이 끼어선지 오줌은 그 속에 기가 막히게 흡수되어 한 방울도 발견할 수 없었다. 아마 군인들의 땀 내음에 갖은 고린내, 발 냄새가 심하게 진동하는 내무반이니 우리 둘이 밤마다 몰래 버리는 정도의 오줌 냄새는 새 발의 피였나 보다.

청소를 마친 그날도 예외 없이 밤이 찾아왔다. 여느 때처럼 이날도 오줌이 마려웠다. 지금 기억으로는 바닥을 깨끗이 청소한 직후의 실례이기에, 불안감이 없었던 것은 아니었다. 하나 그동안 별고 없었던 믿음을 지나치게 신뢰한 탓에 죄의식 없이 한밤중에 마려운 오줌을 습관처럼 누어버렸다. 나중에 확인해 보니 사촌도 새벽 즈음에 과감하게 실례를 한 모양이었다. 이게 후일 큰 화근이 될 줄이야……

동살이 뻗어오기 전 여섯 시가 되면, 기상나팔 소리가 어김없이 울렸다. 모두 연병장에서 아침 체조와 식사를 마치고 내무반에 들어와 오전 훈련을 준비하고 있었다. 악몽의 그림자를 전혀 예측하지 못한 것은 무모한 배짱 탓인가. 일생일대 최대의 고통을 한 치 앞에 두고도, 아무것도 모르는 것이 인간이던가.

갑작스레 다른 소대의 내무반장이 나타났다. 평소 사납기로 소문난 그였지만 내게는 비교적 친절하였는데, 내무반에 들어오면서 무언가에 끌리듯 코를 킁킁거리더니, "어, 여기서 지린내가 나네. 누가 내무반에 오줌 쌌냐? 어떤 새끼가 내무반에서 오줌을 쌌어?" 그러면서, 자기보다 직급이 아래인 우리 내무반장을 다그치기 시작했다.

"너, 밤에 요강이라도 쓰냐?"

이를 듣는 순간, '아, 이제 죽었구나. 어떻게 이 위기를 모면할 수 있을까?' 머리는 지구의 자전 속도보다 빠르게 움직였지만, 명쾌한 해답은커녕 궁색한 변명초자 떠오르지 않았다. 염라대왕보다 더 무서운 호랑이 교관의 적발을 어떻게 헤쳐 나갈지에 골몰했다. 옆에 있던 사촌의 얼굴을 살짝 보니, 검게 탄 그의 얼굴이 사색으로 변해있었다.

잠시 후, 여러 교관을 대동한 호랑이 내무반장은 내무반 전원에게 침상 위에 올라가라고 하고서는 대포 터지는 듯한 목소리로 소리쳤다.

"여기에서 오줌 싼 놈 당장 나와! 하나 둘 셋⋯⋯."

그러나 그 분위기에서 손을 들고 나갈 수가 없었다.

"안 나와! 여기 있는 놈 전부 다 죽을래? 다시 한 번 말한다. 하나, 둘, 셋⋯⋯."

몇 초간의 짧은 시간이었지만, 나와 사촌에게는 영원처럼 길게 흐르고 있었다. 이미 고통은 시작되었다. 명탐정 같은 그 교관은 결국 우리 둘의 침상 사이에 있는 구멍을 발견했다.

"어쭈, 이것 봐라. 여기다가 신나게 갈겼구먼. 어떤 놈이야, 여기다 싼 놈이?"

사촌과 나는 사색이 되어갔다.

"너야? 너야?"

우리 둘의 바로 중간에 있는 구멍의 참 주인을 가리고 있었다.

아슬아슬한 생각이 천둥을 치고 번개처럼 스쳤다.

'사촌이 먼저 나서면 나는 그냥 있을까? 나는 싸지 않았다고 끝까지 버틸까?'

살짝 곁눈질로 사촌을 보니, 그 역시 거친 상념에 아직 자수의 결심을 하지 못하는 듯했다.

드디어 결심했다. 혼자 뒤집어쓰며 자수하기로. 훨훨 나는 불나방이 죽음의 문턱을 향해 불 속에 뛰어드는 심정으로 오른발을 내디디며, 가는 목소리를 뱉어냈다.

"제가 했습니다."

죽기보다 싫은 이 순간의 고백은 올무에 걸린 짐승의 처절한 외마디처럼 고통에 몸부림쳤다. 그 순간, 거의 동시에 사촌의 자수도 이어졌다. 시간적으로나 시각적으로 우리 둘은 동시에 자수한 셈이다. 우리를 두고 내무반장(훈육관)들은 놀려댔다.

"그래, 둘 다 쌌다고? 니네 형제, 용감하네."

결국, 범인이 쉽게 잡히고 만 단순한 오줌싸개 수사였지만, 당사자인 우리 둘의 우정의 탑은 밤 속에 핀 야생화로 그때 싼 오줌 속에 쌓여 지금까지 진하게 이어가고 있다.

이제 죽음의 순간이 다가왔다.

"정말이지 너희 놈들의 짓으로는 생각도 못 했다." 그의 말처럼 훈련병 시절 그들의 따뜻함은 편애에 가까웠는데, 이들의 기대를 저버린 한밤중 관솔 구멍에 '오줌 싸기' 사건의 심판은 우리 둘을 초주검으로 만들었다.

"내무반장이 자는 머리맡에다가 오줌을 싸? 너희 같은 놈은 죽도록 맞아야 해!"

별 잘못이 없어도 매일 매시간 기합과 구타가 이루어지는 판에 엄청난 잘못을 적발한 그들의 폭력은 정당성까지 확보한 셈으로 구타도 그냥 구타가 아닌 고문에 가까웠다.

먼저, 주먹으로 뺨 때리기와 두 손으로 가슴을 밀어 넘어뜨리는 '푸시' 수십 대는 기본이고, 군화로 '조인트' 까기, 발길질, 곡괭이와 삽자루 린치 등, 당시 군대에서 통시적으로 할 수 있는 모든 수단이 합법적으로 동원되었다.

분노로부터 시작된 모든 내무반장이 가담한 즉결 처벌은 개나 소·돼지를 잡는 것 같은 폭력에서 느끼는 가학의 희열(사디스트) 속에 이십이 세의 건장한 두 젊은이를 시멘트 바닥에 쓰러뜨렸다. 훈련소 퇴출이나 영창에 갈 만큼 잘못을 저지른 대가는 독물처럼 잔인했다. 내 몸을 사르는 장시간의 린치는 그칠 줄 모르고 잔인한 칼춤을 마음껏 추었다.

'사시미'가 무슨 말인 줄도 모르던 그 시절, '사시미를 뜨자'는 한 내무반장의 말이 떨어졌다. 내 허벅지의 살을 회로 뜨자는 살벌한 은어였다. 이들은 익숙하게 삽날로 생선회를 뜨듯 허벅지를 몇 차례 '톡톡톡' 치면서 핏발이 서게 하곤 그 위로 무지한 몽둥이세례

를 퍼부었다. 반나절 동안 계속된 간첩 잡는 고문에 가까운 구타
는 '복이 이를 갈 듯' 이를 바드득 바드득 갈면서 구천에 사무친 원
한의 보복처럼 이루어졌다. 기절하면 물 붓고 깨워서 토끼뜀을 뛰
게 하고는 다시 몽둥이찜질로 이어졌다. 살아서 제 발로 걸어 나갈
것 같지 않은 지옥 체험은 어느 정도 시간이 지나자 거짓말같이
아무리 맞아도 아프지가 않았다. 다만, 몽둥이가 왔다 갔다는 의
식 외에는 아무런 감각을 느낄 수 없어 고통의 끝자락은 무통임을
체감한 순간이었다. 죽음 직전에 고통의 의식이 멈추는 것인가.

'차라리 죽여주시오. 이것이 꿈이었으면…….'

이것이 현실이 아니고 영화 속 한 장면이기를 바라는 속내의 외
침은 모든 시간이 정지된 세계에서 허공을 맴도는 것 같았다. 결
국, 그들도 지쳤는지 구름 한 점 피었다가 사라지듯 체벌을 멈추
었고 악몽 같던 그 시간도 끝이 났다.

정말로 젊음은 좋은 것 같다.

그렇게 집단 난타를 당하고 며칠이 지나고 나서는 언제 그랬냐
는 듯 제대로 훈련에 임했으니 말이다. 물론 며칠간은 아예 앉을
수도 설 수도 없이 겨우 엎드려 누운 채로 밥도 먹고 잠도 자야 했
다. 물론 지린내를 맡게 한 동료의 동정표를 한 점도 받지 못했지
만, 누구를 원망하랴.

입이 열 개라도 할 말이 없다. 대통령 빽(배경)이라도 벗어나지
못할 훈련소 내무반에 오줌을 눈 처절한 대가는 사신(死神)이 끄
는 초주검 문턱에까지 갔던 이야기로 지금은 한낱 에피소드가 돼
버렸지만, 그날 그 시각은 영원히 사라지지 않은 채, 일사부재리

의 원칙과는 별도로 문득 현실처럼 다가와 악몽을 꾸는 벌을 달
게 받고 있다.

군대 일화·3 - 사격장에서

  침상에 뚫린 구멍으로 오줌 몇 번 편히 누는 희대의 재미를 보다가 큰 곤욕을 치른 지 몇 주가 지났다. 야외로 사격훈련을 나가는 날이 돌아왔다. 그동안 자유가 전혀 없는 영내로부터 철조망 밖으로의 외출은 별천지같이 달콤하며 공기도 영내와는 사뭇 다르게 느껴졌다.

  다소 들뜬 기분 속에 열을 맞추어 행진하던 훈련병들은 한 여자를 발견하고는 누군가 불어댄 휘파람을 신호로 너나 할 것 없이 모두 소리를 지르며 억눌린 감정을 토했다. 군대에 가면 치마만 두르면 다 여자로 보인다더니……. 그때 눈에 띈 여자가 한 오십은 먹어 보였는데도 말이다.

  그런 가운데 나와 사촌에게는 남달리 특별한 희열이 가슴 한구석에 꿈틀거리고 있었다. 그건 사격장에서 제일 높은 지휘관이 잘 아는 사람이기 때문이었다. 입대 전, 매형의 친척이 공군훈련소 화기 중대 교관이라며 서울에 왔다가 내가 공군에 입대한다는 소식을 듣고는 격려차 일부러 찾아온 적이 있었다. 훈련소에서 군기가 제일 센 곳이 사격장인데 그곳에서 총지휘를 담당하는 자신의 직위를 소개하였다.

"사격 나오는 날, 잘 돌보아주겠다." 그의 말은 입대 전부터 큰 바위처럼 굳건한 믿음이 되었고 드디어 오늘 그를 만날 수 있게 되었다.

수백 명의 훈련병은 엄한 군기 속에 계속된 피티(PT) 체조로 정신이 쏙 빠져 있었고, 다른 한쪽에서는 실제 사격을 하고 있었다. 사격장에는 실탄이 지급되며 과녁을 향해 발사하는 곳이기에 총기 사고에 대비하여 엄한 군기가 유지되어야만 했고, 총탄 소리와 함께 살벌한 전쟁터를 방불케 하고 있었다. 한데 그동안 군기가 잘 들어 있던 나의 마음 한편에 쓸데없이 믿는 구석을 의식하면서 군기를 흐트러뜨리는 건방짐이 슬며시 고개 들었다.

맨 앞줄부터 차례대로 사격하다가 드디어 내가 소속된 열이 순서가 되어 카빈총에 실탄을 장전하고는 엎드려 자세를 취했다. 배운 대로 양쪽 다리를 넓게 벌리고 왼손을 지반 받침으로 하고 오른손에 방아쇠를 당길 준비를 하는 차에, 사격장 조교가 왼쪽 다리를 세게 걷어차며 소리쳤다.

"더 벌려, 새끼야!"

교과서처럼 '단단하게 자세를 잘 취하고 있다'고 자부하고 있던 나는 걷어차이면서, '배운 대로 잘하고 있는데 왜 차는 건가.' 무심코 뒤를 힐끔 쳐다보았다. 그러자 조교는 크게 화를 냈다. 그 어느 곳보다도 군기가 센 사격장인데 다리를 벌리라면 1cm라도 더 벌릴 생각은 하지 않고 뒤를 쳐다보는 것이 몹시 거슬렸나 보다.

"너 당장 일어나. 어디서 굴러먹던 개뼈다귀야, 벌리라면 벌리지 뒤는 왜 쳐다보는 거야, 당장 일어나!"

당시 군대에서는 하급자에게 특히 훈련병에게 이런 정도는 욕 축에도 들지 못했지만, 그는 입에 담을 수 없는 험한 욕을 섞어 가면서, 버러지만도 못한 입장인 훈련병에게 두 손으로 때리다가 넘어지지 않자, 한 발로 판죽을 걸면서 늑골을 부술 듯이 주먹으로 푸시를 해댔다.

아마도 내가 본보기로 걸린 듯했다. 일순간 친척인 화기 중대장이 지휘하는 이곳에서 아무리 자기가 조교라도 '나를 함부로 하겠느냐'는 허무맹랑한 배짱에 마음이 흔들렸다. 게다가 '어디 한번 때리려면 때려보라'는 식으로 건들거렸다. 고등학교 때 '개다리 걸음'을 걷던 수학 선생님의 흐느적거리는 모양을 따라 하다 생긴 습관이 무의식중에 나오고야 말았다. 훈련병이 서 있을 때는 차렷 자세로 두 손과 양발을 바짝 붙이고 부동자세로 서 있어야 하는데 말이다.

다소곳하지 않고 조금이나마 흔들거리는 듯한 애매한 부동자세를 본 사격장 조교는 머리끝까지 화가 난 듯 나를 몇 번이고 더 넘어뜨리며, "너 놀았어, 양아치야." 하며, 군화로 양쪽 종아리를 짓이겼다. "너 같은 놈은 죽여 버린다." 미친 듯이 고래고래 소리를 질러댔다. 참 재수 없게 걸려든 악몽이 지난번 오줌 사건의 부활처럼 다가와 겨우 가라앉으려는 상처를 도지게 하였다. 마음속으로 '양 중위님은 뭐 하고 계시는가?' 하느님을 부르듯 그를 부르는데, 마침 지휘탑에서 누군가가 "임 하사, 기합 중지, 기합 중지!" 하며, 그의 거친 행동을 막는 방송이 나오고서야 그의 분노는 멈추었다.

나중에 안 일이지만, 총 지휘자는 예상대로 친척이었고, 나를 때린 사람은 그의 조교였다. 한쪽 구석에서 체벌을 계속하는 조교의 행동을 지휘탑에서 보고 있던 친척이 제재한 것이라는 후문으로, 그 당시 매를 맞고 있던 사람이 나인 줄은 꿈에도 몰랐단다. 또다시 앉을 수도 설 수도 없는 상황에서 일단 엉거주춤 사격을 마치고 절름거리며 빈 탄창을 반납하고 여느 훈련병처럼 사격장 뒤편에서 대기하고 있었다. 바로 그때, 그 조교가 다시 나를 추적하듯 뛰어 들어왔다. 화풀이를 더 하려고 온 줄 알고 여린 가슴이 쿵쿵 뛰었다.

"여기에 김화용이가 누구야?"

그답지 않게 작은 목소리로 나를 찾았다.

"예, 훈련병 김화용!"

조교를 향해 큰 소리로 외쳤다. 사격장에서는 산신령 같은 존재이기도 하지만, 악마 같은 조교가 나를 부르는 곳을 향해 힘차게 관등성명을 댔다. 벌을 더 주려고 왔나? 하는 생각에 겁을 먹고 있었고, 사촌은 자기도 나 때문에 덩달아 기합의 대상이라도 될까 하는 불안한 마음에 눈초리를 내리깔고 있었다.

"너야? 네가 김화용이야? 아이쿠야, 왜 하필이면 너냐?"

그는 목에 생선 가시라도 걸린 듯 잔뜩 일그러진 표정을 지으면서 손짓으로 따라오라는 시늉을 하였다. 영문도 모른 채 우리 둘은 그의 뒤를 따라나섰다. 심하게 절뚝거리는 나를 부축한 사촌과 임 하사가 내 양팔을 잡고 논둑을 따라 일 분여 거리에 있는 민가로 들어갔다. 그곳에는 몽둥이 대신에 빵과 음료수가 준비되어 있었다.

사연인즉 친척인 중대장이 그의 조교인 임 하사에게 단단히 일

러두었다는 것이다.

"오늘 사격장에 친척이 훈련병으로 나오는데 잘 돌보아주고, 사격이 끝나면 다시 영내로 들어가야 하니까 짧은 시간 안에 빵과 음료수를 사 주어라."

사실 같지 않은 사실에 귀를 의심해야 했다.

나를 본보기로 삼아 심하게 구타한 그가 나의 편리를 봐줄 조교였다니. 세상에 이런 엇박자가 또 어디 있단 말인가. 훈련소에서 단체기합은 기본적으로 감내할 일이지만, 개인적으로 고력이 너무 많은 신세가 한심해 갑자기 눈물이 펑펑 쏟아졌다. 지난번 오줌 사건에 이은 또 한 번의 심한 구타를 당한 내 육신은 '앞으로 살아갈 험한 고해의 예고란 말인가?' 자문하는 독백은 눈물로 얼룩진 상처를 구름에 묻었다.

그는 몇 번이고 내게 사죄했다.

"정말 미안하다. 중위님께 잘 좀 말해다오. 하여간 미안하다. 어떻게 이럴 수가!"

때 늦은 후회를 하는 그는 마치 친형이라도 된 듯 애정 어린 눈길을 쏟으며, "많이 먹어라. 더 시켜 먹어. 콜라도 마시면서 먹어라." 인심 쓰듯 알뜰살뜰 챙겨주었다.

그 당시에는 빵에 버터가 들은 '삼립식빵'이 어디를 가나 유행이었다. 하지만 우리에게 준 빵에는 속 안에 아무것도 들지 않은 그저 밀가루 덩어리인 싸구려 빵이었다. 하도 깔깔해서 목에 넘어가질 않아, 물에 푹 적셔가면서 입에 마구 집어넣었다. 훈련병 시절이니 이것저것 가릴 틈 없이 먹기에 바빴지만, 지금 생각해도 그렇게 형편없는 빵을 먹어본 적이 없었다. 왜곡된 마음일 수 있지만,

그 조교가 하는 짓으로 보아 돈은 충분히 챙기고 싸구려 빵을 사준 듯한 괘씸한 생각마저 들었다.

그의 친절은 봄날 철 지난 겨울 외투를 걸치고 있는 양 지루하고 짜증스러웠다. 그러나 어찌하랴. 이미 실컷 얻어맞은 매를 환급하거나 대갚음을 할 수도 없는 것을. 하지만 이렇게 세월이 지나 한담객설(閑談客說)로 세월을 낚으며 소설 속 이야기처럼 남에게 들려주며 쓴웃음을 짓게 하니 이것도 추억이라는 미명으로 포장해야겠지.

훗날 군대생활 중에 여러 차례 구타를 당한 적이 더 있었지만 거의 단체기합의 성격이었으며, 폭력을 동반한 개인적인 얼차려를 받은 기억은 드물다. 두 번의 치욕적인 구타를 당하면서, 아무리 군대문화지만 하급자에 대한 안하무인격인 구타가 얼마나 나쁜 것인지를 뼈저리게 느꼈다. 앞으로 더는 부당하게 매를 맞을 짓을 하지도 않을 것이며, 또한 때려도 맞지 말아야겠다는 당찬 각오를 하며 훈련소 문을 나섰다.

이런 생각은 이어지는 자대 생활에서, 서슬 퍼런 군대라고 해도 상관의 계급 여하를 막론하고 정당한 이유 없이 나를 경멸하거나 협박을 하며 힘으로 나오려 할 때, 주저 없이 대들며 눈에 띄지 않는 하극상을 몇 차례나 하는 씨앗을 움트게 했다.

뼈아픈 고통의 경험은 나로 하여금 군대 생활 중 하급자에게는 쓸데없는 구타를 하지 않는 군인으로 변신시켰다. 또한, 사회에 나가서도 나보다 약한 자에 겁박을 하지 않는 동기부여가 되어 나름대로 배움의 가치로 삼게 되었다.

군대 일화·4 - 하극상(1) 보고자 열외

군기가 센 부대에 배속되었다.

군사 교육을 삼 개월 이상 받으며, 학창 시절 배운 것에 군대에 와서 새로 익힌 것들이 섞여가며, 대학생 때 바라보던 막연한 국가관이 새롭게 정립돼가는 듯했다. 교육생에서 자대 배치를 받은 곳은 이태원 어느 모퉁이였다. 남 보기에는 허술해도 한반도를 지탱하는 힘의 한 축으로 업무를 배워나가며 새로운 경험으로 자부심을 키워나갔다.

군대 생활이 힘들다 해도 일반 업무가 나를 괴롭힌 것은 아니었다. 새로운 일들은 오히려 배움의 기회창출로 알고 긍정적으로 받아들일 일이었는데, 정작 힘든 건 업무 시작 전과 일과 후 내무반 생활에서였다. 어둡고 음울한 지옥 터널과 같은 지겨움과 괴로움으로 실로 견디기 힘든 나날들이었다.

하루가 멀다고 괜한 일로 집합을 시켜 얼차려를 하는데, 내무반장에서 시작된 일장연설이 끝나면 으레 매타작으로 이어졌다.

278

그러고 나면 바로 아래 상급자의 똑같은 잔소리와 함께 또다시 몽둥이가 날아다녔다. 늘 하는 잔소리는 별것이 아닌 애들 장난 거리에도 못 미치는 치졸하기 이를 데 없는 수준이었다. 훈시에 이은 주먹질이나 몽둥이질의 숫자와 강도는 밑으로 내려갈수록 더 세졌다. 마지막까지 맞는 졸병의 몸은 만신창이가 되기 일쑤여서 빨리 맷집을 길러야 할 형국이었다.

그때만 해도 우리 군은 과거 일본군의 틀에서 벗어나지 못한 악습을 따라 하며 군대 하면 으레 '매를 맞는 곳'으로 인식되었다. 훈련이나 매의 강도가 세면 셀수록 군기가 센 곳이라며, 상식에서 한참 벗어난 행위가 버젓이 자행되곤 했다. 이는 강한 군인을 양산하는 과정에서 굳게 입을 다문 사회 공감대가 썩은 고름처럼 들어앉아 사회악을 주도하기까지 했다. 잘못된 군사문화와 정통성을 잃은 군사정권이 이런 현상을 더욱 부추긴 주동이라면 틀린 해석일까.

훈련소에서 혹독한 난타를 경험한 후, 다시는 맞지 말아야겠다는 각오는 했지만, 내무반에서는 어찌해볼 도리 없이 속수무책이었다. 처음 자대 배치가 되어 흔한 말로 바로 위 상급자가 일을 시키면, "예, 제가 하겠습니다." 이런 식으로 대답했다가는 뺨 한 대 맞기 십상이었다. "야 인마, 그럼 네가 해야지, 여기에 너밖에 할 놈이 또 누가 있어."

정말 그랬다. 가장 졸병의 밑에는 아무도 없었다. 있다면, 빗자루와 시멘트 바닥뿐이었다. 본부 사령실에서 키우는 개 신세도 이보다는 나으면 나았지 부족할 게 없어 보였다. 최소한 개는 매일 밤 집합에 구타는 없지 않더냐.

군대는 명령에 살고 죽으며 군기가 생명이다. 한 달이라도 아니 일주일이라도 먼저 입대한 사람에게 절대복종을 강요하는 특수 사회이기도 하다. 특히 영내와 철조망 너머로 일반 세상과 철저하게 분리된 내무반 군기는 낮의 업무와는 달리 암흑가의 '조폭 생활'을 방불케 했다.

이런 고통이 모든 부대에 있었는지는 모르겠지만, 아마 당시 대부분의 부대에서 공공연히 자행되고 있었을 것이고 특히 우리 부대는 업무 특성상 그 정도가 더 심한 편이었다.

세월이 흘러, 그것도 진급이라고 이병에서 일병이 되니 밑에 몇 명의 부하도 들어오게 되었다. 그래도 이어지는 야밤의 기합과 구타는 군기를 잡는다는 미명하에 쉬지 않고 자행되었다. 상급자 중에는 많이 배운 사람도 있었지만, 일부 무지한 사람도 있었기에 그런 사람을 보면서, 속에서 터져 나오는 소리가 있었으니.

'참, 군대가 좋긴 좋구나. 너 같은 놈이 큰소리칠 수 있는 곳이 여기밖에 더 있겠냐? 아주 말뚝 박아라, 박아……'

병(兵)으로 입대한 사람에게 하는 욕 중의 하나가 "말뚝 박아라."이다. 말뚝을 박는다는 것은 병역 의무기간이 끝났어도 제대하지 말고 계속 군대 생활이나 하라는 속어로 병장에서 진급하여 하사가 되는 길이기도 하지만 대부분 병(兵)은 이를 피하는 것이 관례였다.

일등병 고참쯤 됐을 때였다.

그날도 어김없이 집합이 떨어졌다. 이 집합은 전체집합이 아니라, 내 바로 위 상급자가 나를 포함한 내 밑 모두를 부른 것이었다. 또 보나 마나 더듬거리는 말솜씨로 훈시하면서 허연 눈을 위아래로 뒤집어쓰고 온갖 똥폼 다 잡고 군화로 '조인트(정강이뼈)'를 까면서, "잘들 해, 알았어?" 하면, "네, 잘하겠습니다!" 하며 끝나는 행위로 넌더리가 나던 터였다.

정말이지, 이제 더는 못 참겠다는 속내가 꿈틀댔다. 다른 상급자는 물론이고 한 끗 위인 이 녀석한테 오늘부터 맞지 말아야겠다는 당찬 생각이 들었다. 초등학생 수준의 둔한 머리로 그저 하루라도 일찍 들어왔다는 이유에서, 낮에 근무 잘하고 들어와 바닥에서 박박 기는 불쌍한 이등병, 일등병을 이리 까고 저리 패고 두들긴다. 잘못돼도 한참 잘못된 끝이 보이지 않는 부조리에 나는 죽을 때 죽더라도 '더는 받아들이지 못 하겠다'는 나만의 다르마(Darmah; 법)를 고독한 영내 담벼락을 향해 선언하였다.

바로 위 상급자의 명령에 따라 나를 위시한 여섯 명이 사진실로 집합했다. 이곳은 암실로도 사용되는 곳이기에 묵중한 쇠문이 '쿵!' 하며 잠기는 소리가 벌써 매를 때리는 환청으로 들렸고, 밀폐된 공간에서 나의 결심은 굳게 섰다.

너는 때려라, 나는 맞지 않겠다는 의식이 강한 신들림처럼 나를 흔들었다. 상급자는 학교 때 럭비를 했다고 으스대는 모양이 항상 역겨웠는데, 오늘 한판 붙겠다는 나의 각오를 알아챘을 리 만무했다. 그는, "전부 집합했어?" 하면서, 일렬횡대로 서 있는 우리 앞에 장승처럼 섰다. 마치 장군이나 된 듯 양손은 옆구리에 꺾어 대며, 입을 열었다.

"자, 보고해 봐."

그의 말이 떨어지자, 보고자인 나는 큰소리로 집합보고를 했다.

"전체 차렷! 보고자 외 다섯 명 집합 끝!"

그는 나를 쳐다보고 있었고 나는 그의 눈을 응시하며, 배에 힘을 잔뜩 주고 앞으로 나서면서 한마디를 던졌다. 그 한마디는 그를 아주 당혹스럽게 만들었다.

"보고자 열외!"

스스로 '보고자 열외'를 외치고, 앞으로 나가 그의 옆에 섰다. 집합할 때 상급자가 바로 밑 하급자에 대한 예우로, "보고자 열외!" 하며, 배려를 베풀 때가 간혹 있다. 이는 군기의 강약조절을 효과적으로 하는 완충작용의 약발로 쓰이는데, 나는 오늘 스스로 보고자 열외를 선언한 것이다. 하늘같이 무섭다는 바로 위 상급자 럭비선수 출신에게 그것도 일등병이 상병에게 말이다.

나는 언물 속에 들어갔다 막 나온 사람처럼 온몸에 경련이 일었지만 억지로 태연한 척하며 담담해 했다. 오히려 크게 당황하며 얼굴빛이 완연히 변한 건 그였다.

"네가 맘대로 열외 하면 안 되지. 내가 언제 너 보고 '보고자 열외'라고 했어? 이 새끼가 죽으려고 환장했네."

눈을 위아래로 부라리며 죽일 듯 거품 무는 입에서 나온 그의 겁박에 나는 조금도 밀리지 않고 또박또박 대답해 나갔다. 아니 죽기를 각오하고 대든 것이다.

"왜 그러십니까? 통상 보고자는 열외 아닙니까? 애들 보는 데서 왜 이러십니까? 저는 이제부터 보고자 열외하겠습니다. 그리고 저는 앞으로 제 밑으로는 집합시키지 않을 겁니다. 아무리 군대라고 해도 그렇지 이게 뭡니까? 매일 집합시키고 불안에 떨게 하고……. 마음대로 하세요! 갈 데까지 가보자고요!"

나는 부정맥이 거칠게 뛰는 심장소리를 억누르려는 듯 큰 소리로 질러댔다. 잔뜩 굶주린 울안의 사자처럼 거품을 물었다. 그는 씩씩 황소숨을 몰아쉬었다. 지금도 눈에 선한 그의 모습은 화가 잔뜩 난 황소 같았다.

한데 이상한 것은 앞으로 다가올 갖은 위협에 대한 두려움보다는 오히려 은연중에 희열을 느낀 것이다. 이 작은 쿠데타는 새장에 갇힌 새가 울을 벗어나 자유를 구가하는 자유의지를 시원하게 낭독하면서 십 년 묵은 체증이 가라앉는 느낌이었다. 이때 군대에서 지엄하기 짝이 없는 내무반 상급자에게 대든 하극상은 무서움보다는 용기를 북돋는 묘한 엔도르핀이 마구 솟아났기 때문인지도 모르겠다.

나는 또 하나의 선언을 했다. 하급자 다섯 명을 향해.

"오늘부터 내 밑으로는 집합도 구타도 없다. 헤쳐!"

나는 나만 상급자로부터 집합을 당하기 싫어하고 얼차려나 매를 맞기 싫어하는 것이 아니었다. 군대에 와서 그것도 벼슬이라고, 못된 거나 배워서 부하를 마구잡이로 집합시키거나 비겁한 주먹을 휘두르지 않겠다는 나와의 약속이었다.

부하들이 우물쭈물하는 것은 당연했다. 눈앞에서 대형 사고가 터진 것을 보고 놀라 자빠질 듯 비틀댔다. 게다가 듣던 중 반가운 소리로, 앞으로 나로부터는 집합도 징벌도 없다는 명령을 반기면서도 불안한 이 명령을 어떻게 해석해야 할지 몰라 내 상급자의 눈치를 살피고 있었다.

기왕 벌어진 일, 나는 하급자들에게 다시 한 번 소리쳤다.

"야, 빨리 헤쳐! 내무반으로 내려가!"

그들은 거북이걸음으로 엉금엉금 다리를 끌며 사진반의 육중한 문을 기어나갔다.

한창 때 럭비선수였다는 그는 온갖 욕설과 함께 완력으로 나를 향해 주먹을 날리려고 자세를 잡았다. 나는 당연한 그의 몸부림에 거리를 두고서 대련할 태세를 갖추고는 약을 올렸다.

'입으로 네가 나를 당하랴, 주먹을 쓰기 전에 말로 너를 꺾으리라.'

두둥둥 울리는 싸움판 북소리가 들리는 듯 가슴을 쥐어박는 듯한 고동 소리를 겨우 진정시켜가며 또 한 번 약을 올렸다.

"럭비 했다고 똥 폼 잡지 마. 내 주먹 한 방이면 넌 여기서 병신이 되는 수가 있어. 벽돌 한두 장은 가운뎃손가락으로도 깰 수 있다구. 엄지손가락 하나로 팔 굽혀 펴기를 하는 거 보여줄까?"

무모할 정도의 나의 말과 몸짓에 상급자로서 군기만을 내세우던 허세로는 나의 기를 꺾지 못한 채 전의를 잃고 풀이 죽어 버렸다.

이런 당돌함은 일찌감치 대학 일이 학년 때 양아치나 힘센 사람 다루는 법을 익힌 것이 도움 되었는지도 모른다. 게다가 훈련소에서 하도 구타를 많이 당해 더는 못 맞겠다는 본능적 반항이 나를 살벌한 안광이 빛나는 동물로 보이게 했는지도 모르겠다. 아무튼, 기선을 제압당한 그는 기가 죽은 채 집합 장소를 먼저 빠져나갔고, 나는 그의 뒤를 따라가면서 방심할 수 없는 외줄 타기처럼 아슬아슬한 곡예를 이어나갔다. 그저, 하늘의 별과 달이 지금부터 나의 운명을 어디로 몰고 갈지 걱정스러웠지만, 미리 알고 싶지는 않았다.

향후 이 사태로 또다시 엄청난 매를 맞으면서 풀린 군기에 족쇄를 채우게 될지, 아니면 골통 짓을 하는 군인으로 열외를 시켜버리는 소위 '고문관'이 될는지 불안 속에 스스로 다가올 내 모습이 기대되었다.

토머스 홉스는 '자유는 자신이 바라는 행위를 끊임없이 하는 데서 찾을 수 있다'고 했다. 또한, 데이비드 흄은 '이러한 자유는 죄수와 같은 사람을 제외하고 누구든지 누릴 수 있다'고 했던가. 나는 이들 중 어느 자유의지(free will)를 지향하는 자유인인지 모르지만, 그저 신이 인간을 창조할 때 부여했다는 의지 자체를 붙들고 있는 건 사실이었다. 하늘이 나에게 준 자유를 찾듯 하늘을 향해 가슴을 활짝 펴고 심호흡을 하니 불안·초조 걱정으로 무거워져 가던 마음이 한결 가벼워졌다. '진작 이렇게 할 것을' 하는 속내가 등을 툭 치고 지나갔다.

내무반에 들어서니 모두 점호를 받기 위해 분주했다. 나에게 느닷없이 일격을 당한 상급자는 전에 같았으면 길길이 뛰며 윗사람에게는 알랑거리며 하급자에게는 위엄을 떨며 돼지 멱따는 소리로 매일 반복되는 지시를 하고 다녔을 텐데, 갑자기 수도승처럼 조용히 침상 한구석에서 손으로 턱을 괴고 앉아있었기에 점호 준비는 나와 부하들이 선선히 준비해 나갔다.

그렇게 일주일이 아무 일이 없이 지나갔다.

물론, 내무반장을 비롯한 일부 상급자의 훈육과 징벌이 있기는 해도 나에게 일격을 당한 내 바로 위 상급자(김 상병)로부터는 훈시나 징벌이 사라진 듯 보였다.

불안하게 일주일이 지난 일요일 아침, 드디어 올 것이 왔다. 김 상병이 그의 바로 위 상급자를 대동하고 나를 부르는 것이었다. 단단한 짓속을 감추고 있는 그의 목소리는 지옥에서 온 사자의 울림이었다. 사진반 선후배이기도 한 두 사람은 암실로 나를 데리고 가서 미리 준비한 몽둥이를 꺼내 들었다. 내게 몽둥이찜질을 가할 셈이었다. 상급자인 최 병장은 작은 눈알을 휘 번득거리며 손에 침을 퉤퉤 뱉은 후 몽둥이를 쥐고는, "너 여기 왜 왔는지 알지? 너 김 상병한테 엉깠대며? 너 죽을래, 엎드려뻗쳐, 새끼야!"

김 상병은 옆에서 큼직한 몽둥이를 들고 거친 호흡을 식식 내뱉고 있었고, 최 병장은 나를 잡아먹을 듯 독사처럼 잔뜩 혀를 날름거리고 있었다. 솔직히 겁도 났지만, 겁 이전에 당시 군대문화에 비추어 속으로 내 잘못을 인정하고 있었다. 다만, 누구에게든 맞고 싶지 않다는 자유의지를 소리 없는 메아리처럼 내장 속으로 강하게 다짐하고 있었다. 현실 수긍의 반성과 저항의 자유의지로 엉킨 생각은 머릿속을 복잡하게 돌고 있었다.

일단 반성의 표시로 군말 않고 벽에 손을 대고 도톰한 엉덩이를 그들 앞에 내맡겼다. 동시에 무언가 말할 수 없는 굴욕감과 수치심이 치밀면서 가슴 저 밑바닥에서 저항심이 조금씩 꿈틀댔다. 이 위기를 어떤 방식으로 돌파해 나갈까, 잔머리를 굴리고 있었다. 그 어떤 희생의 대가를 치르고서라도 그냥 맞고만 있지는 않겠다는 또 한 번의 작은 쿠데타 계획으로 이들 두 사람을 내심 무시해 버렸다. 그러나 군대에 들어오면 몸은 내 것이 아니었다. 상급자인 최 병장의 윽박지름에 엉덩이를 내밀지 않을 수 없었는데…….

"딱! 딱! 딱!"

세 대의 강한 몽둥이가 엉덩이에서 춤을 추었다. 나는 두 대를 맞으면서 '이젠 그만 맞아야지.' 하는 생각을 하며, 한 대를 더 맞고는 몸을 틀었다. 그러면서, 그들을 향해 온갖 인상을 쓰며 한 마디를 던졌다.

"때리려면 잘 때려야지요, 왜 허리를 때리십니까? 어이쿠 허리야!"

허리를 쥐고 돌아선 내 모습에 어안이 벙벙한 그는 옆에 서 있던 김 상병에게,

"야 나 허리 안 때렸잖냐, 그치?" 하며 그의 동의를 구하는 것이었다. 나는 그들의 말을 못 들은 척 무조건 내 뜻을 밀고 나갔다.

"허리를 맞은 사람이 알지 누가 압니까? 더는 못 맞겠습니다."

"아냐, 나 허리 안 때렸어."

"아뇨, 허리를 맞았다니까요."

나의 우김에 그 두 사람의 군기가 흐트러지면서, 어떤 도발이 나올 듯한 나의 기를 보았는지 최후의 일성을 뱉었다.

"너, 앞으로 똑바로 해. 엉기면 죽어!" 하면서 황급히 자리를 떠났다.

"예, 잘하겠습니다."

이것으로 끝이었다.

한 치 앞도 볼 수 없는 캄캄한 사진반 암실에서 엄청날 것으로 예상했던 구타는 조금은 싱겁게 끝이 났지만, 나는 이후 최소한 이들로부터는 한 대도 맞지 않는 행운을 건질 수 있었다. 간덩이가 부은 상급자에 대한 도전은 되지도 않을 마구잡이 우격다짐

으로 무사히 넘긴 셈이었다. 지금 생각해도 죽을 고비를 넘긴 위기일발의 순간이었다.

요즘도 의무경찰을 비롯해 전군(全軍)에 걸쳐 수많은 얼차려와 구타가 자행된다는 소식이 사회면을 떠들썩하게 한다. 오랜 세월이 흘렀지만, 군사문화 속 구타문화를 생생히 기억하는 터라 어두운 소식이 남의 일 같지만 않다. 얼마 전에도 두 건의 사건이 있지 않았는가.

순진한 의무병이었던 윤 일병이 상습구타를 숙명처럼 순응하다 죽음에 이르렀고, 제대를 코앞에 둔 임 병장이 갖은 하대와 왕따를 견디다 못해 살인적 행위로 수류탄과 총알을 난사하지 않았던가. 한 사람은 죽고 한 사람은 죽음의 심판을 앞둔 오늘의 군대 문화가 안타깝기만 하다. 나의 운명도 자칫 이들 중 하나였을 수도 있을 위험의 터널을 지나온 듯해 진한 동정이 속 깊이 찾아든다.

아무튼, 나의 불복종은 분명 하극상에 해당하는 중징계 감이었다. 하지만 군대든 사회든 일단 불의로 판단되면 거부하고, 정의라면 백 번이라도 고개를 숙이는 삶의 틀로 잡아나가는 이유 있는 반항이라며 스스로 부추겼다. 이런 내가 죽거나 병신이 되지 않고 몸 성히 제대까지 한 것은 이른 새벽마다 정화수(井華水)를 떠놓고 간절하게 기도를 한 어머니 은덕이었으리. 휴가 나올 때마다 "어머니!" 하고 대문을 두드리면, 맨발로 뛰쳐나와 안아주시던 어머니가 그리워진다.

군대 일화·5 - 하극상(2) 바둑을 두다가

군대에서 선후배를 따질 때 쓰는 말로, '밥그릇'이란 말을 종종
쓴다. 이는 입대 후 '짬밥'을 누가 많이 먹었느냐의 의미이다. 병으
로서 같은 계급이라고 해도 짬밥 연륜에 따라 상하 계급이 철저
하게 구분되는 사회가 군대다.

사병(士兵) 간의 군기도 이러한데, 병과 위관급 장교 간의 신분
차이는 상민과 양반의 차이라고 해도 과히 틀리지 않을 거다. 그
즈음의 군대 분위기가 그러했고, 내가 속한 부대에 통용되는 군
대문화이기도 했다.

어느 날, 평소 꿈에도 그리던 파견근무를 하게 되었다.

사회에 비춘다면, 외국지사로 나가는 기분이랄까. 본부의 내무
반 생활은 혹독한 겨울처럼 매섭고 차가웠다. 전통적으로 집합이
많았고 고참의 잔소리와 매질에 질렸지만, 마땅히 어디 하나 부당
함을 하소연할 곳이 없었다. 창살 없는 감옥 같은 생활로 제대날

짜만 꼽을 수밖에 없던, 희망이라곤 보이지 않던 불쌍한 군대생활이었다. 외출 나가서 형이나 친구에게 넋두리해도 그저 "군대는 다 그런 거 아니냐."며 어떤 불만도 묵살 당하던 시절이기도 했다.

그런 차에 파견근무를 나간다는 것은 꿈이 현실로 되는 일이었다. 근무지 자체가 보안상 보호를 받는 구역이었고, 근무자는 나를 포함해서 딱 두 명으로 위로 영관급 실장 한 사람이 있었다. 군대생활 중 두 번의 파견근무가 있었는데, 한 번은 공군본부였고, 또 한 번은 오산 작전사령부였다.

공군본부 생활은 좋은 환경에 후덕한 상관을 실장님으로 모셨다. 짬이 나는 시간이면 공부도 하면서 비로소 '군바리(군인의 비어)'에서 '사람다운 군대생활'을 찾아간 셈이었다. 또한, 운명적으로 만난 당시 위생병이었던 입대 동기인 L과의 우정이 싹튼 곳이기도 하다. 매일 점심때면 그의 위생실로 달려가서 사병 것은 젖혀두고 장교식단을 검식하며 함께 식사하는 편안한 군대생활로 짐짓 지난날 겪은 고초에 보상을 받는 기분까지 들었다. 다시 생각해 봐도 온통 좋은 기억밖에 없다.

다음 파견 근무지는 오산이었다.

서울 본부생활을 접는 아쉬움은 있었지만, 오산만 해도 선망의 대상이던 터라 군말하지 않고 '따블 백'을 옮겼다. 군대 은어로 사용하는 따블 백은 거친 천으로 짠 원통형 대형 가방으로 이런 두꺼운 천이 생산되는 벨기에(Belgium) '더플(Duffle)'의 지명에서 따왔기에, '더플 백'이 올바른 발음인데 와전된 것이다.

첫날 혼자 달랑 침상에 누우니 몸이 근질거렸다. 혹시 벼룩 때문인가 하며 불을 켰더니, 침대 위는 물론이고 벽과 시멘트 바닥에 바퀴벌레가 셀 수 없이 즐비했다. 하도 놀라서 하마터면 소리를 지를 뻔했지만 아무도 없는 이곳에 혈기 왕성한 청년이 소리를 지른다고 해결될 일이 아니었다. '내일 당장 실장님에게 바퀴벌레 퇴치 약을 사달라고 해야지.' 이런 속삭임으로 자신을 안정시키며 잠을 청할 수밖에 없었다. 네놈들이 씹든 깨물든 마음대로 해보라는 식으로 눈을 꼭 감았지만, 쉬이 잠이 올 리 만무했다. 지금도 그날만 생각하면 몸이 근질근질하고 몸서리쳐진다. 어쩜 바퀴벌레가 많아도 그렇게 많던지, 정말이지 아침에 일어나서 옷을 입으려면 주머니 속에서 바퀴벌레가 기어 나올 정도였으니 말하면 무엇하리.

미군 부대와 나란히 붙어있던 작전사령부 생활은 곱상한 선비 같이 생긴 실장님과 무탈한 군대생활로 이어져갔다. 이 분은 말없이 독서를 즐기는 학자형 장교였는데, 취미가 바둑과 장기였다. 내게 특별히 무리한 요구를 하거나 그 흔한 구타는 일절 행하지 않았다. 당시 겪은 구타행위는 주로 사병 간에 이루어지거나, 암암리에 장교들 간에도 이루어진다는 것을 직간접적으로 알고 있었지만, 장교들은 특별한 경우를 제외하고는 사병에게 직접 구타를 한다든지 무식하게 욕을 하는 사례가 그리 많지는 않았다.

파견근무 자체가 때로는 할 일이 없어서 무료할 때가 많았다. 그렇다고 실장님 앞에서 꾸벅꾸벅 졸 수는 없는 노릇이고, 단단히 결심한 바가 있어서 그 시간을 독서로 일관했다. 처음에는 정훈 잡지를 처음부터 끝까지 달달 외울 듯이 읽고 또 읽다가 기회를 보아 영어책과 대학 교과목 책을 닥치는 대로 읽었다.

대학 선배의 조언이 지금껏 귓전을 울리는데 "자기 전공과목은 남을 가르칠 정도는 돼야 하고, 타 전공과목은 그 사람들만큼은 해야 한다." 하여 법학으로부터 경제학, 정치학을 위시해서 영어·불어·중국어·한문 그리고 전공과목인 역사서를 커리큘럼까지 만들어놓고는 대학에서 공부하듯이 아침저녁으로 피가 마르도록 공부를 했다. 낮에 무료할 틈도 없이 오히려 근무시간 중 틈새 시간에 공부에 한이 맺힌 듯 원 없이 책을 읽어댔다.

이런 모습을 지켜보던 실장님(박 소령님)은 "무슨 공부를 그렇게 열심히 하느냐?"며 신기한 듯 쳐다보다가는 이내 고단해지면 조용히 낮잠을 즐기는 편이었다.

그러던 어느 날, "바둑이나 장기를 둘 줄 아느냐?" 묻는 것이었다. 할 줄 모른다고 말하고 싶었지만 "조금 둘 줄 안다."는 대답이 불쑥 튀어나왔다. 희색이 만연한 실장님은 "그럼 한번 두어 볼까?" 잔뜩 신이 난 듯 콧노래를 부르며 총알같이 튀어나가 장기판, 바둑판을 사서 들어왔다.

그의 바둑 실력은 대략 8급 수준이었다. 내 실력이 5급 수준이었던 것에 비하면 나보다는 최소한 2~3급 정도 차이가 나는 편이었고, 장기는 막상막하로 승률이 반반이었다. 나는 그의 장기바둑 호적수이기도 하지만, 부담 없이 부릴 수 있는 부하이기에 졸음이 오면 잠깐 눈을 붙였다가 이내 정신을 차리고는 소일거리로 바둑이나 장기를 두자며 슬슬 공부를 방해하기 시작했다. 나로서는 이겨도 좋을 것이 하나도 없고 또 패하자니 그것도 한두 번이지, 솔직히 자기가 장교로 먼저 들어와서 양반 행세를 하는 것이지 내가 못나서 부하이며 하인은 아니지 않으냐는 신분에 대한 잘못된 저항심이 바둑과 장기의 대결에서 엇나가기 시작했다.

그는 매번 내기를 하자고 했다. 그러나 그 내기는 몇 달이 되어서야 실현될 수 있었다. 내기를 좋아하지 않는 성격 탓도 있지만, 상대는 장교요 직속상관이니 이겨서 돈을 따내거나 먹을 것을 얻어먹은들 득이 될 것이 하나도 없다는 계산이 들어서였다. 내가 아무리 피해 다녀도 그는 내기 없는 게임은 앙꼬(팥소) 없는 찐빵을 먹는 것처럼 재미가 없다며, 내기를 종용했다. 그래서 나는 우리만의 룰을 정하기로 했다. 아무리 장교와 병 사이이지만 정정당당하게 내기에 지면 패자는 간식거리를 사기로 한 것이다. 더불어 게임 중에 무르거나 부당한 고집을 부리면 안 된다는 점을 정중하고 예의 있게 설득시키며 내기에 응하게 되었다.

아무리 오랜 기억이지만 박 실장님은 점잖게 생긴 호감이 가는 영관급 장교임이 틀림없었다. 그러나 그런 규칙을 정한 것은 평소에 내기 없이 게임을 해도 그가 자주 무른다는 습성을 간파했기 때문이다. 나는 졸병이고 하급 신분이기에 무르는 것이 불가한 건 물으나 마나 뻔한 일이었다. 그는 자기가 둔 수에 대해 내가 대응하는 것을 보고는, 야비한 미소를 지으며 "아하, 잠깐만!" 하면서 무르고 다시 두곤 하였는데, 이런 일이 장기든 바둑이든 한판에 네댓 번은 기본이었다. 점차 친한 사이가 되면서 내기 바둑, 내기 장기로 이어지기까지 서너 달이 소비되었다. 그는 내기를 하면서도 평소 점잖은 얼굴과는 달리 무르기를 밥 먹듯이 하는 것이었다.

어느 날 오후, 게임이 시작되었다.

아니 내기가 시작된 것이다. 솔직히 병으로서도 자존심이 꿈틀 거리며, 사적으로 더는 하인처럼 그의 비위를 맞추면서 대접을 해주기가 싫었다.

"실장님, 바둑을 두다가 조남철이나 조훈현 명인이 실수했다고 무르겠습니까?"

당시 조훈현 명인은 일등병으로 우리 사무실 위층에서 근무하였다. 그가 장군들과 바둑을 둔다는 얘기를 듣곤 했는데, 장군들이 한 수를 배워가는 입장이었지, 내기하면서 무른다든지 하는 일은 없었다. 그런데 실장님은 내기를 하면서 손에 바둑알을 들고 바둑판에 내려놓았다가 손을 떼지 않고 뜸을 들이면서 밀고 나가다가 조심조심 손을 떼는 순간 그의 바둑알은 일수불퇴로 고칠 수 없음에도, 대어라도 잡히는 패착이 될 경우에는 어김없이 "잠깐!" 하면서 무르는 것이었다. 이게 어디 한두 번이었던가. 이날 오후에도 그리 당부를 하고 시작된 내기 바둑에서 그의 손은 이미 두 번이나 번복하고 있었다.

화가 치밀어 올랐다. 정말이지 바둑판에 바둑돌을 닿을 듯 말 듯 올려놓은 그 얄미운 손가락을 '뚝' 하고 부러뜨리고 싶은 충동 까지 일었다. 내가 졸병이라고 이렇게 막 나가도 된단 말인가. '이 치사한 인간아!' 하는 뒤틀린 복심(腹心)이 꿈틀대며 오늘은 세상 이 두 쪽이 나더라도 물러주지 않겠다는 결심을 단단히 하고는, 그가 세 번째로 무르는 손을 허용하지 않았다.

"실장님, 더는 무를 수 없습니다. 이번 판은 진 것으로 하시든가 아니면 그대로 진행하시든가 하셔야 합니다."

"야, 이거 왜 이래! 뭘 무른다는 거야? 내가 손을 떼지 않았는데 바둑알이 미끄러져 놓친 거야."

평소 그 신사도의 드레는 어디 가고 엄포를 놓고 있었다.

"안 됩니다. 무르실 수 없습니다. 아무리 상관이라고 해도 이건 너무합니다."

그의 아킬레스건을 자극한 것이 틀림없었기에, 각오를 단단히 하고 또박또박 말을 한 것이다. 그는 평소 내가 얌전한 듯 묻는 말에만 대답하는 편이고, 근무하다 시간이 나면 책이나 보는 모범생 타입으로만 보아왔다. 바둑을 두면서 물러달라고 하면 그저 씨익 웃으며 군소리 없이 다 물러주는 심성이 착한, 속도 배알도 없는 졸병으로만 알고 있었던 것이다. 비록 바둑 게임이지만 상하 계급 이전에 서로 약조한 것은 지켜야 마땅하다는 생각을 뿌리칠 수 없었다.

무르기 없기, 진 사람이 빵 사기, 2회 연속 지면 한 점 올라가기 등의 약조는 사병과 장교 간에 지켜야 할 도리임과 동시에 게임의 법칙으로 지켜야 한다는 주장을 관철하고 싶었다.

빵을 사야 할 사람이 치사하게 계급으로 누르면서 인상을 쓰고 동물처럼 소리를 질렀다. 스스로 규칙을 깨는 것에 대한 저항을 하극상으로 치부하며, 장교는 상민에 대한 귀족처럼 어떠한 횡포를 일삼더라도 무탈할 특권이 있다고 인지하는 듯했다.

"이 자식이, 무슨 말이 그렇게 많아! 물러 달라면 물러줄 것이지, 너 어디 한번 혼나 볼래!"

"아니, 바둑을 두시다가 이게 무슨 말씀이십니까? 제가 누차 말씀드린 대로 저만 억울하게 물러주는 일방적인 게임을 계속할 수

는 없지 않습니까? 그러면 뭐 하러 내기를 합니까? 평소에 말씀
하시는 대로 공은 공이고 사는 사가 맞습니다. 이 게임은 사(私)
에 속하니 무르기는 없다고 사전에 약속한 것인데, 윽박지르신다
면 저는 할 말이 없습니다. 이제는 바둑이든 장기든 게임을 하지
않겠습니다."

영관급인 그가 고급장교로서 자존심이 몹시 상했으리라는 것
을 모르는 것은 아니었지만, 이번만큼은 결코 물러서기 싫었다.
아니 계급이 병이지 인간이 병은 아니라는 저항감이 그와 나를
자연인의 저울 위에 공평하게 올려놓고 있었다. 군대에서는 실로
위험천만한 인식이었다. 더욱이 평소 점잖던 장교의 입에서 이 자
식, 저 자식 하면서 육두문자가 나오기 시작했다. 이런 그의 반동
은 아직껏 볼 수 없었던 변신으로 오히려 나를 자극했다. 그의 눈
빛은 귀족으로서 상민을 보는 정도가 아니라 왕족의 신분으로서
노예를 바라보는 시선으로 홍두깨가 치밀었다.

욕을 앞세우며, 계급 운운하던 그는 점차 이성을 잃더니 갑자
기 일어나 책상을 주먹으로 '쾅' 하고 내려치면서 방안이 떠나가
라고 소리를 질러댔다.

"이 새끼가 죽으려고 환장했나. 장교에게 꼬박꼬박 말대답하고
지랄이야, 너 그렇게 잘났어? 너 오늘 한번 혼나 볼래!"

내게는 "너 오늘 한번 혼나 볼래!"라는 그의 목소리가 "너 오늘
한번 죽어 볼래!"라는 환청으로 들렸다.

'그래 오늘 한번 죽어 보자. 게임 하다가 이게 무슨 지랄이야.'
속으론 겁도 났지만 스스로 용기를 북돋웠다. 파워게임에서 절대
밀리지 않겠다는 마음의 무장을 하고는, 그의 호통에 맞서서 계

급도 잊은 채 조금도 물러서지 않았다. 본능에 가까운 또 한 번의 자유의지는 군대의 벽을 넘어 자연인으로 돌아와 그의 겁박에 오히려 더 큰 소리로 고함을 쳤다. 일어서서 오른손을 꽉 쥐고는 벽돌 깨던 솜씨로 책상이 부서지도록 아주 강한 힘으로 '꽝!' 하고 내려치면서 외쳤다.

"어디 마음대로 해보세요! 아무리 병(兵)이라고 해도 시도 때도 없이 내기 장기바둑을 두자면서, 장교의 권위로 무르기를 밥 먹듯이 하시는데, 마음대로 해보세요! 치사찬란한 일입니다. 이게 잘못된 일이라면 백 번 천 번이고 벌을 받겠습니다. 상부에 보고 하세요!"

내가 내려친 수도(手刀)의 힘은 그가 내려친 '꽝' 하는 소리를 무색하게 했으며, 그의 얼굴은 백지장처럼 하얘졌다. 지난날, 한 계급 위 상급자가 겁박할 때도 조금도 굴하지 않고 대들었던 하극상의 경험이 무의식중에 하늘 높은 영관급 장교에게도 드러나고 마는 순간이었다. 스스로도 제어할 수 없는 위험천만한 순간이 이미 루비콘 강을 건너가 버렸다. 영관급 장교에게 대드는 것도 모자라 일어서서 주먹을 쥐고는 있는 힘껏 책상을 내려치며 목청껏 소리까지 질러댔으니……

그나마 다행인 것은 게임 중에 무르고 무르면서 겁을 주려고 쌍욕지거리에 소리를 지르며 책상을 내려친 그의 약점을 낱낱이 다 보았다는 것이다. 아무리 상관이라고 해도 자초지종을 밖에 내놓고 시시비비를 가리는 건 그에게 정말 창피한 현실이라는 판단이 돌발적인 사태로 몰고 온 셈이었다. 그래서인지 그는 조금씩 꼬리를 내리기 시작했다.

"어어, 이거 무슨 짓이야? 왜 이래, 바둑 두다 말고, 앉아! 안 그러던 사람이 왜 이래!"

예상대로 다툼의 구실 거리가 유치하기에 아무리 둔한 그라 해도 본부 헌병대에 가서 무어라고 변명을 할 것이며, 더욱이 나의 눈은 이미 활활 불타고 있었으니, 그의 겁박이나 권위가 먹히지 않을 것을 오감으로 느낀 듯싶었다.

참으로 군대생활은 힘들다. 나같이 꼬장꼬장한 사람에게는 정말 폭발하고 싶을 때가 한두 번이 아니었다. 그저 때리면 맞고, 바둑 두다가 물러 달라면 열 번이고 백 번이고 물러주고, 빵을 사게 되면 골백번이고 사면 될 텐데.

하나 자신의 치사하고 옹졸한 행동으로 영관급 장교가 일개 병에게 무참하게 당하다니, 이 일을 그냥 촌극으로 지나치기에는 얼마나 수치스러웠겠는가. 생각만 해도 괘씸했을 것이고 부르르 떨려 잠을 이루지 못했을 것이다. 그렇다고 이 일을 어디에다 함부로 까발리겠는가. 그 일이 있고 난 뒤 며칠 동안 서로 겸연쩍어 서먹했다. 자존심이 뭉개진 사람은 실장님이었지만 나 역시 예상되는 후폭풍에 가슴이 조마조마했다.

겉으로는 아무 탈이 없이 지나가는 듯하더니, 며칠 후 겁을 주려는 건지 엄숙한 표정을 지으며 긴장감을 조성했다.

"김 상병, 자네 헌병대에서 조사가 나올지 몰라. 내가 곰곰이 생각하다가 보고했어. 영창 감이야. 혼 좀 날 거야!"

나는 속으로, '아무리 군대라지만, 상관의 강요로 내기 바둑을 두다가 상관이 물러달라는 걸 봐주지 않고 거부한 것이 군대에서 가장 엄하게 다루는 형벌의 하나인 상관명령 불복종에 해당한단 말인가.' 반박하며 군대조직의 부당함에 고개를 쳐들었다. 솔직히 겁이 나지 않았다면 거짓말이겠지만, 갈 데까지 가 보자는 배짱으로 애써 가련한 표정을 숨기며 용서를 구걸하지 않았다. 그저 두근거리는 심장박동을 숨기려고 긴 호흡을 배가 부르도록 삼켰다.

그러나 며칠을 기다려도 헌병대건 본부에서건 조사 나온 곳도 없었고 소환 전화 한 통 없었다. 그는 이렇게 말 만으로라도 겁을 주는 것으로 최소한의 자존심을 주워 담으려는 속셈이었나 보다.

다시 일주일쯤 지나니 시간 가는 것이 민망한지 불쑥 한마디를 던졌다.

"내가 헌병대에 잘 얘기해서 없었던 거로 했어. 앞으로 주의해! 알았어!"

자문자답 형식으로 벌을 준다고 했다가 관용을 베푸는 행위는 상관으로서의 권위를 잃은 채 겨우 헛기침으로 거드름을 피우는 꼴이었다. 내 배알도 편해진 건 사실이었지만, '그러면 그렇지, 쪽(낯) 팔리는 얘기를 어디에다가 하겠어' 하는 생각을 애써 감추며 "감사합니다. 잘못을 용서해 주시니 정말 고맙습니다."는 사과의 말로 밀실(密室)에서 내기 바둑을 두다가 일어난 다툼은 두 사람만이 아는 우발사건으로 어둠 속에 숨겨두었다.

군대는 철저한 계급사회이기에 무조건 복종하라는데, 그것도 명령 나름이지 하는 속셈이 나를 고분고분하게 만들지 않았다. 더구나 생리적으로 돈이나 힘으로 또는 말로 잘난 체하는 사람의 꼴을 못 보는 성미였다. 게다가 대학물을 먹으면서 이 년간 이념 동아리에서 학생운동을 하며 키운, 군 출신 대통령의 비윤리성에 대한 저항이, 군대의 불편부당함에 대한 저항감으로 이어져 그것의 크기가 일반 사람보다는 깊게 새겨져 있었다.

이는 그때 만들어 놓은 인생관 우주관 세계관이니 하는 형이상학적 삶의 개념 속에서 '인류 역사의 발전은 자유를 향해 나아가는 절대정신의 확대과정'이라는 헤겔의 절대정신(이성)의 도량을 너무 신봉해서일까. 아니면, '누구든 나를 건드리면 죽어!' 하는 아집으로 가득 찬 막가파요, 고문관이기 때문일까.

분명 시간 속에는 저마다 존재하는 자리가 있기 마련인데 가만히 나를 들여다보면, 비록 군인의 몸이었지만 사회정의를 부르짖던 대학생의 이상이 군대에서 다 씻기지 않은 채 꺼지지 않는 불씨를 태우고 있었나 보다. 당시의 옛 기억을 재미난 이야깃거리로 아내와 친구들에게 떠들어대면서, 서슬 퍼런 군대생활을 공중에서 외줄 타듯 고비 고비 묘하게 넘어간 기억들이 손에 땀을 쥐게 한다. 남의 일인 양 먼 추억의 길을 떠나는 기차를 보내듯 손을 흔들어 본다.

군대 일화·6 - 총기 분실

간혹 사회면을 보다가 탈영병 소식을 접할 때가 있다. 남의 일 같지 않고 가슴 깊이 와 닿아 동정심이 일어나곤 하는데, 군 복무 중 동병상련의 아찔한 경험이 있었던 까닭이다. 군대생활을 시작한 지 육 개월이 지날 무렵 보초를 서면서 겪은 아련한 기억의 실타래가 아직도 새 가슴으로 콩닥거리게 한다.

아들을 군대에 보내는 어머니들은 으레 '군대 삼 년'을 '고된 시집살이'에 비유하며 귀한 자식을 나라에 맡겼다. 요즘은 그렇게 시집살이할 여자도 없겠지만, 예전에는 물설고 낯선 곳에서 귀머거리 삼 년, 벙어리 삼 년, 장님 삼 년으로 숙명처럼 살아야 했던 여인네들의 삶과 남자들의 군대 삼 년이 닮았다고 여긴 것 같다.

민간인에서 군인으로 탈바꿈하면서 군눈 팔 겨를도 없이 강인한 군인으로 탄생하는 교육을 받았건만 애면글면 힘에 부친 고된 생활은 된 시집살이나 다름없었다. 군인의 투철한 사명감보다는 솔직히 휴가와 제대날짜만 손꼽았고, 빨리 가지 않는 세월의 등을 떠밀며 '세월아 제발 좀 빨리 가라'는 주문을 달고 살았다.

밑으로 후임이 들어오면서 궂은 생활도 좀 편해지고 차차 군대 생활에 적응도 되는 듯싶었으나, 신참생활은 −지나친 과장이 될지는 몰라도− '춥고, 배고프고, 매 맞는' 삼고(三苦)의 여정으로 몸과 마음을 옥죄는 인생 고행이었다.

특과 교육을 마치고 본격적인 업무를 보면서 낮에는 실내에서 일하고 저녁에는 순번을 정하여 깊은 산속의 부대를 지키기 위해 야간 보초를 섰다. 보초근무 시간은 이튿날 아침 여섯 시까지로 밤을 몇 단계로 나누는데, 자정부터 네 시까지는 누구나 피하고 싶어 해 물어보지 않아도 당연히 애송이 이등병의 몫이었다.

저녁 아홉 시에 점호를 마치고 곧바로 취침에 들어도 열 시에나 잠자리에 들 텐데, 새내기는 두 시간도 못 자고 자정 전에 일어나든지 혹은 두 시 전에 일어나 보초를 서야 했다. 온종일 고단한 몸에 세상모르고 자다가 한밤중에 일어나는 것도 고역이고, 두 시간 동안 보초 근무를 마치고 들어와 한뎃잠처럼 등걸잠을 자다 여섯 시 기상나팔 소리에 벌떡 일어나야 하는 반복된 일과는 견디기 힘든 고행이었다. 그래도 날씨가 좋은 봄가을에 서는 보초는 할 만했는데, 추운 겨울날 그것도 삼라만상의 대지가 꽁꽁 얼어붙고 찬바람이 귀신처럼 융융 불어대는 날에는 더욱 곤혹스러웠다.

움직이며 경계를 지키는 동초(動哨)가 아니고 한 지역에서 꼼짝 않고 경계 임무를 맡는 겨우내 입초(立哨)는 춥고 배고프며 잠과 싸워야 하는 삼중고의 죽을 맛이었다. 춥고 배가 고파 오면, 절로 어머니와 따뜻한 집이 있는 철조망 너머가 그렇게 그리울 수가 없었다. 게다가 군대 오기 전에 친구들과 드나들던 학교 앞 다방의 감미로운 음악과 따끈한 커피 한 잔이 얼마나 생각나던지.

엄동설한에 보초 눈에 들어오는 하늘의 별은 수정같이 예쁜 미소가 아닌 갖은 밉상이며 보름달은 밝을수록 더 원망스러워 보였다. 양말을 두껍게 신어도 불청객인 한기는 반 시간도 못돼 신발 속 뼈까지 뚫고 들어와 거머리처럼 징그럽게 달라붙었다. 군화 속에 얼음을 넣은 듯 꽁꽁 얼어서 제자리에서 발을 동동 구르며 토끼처럼 깡충깡충 뛰어보아도 발가락은 칼끝으로 콕콕 찌르는 동상에 걸릴 듯 얼얼했다. 최전방도 아닌데 그때는 왜 그리 추웠는지, 검은 죽음의 무표정으로 자는 듯 서 있는 나무들을 깨워 원망스런 마음을 쏟아내고 싶었다.

매서운 바람이 사납게 불던 그 겨울날, 자정부터 두 시까지 보초를 서기 위해 단잠도 뿌리친 채 본부 정문 뒤쪽으로 무거운 발걸음을 떼었다. 내무반 공기는 이십여 명의 입 냄새에 발 냄새, 방귀 냄새로 진동해도 연탄난로에서 뿜어대는 열기는 한껏 사랑스러웠다. 밖으로 담아갈 수 없는 따뜻한 온기를 그리운 여인과의 이별인 양 어머니가 정성스레 만들어 준 털 깔창을 발바닥에 깔며 방고래가 꺼지도록 한숨을 쉬었다.

'언제 고참이 되어 보초를 면하나. 국방부의 시계는 제대로 돌아가고 있기는 한 건가.'

한심한 독백이 흰 입김으로 뿌려지며 제시간에 대어가기 위해 십여 분 거리의 근무 장소를 향해 뛰었다. 교대시간 이전에 나타난 내 모습에 전임 근무자는 반가운 듯 얼른 총을 인계해주고는 황급히 자리를 떴다. 세상에 그가 그렇게 부러울 수가. 이때 겪은 고생이 험한 세상을 살아가는데 피가 되고 살이 되고는 있지만, 보초를 서며 고생스럽던 밤은 진정 국가를 위해 감내해야만 하는 고통으로, 주적(主敵)인 북한을 향해 총부리를 들이대며 저주하듯 원망의 욕설을 뱉어댔다.

메아리 없는 공상으로 한밤중 홀로 보초 서기가 시작되었다. 속이 허할까 봐 낮에 사 두었던 빵 네 개를 양쪽 주머니에 찔러 넣은 두툼한 외투 위로, 습관처럼 오른쪽 어깨에 총을 둘러메고는 굼벵이처럼 느리게 지나가는 밤과 지루한 싸움을 시작했다. 입이 닳도록 외운 '군인의 길'에 나오는 국가관에 앞서 당장 생존의 법칙을 위한 치기 어린 신병의 발바닥은 조금 후면 엄습할 야밤의 한기에 대처할 방도에 골몰했다. 미리 땀을 내려고 개구리처럼 제자리에서 팔짝팔짝 뛰면서 작은 위안이라도 될까 싶어 당시 최고의 인기 여가수 김추자의 노래를 불렀다. 그마저 끝나면 펄시스터즈의 〈커피 한 잔〉으로 이어졌지만, 마음속은 온통 석탄 난로가 펄펄 끓고 있는 후끈한 내무반으로 빨리 돌아갈 시간만 재촉하고 있었다.

얼마나 지났을까.

사방이 고요한데 나는 갑자기 경기(驚氣) 들린 듯 깜짝 놀라 눈을 떴다. 나도 모르게 얼마간 말뚝잠을 잤던 것이다. 조금 전까지 입속으로 노래를 부르며 추위에 동동 떨던 발은 동상에 걸려 죽어도 좋다는 마음으로 땅바닥에 앉았다가 기억에도 없이 곧바로 잠이 들었는데, 내무반 고참이 서슬 퍼런 늑대가 되어 나를 잡아먹는 악몽에 시달리다 벌떡 일어났던 것이다. 겨우 정신을 차리고 주위를 살펴보니 아무도 없었다. 그저 교교히 빛나는 별빛만 나의 일거수일투족을 다 아는 양 도도하게 눈을 깜빡거리고 있었다.

단잠을 얼마나 잤는지 시계를 보니 근무교대 시간까지는 겨우 이십 분밖에 남아 있지 않았다. 가까스로 정신을 차린 후 애써 잠잔 티를 내지 않으려고 바지에 묻은 흙을 터는데 양손이 허전한 것이었다.

'아니 근데, 이게 웬일인가? 어깨에 총을 메고 있다면 손이 이렇게 가뿐할 리가 없는데……'

오른편 어깨에 총이 없는 것을 그제야 깨닫고는 소스라치게 놀라 작지 않은 독백이 튀어나왔다.

"아니, 이럴 수가? 어, 총이 어디 갔지?"

마치 대화를 나눌 상대가 있는 양, 같은 말을 또다시 내뱉었다.

"내 총! 내 총!"

캄캄한 허공에 미친 듯이 총의 향방을 물어댔다.

누구 하나 답을 알려줄 이 없었다. 밤공기를 가르는 고통으로 얼룩진 마음은 새까맣게 타들어 가기 시작했다. '속을 태우다 장이 전부 끊어졌다'는 단장(斷腸)이 된 새끼 찾는 어미 원숭이처럼 어둠으로 병풍을 친 영내를 이리저리 가르며 주위를 뒤지고 헤매기를 십여 분, 시간이 순식간에 지나가고 있었다.

자포자기하는 심정으로 땅바닥에 철퍼덕 주저앉았다.

'후임 근무자인 보초가 오면 뭐라고 해야 하나? 총을 어떻게 했느냐고 하면 무슨 말로 둘러댈까?'

이런저런 상상이 들락날락하면서 곰곰이 생각해보니, 자는 사이에 일직사관이 살그머니 와서는 총을 가져갔다는 쪽으로 심증을 굳혔다. 그래서 위험을 무릅쓰고 보초(입초)가 지켜야 할 정 위치를 벗어나 도둑고양이처럼 어둠에 몸을 숨기며 일직사관이 있는 본부 막사로 살금살금 기어갔다. 말할 수 없는 긴장과 두려움에 이가 위아래로 부딪히고 다리가 후들후들 떨리는데 난롯가 앞에서 신문을 읽고 있는 하느님 같은 일직사관이 한 눈에 들어왔다. 그러나 아무리 눈을 씻고 보아도 내 총은 보이지 않았다. 좌우 전후방을 살피며, 정말 내 총은 없는지 또 한 번 확인을 한 뒤, 일단 제자리로 돌아왔다.

이미 반은 정신이 나간 상태여서 아무 생각도 할 수 없었다. 그저 한심한 내가 죽고 싶도록 미웠다. 마지막으로 정신을 가다듬고 생각해보니 의심이 가는 곳은 오직 일직사관이 있는 그곳밖에는 없는 것 같다는 쪽으로 또 심증이 굳었다. 미련 없이 다시 한 번 확인해 보려는 마음으로 죽기를 각오하고 또 한 번 보초의 정 위치를 벗어났다. 성급한 마음에 물인지 불인지, 똥인지 된장인지를 가릴 틈도 없이, 막사로 내려가는 계단을 옆에 두고도 45도나 됨직한 가파른 잔디밭을 마구잡이로 뛰어 내려갔다.

'죽기 아니면 까무러치기다.'

두 번씩이나 무단으로 이탈하는 마당에 몸을 숨길 겨를도 없었고, 칠흑 같은 어둠 속에 가파른 경사를 뛰어 내려가다가 넘어지기라도 하면 발 병신은 물론이고 몸 어딘가가 산산이 부러질 위험천만한 상황인데 그런 걱정은 이미 실종된 상태였다.

간신히 막사에 도착하여 가쁜 숨을 억누른 채 창문 틈새로 적군 진지를 살피듯 일직사관과 그의 주변을 꼼꼼히 재 정탐했다. 총은 없었다. 나의 눈을 더는 의심할 수도 없었다. 이제는 모든 것을 포기하고 제자리로 돌아가면서, '내 총은 어디 갔단 말이냐?'

고 가슴을 쥐어짜며 캄캄한 밤하늘만 냅다 원망했다.

만일 총을 분실하게 된다면, 아니 일직사관이 순찰 중에 잠을 자는 나를 혼내 주려고 총을 몰래 숨겼다가 내일 아침에 공표라도 하게 되면, 영창은 물론이고 죽음의 매타작으로 내몰릴 상황임은 불을 보듯 뻔했다. 더구나 나 하나의 잘못으로 내무반 전원 단체기합과 한 달간 외박금지를 당할 터인데, 동료에게 돌아갈 피해가 섬광처럼 눈앞을 스쳤다.

"오! 하느님! 도와주십시오."

예수를 믿지 않는 내게 비손은 바르르 떨며 하느님을 애절하게 부르고 있었다.

야심에 총이 문득 발이 달린 듯 어디론가 갔다가 내 앞에 꿈처럼 나타날 것을 기대하는 환상(幻想)은 점점 더 미친 사람으로 만들어갔다. 보초 교대시간이 다가올수록 마구 짓누르던 고통이 불쑥 엉뚱한 생각을 꺼내 들었다.

'탈영할까.'

평소에 터무니없다고 느꼈던 환상을 현실로 받아들이려는 유혹에 휩싸이기 시작했다.

'탈영하면 어떻게 될까.'

영화나 TV에서 탈영이나 탈옥을 본 일은 있었지만 내 입에서 이런 말이 나오다니. 당장 눈앞에 닥친 위기와 고통을 모면하려고 떠올리는 불명예스러운 그 이름 '탈영', 그러면서 동시에 겹쳐 떠오르는 어머니 얼굴.

아무리 이성을 잃어도 그렇지, 총기를 잃어버렸다고 탈영하여 집에 나타난다면 내 모습을 보는 어머니의 심정은 어떠할까. 흔들리는 마음이 유혹과 번뇌 사이에서 갈 길을 헤매고 있었다. 어느새 칠흑같이 어두운 밤길을 터벅터벅 걸어서 보초를 섰던 자리로 힘없이 돌아왔다.

이제 후임 보초가 올 시간을 일 분여 남긴 그 시점에서 갈 곳도 숨을 곳도 없었다. 다만 예전에 훈련소에서 오줌 누다가 죽도록 맞은 일과 사격장에서 조교에게 엉기다가 엄청나게 터진 일이 부활하여 괴롭혔다. 다시금 때리면 맞고 굴리면 뒹굴어야 하는 지옥의 통 속으로 떨어질 운명이 한 발자국씩 다가오는 것을 느끼며, 온몸이 타들어 갈 듯한 공포와 전율을 내내 느껴야 했다.

저 멀리 후임 보초가 다가오는 발걸음 소리를 들으며 딱히 도망할 곳을 잃은 나는 어두운 칠흑을 뚫고 허망한 눈을 돌려 오른편 구석으로 몸을 옮겼다. 이윽고 후임 보초의 발소리가 가까이 들렸다. 뿔 달린 저승사자가 잡아가는 듯한 환상이 미치게 하는 그 순간, 나는 기겁을 하며 놀랐다.

오른편 구석으로 몸을 가누려는데 발에 '툭' 하고 걸리는 것이 있었다. 가만히 만져 보니 총이었다. '아니, 이럴 수가, 어떻게!' 오매불망 밤중에 그렇게도 찾아 헤매던 총이 어둠 속에서 보석처럼 반짝이며 눈을 맞추고 있었다.

'어디론가 홀연히 사라졌다가 불쑥 내 눈앞에 꿈처럼 존재하는가? 꿈인가 생시인가?'

총을 잡은 손은 반가움과 함께 질책하고 싶은 상념으로 이미 돌아버릴 대로 돌아버린 내 머리를 검은 파도처럼 휘감고 있었다. 마치 요술을 부리듯 사라졌다가 일촉즉발의 차이로 가까스로 돌아온 총을 거머쥐고 아무 일도 없었다는 듯 의기양양하게 그것을 오른쪽 어깨에 얹고는 10m 밖에 와 있는 후임 보초를 향해 총을 겨누며 힘이 넘치는 목소리로 밤하늘을 갈랐다.

"정지! 암호!"

그는 걸음을 멈추고 암호를 대고는 내 앞에 다가왔다.

"보초 근무 중 이상 무!"

보초근무 중 요식행위로 특별사항 유무를 인수인계하고는 애지중지 찾던 총을 사랑의 마음으로 총구와 개머리판을 몇 번이고 쓰다듬다가 건네주면서 아쉬운 작별을 해야만 했다. 극적으로 총을 찾아 무탈하게 보초근무와 인수인계를 마치고는 한 가슴 쓸어내린 안도감과 황홀감을 제대로 만끽도 못 한 채 그 자리를 물러 나왔다.

'사라진 총은 어디에 있다가 갑자기 내 앞에 나타난 것일까?'

조금 전까지만 해도 잔뜩 오금이 저렸지만, 이제는 쫓길 이유 없어 여유를 가지고 기억을 더듬어 보았다. 주마등처럼 스쳐 지나간 조각을 모아 재편집해 보니, 그때 나는 총을 받아들면서 곧바로 어깨에 걸지 않았던 것이다. 그저 나 외에 아무도 없는 컴컴한 후미진 곳에 잠시 총을 내려놓고, 밤공기에 허기가 져서 양쪽 주머니에 넣어간 빵을 먹고는 시원한 트림을 늘어지게 하고 그만 식곤증에 잠을 내갈겼던 것이다.

잠의 포로가 된 나는 얼마 동안인가를 실컷 자다가 양심이 흔들어 댔는지 흉몽 속에 벌떡 깨어나서는 총을 찾기 시작했던 것이다. 허둥지둥하며 캄캄한 주위를 이리 뛰고 저리 뛰며 달밤에 실컷 체조하다가, 포기한 채로 보초를 맞으려는 찰나에 우측으로 조금 후미진 곳에서, 필연이겠지만 우연히 총을 만난 것이었다. 천운이었다. 싸늘한 코끝에 애국가 한 소절이 절로 흥얼거려졌다.

'하느님이 보우하사……'

사십 년도 넘게 흐른 지금, 이제는 영화 같은 이야기가 되어 버렸지만, 한 치의 허구도 없는 실화의 한 장면인 그날 밤은 천사에서 악마로, 그리고 다시 천사가 되어 하늘로 올라갔다. 선과 악을 손에 쥔 천사와 악마는 동전의 양면처럼 내 맘 속에서 뱅글뱅글 돌다가 음양으로 교차하고는 원융(圓融)이 되어 하얀 달빛에 몸을 감추었다.

순간의 착각이나 과실이 한 사람의 운명을 천당과 지옥의 극과 극으로 내몰 수 있다는 사실을 알게 해 준 오른쪽 어깨를 어루만지며, 죽는 순간까지 잊지 못할 나만의 속삭임을 밤하늘에 던진다.

창공에 핀 꽃·1 - 승무원의 꿈

　이십대 중반 철이 들고부터는 외국에서 살고 싶은 바람이 서서히 불었다. 스스로 한국이 비좁게 느껴졌고, 그런 좁은 공간에서 아등바등 사는 게 마치 개구리가 우물에 빠져서 하늘 쳐다보며 한숨을 짓는 듯한 묘한 심리에 빠져들었다. 더욱이 절친이 미국으로 떠날 준비를 하고 있어 그 바람을 슬쩍 탄 탓도 있었으리라.

　넓은 세상, 낯선 외국을 동경하던 바람은 결국 항공기 승무원의 길을 택하게 했다. 끝내는 이민까지 가는 철새의 원상(原狀)이 된 승무원이 되기까지의 몇 가닥 소회를 하나씩 풀어본다.
　외국에 가서 살고 싶은 첫 번째 꿈은 외교관이었는데 금세 접고 말았다. 큰 공부를 하기에는 머리가 아둔한 데다, 군대에 다녀와서 공부를 시작한 것도 늦었거니와 어머니의 간곡한 만류 때문이었다. 당신의 마지막 꿈으로 막내가 교사가 되는 게 소망이라며 어지간히 반대하셨다. 어머니와 한 방에 지내기에 늦은 밤 불을 켜 놓으면 공부 좀 그만 하라며 불을 끄게 하셔서, 종종 화장실에 가서 책을 읽곤 했다. 결국, 어머니의 주장은 성화가 되고 강권이 되어 항복하고 말았다.

'홧김에 바람피운다'고 고심 끝에 팔자에 없는 고시는 떨쳐버리고, 대신 영어공부에 매진하려고 SDA 영어학원에 등록하며 마음을 추슬렀다. 그런 차에 졸업 전 무역회사 취직 공고가 눈에 띄었다. 순간 '옳다구나' 하며, 무역회사 직원으로 외국에 나가는 것도 좋은 방편이라 선뜻 응시하였는데 재수가 따랐는지 쉽게 합격했다. 현실적 선택으로 마음을 붙여갔지만 두세 달을 다닌 게 고작이었다. 그 이유는 우연히 신문에 실린 '객실 승무직' 모집 공고를 보고부터였다.

생소한 직업이지만 대한항공이라는 믿음직한 회사에 '해외 근무'라는 문구가 충분히 눈길을 끌었다. 무언가 꿈을 이루는 듯한 환상이 밀려오며 와락 포옹하는 느낌이 들었으니 이런 걸 운명이라고 해야 하나.

그날로 응모절차를 밟기 시작했는데, 문제가 그리 간단치 않았다. 시험 절차가 예닐곱 단계였을 정도로 상당히 많고 복잡한 과정이었다. 당시 무역 회사에 막 입사한 햇병아리로서는 선뜻 자리비우기가 쉽지 않아 항공사 시험 시간에 맞춰가느라 허겁지겁 달려간 적이 한두 번이 아니었다.

기억을 더듬어 보면 1차 서류면접을 통과하면 필기시험으로 영어와 상식을 보았고, 선택으로 제2 외국어 시험에 신체검사까지 받는 긴 여정이 장장 한 달을 넘겨도 끝이 날 줄 몰랐다.

여기까지 통과한 뒤에야 비로소 심사관의 얼굴을 직접 대면하는 면접이 있었다. 그때 한 임원으로부터 승무원이 어떤 직업인지를 처음 듣게 되었고, 이후 2차로 신체검사를 한 번 더 받고 마지막으로 까다로운 신원조회까지 마치고 최종합격을 기다렸다.

이렇듯 시험이 길었던 터라 오기가 나서라도 꼭 붙어야겠다는 다짐이 이후 십 년을 버티게 했는지도 모른다. 그래도 큰 매력은 외관상 하는 일이 '공중을 나는 서비스맨'임과 동시에 한국을 대표하는 국적기로 '하늘을 나는 외교관'이라는 긍지와 자부심을 갖게 했다. 힘찬 엔진을 울리며 지축을 박차고 하늘에 올라 화려한 태극무늬를 안고 세상 곳곳을 누비는데 이보다 더 좋은 직업이 또 있을까.

지금도 베란다 저편 날아다니는 비행기를 보면, 승무원이 되어서 첫날 첫 비행을 하던 모습이 살아난다. 그러면 몸은 어느새 훌쩍 비행기 속으로 빠져 들어간다. 첫 비행은 창공에서 꽃을 피운 꿈처럼 아름다운 날이었다.

○ 창공에 핀 꽃·2 - 승무원이라는 이름

드디어 여러 관문을 통과한 남녀 합격자들이 한자리에 모였다. 평생 동기생인 남승무원 17기와 여승무원 24기가 추운 겨울날 한진 그룹의 상징인 대한항공의 양 날개가 되어 하늘을 나는 꿈을 키웠다. 그렇게 십 년이 흘렀다. 그러곤 호주로 이민 오기까지 나의 희로애락은 땅이 아닌 하늘에서 구름을 밟으며 이십대의 청운의 꿈을 키워나갔다.

항공기 승무원에는 두 부서가 있다.

조종실에 근무하는 운항 승무원(cockpit crew)과 손님이 탑승하는 객실 승무원(cabin crew)으로 나뉜다. 나의 직업은 객실의 안전과 기내식 등 제반 업무를 담당하는 객실 승무원으로서 영어로 'cabin crew' 또는 'flight attendant'로 부르는데, 특히 여승무원은 스튜어디스(stewardess)라고 불렸다. 'stewardess'라는 단어는 참 묘한 구석이 있다. 일반 타자기로 타이핑을 할 때 왼손으로

만 치는 글자 중에서 제일 긴 신기한 철자이다. 열 글자를 눌러야 하는 번거로움처럼 발음도 까다로워 주의하지 않으면 스튜디오스(Studios)라는 엉뚱한 단어가 튀어나온다. 이럴 때는 민망해서 슬쩍 못 들은 척하고 넘기곤 한다. 영미권에서는 남녀의 구분을 짓는 'steward', 'stewardess'를 성차별적 용어라며 사용하지 않는다니 우리도 받아들일 만하다.

객실 승무원의 직급은 그때나 지금이나 별반 차이가 없을 듯한데, 당시엔 일반 승무원으로 들어가서 삼 년 이상이 지나면 부 사무장(assistant purser)이 되고, 오륙 년 차가 되면 사무장(purser; 퍼서)이 되는 게 순서였다. 그 위로는 선임 사무장(senior purser)과 승무직의 최고 직급인 수석 사무장(chief purser)이 있었다. 제복으로 남승무원의 경우 견장의 숫자와 굵기로 직위를 표시하였는데, 일반 승무원은 한 줄, 부 사무장은 한 줄 반, 사무장은 두 줄이었다. 선임 사무장은 두 줄 반, 수석 사무장은 세 줄의 은색으로 부티가 나게 보였다. 여승무원의 경우는 외부 견장의 표시가 없었고 명찰에 조그마하게 눈금으로 표시해 넣었던 기억이 있다.

수습 승무원으로 삼 개월간의 교육을 받으면서 난생처음 직업의 비밀의 문을 열 수 있었다. 기본적으로는 두 가지가 주 업무인 셈이다. 하나는 기내 서비스이며, 다른 하나는 기내 안전을 책임지는 것이다. 그런데 손님들 입장에서는 흔히 승무원들이 하는 일이 기내 서비스만 하는 줄 착각하는 것 같다.
하긴 미모의 여승무원이 입구에서 방긋거리며 인사를 하고 맞으니 그런 착각에 빠질 수도 있을지 모르겠다. 일일이 좌석을 안내하고, 무거운 짐도 정리를 해주며 체공 시간 중에는 음료수와 맛있는 기내식을 제공하고 간간히 기내 면세품도 판매하며 때 되면 재미있는 신간 영화를 틀어주니 자칫 인성이 부족한 사람은 기내에 오르자마자 자신이 마치 '금수저'에 '갑'이라도 된 듯 얼토당토 않은 일로 눈살을 찌푸리게 하는 일이 적지 않게 생긴다.

처음엔 몰라서 그렇겠지 하며 인내를 하지만 참고 참다 도가 지나치면 일반 승무원은 부 사무장에게, 부 사무장은 사무장에게 문제의 심각성을 알리며 일을 처리한다. 나도 갑질하는 손님을 어르고 달랜 게 한두 번이 아니다. 솔직히 이 분야에 전문 해결사가 다 되었다. 국내외 손님을 막론하고 이런 손님은 꼭 어린 여승무원이나 경력이 적은 남승무원을 골라서 생트집이나 시비를 거는데, 이럴 때 사무장이 어떻게 처리하느냐에 따라 기내 질서유지는 물론이고 부하 승무원이 사무장의 능력을 평가하는 척도가 되기도 한다.

모든 육상 운송수단도 안전이 중요하지만, 일단 비행기가 문을 닫고 바퀴가 구르는 순간부터 긴장의 순간이 시작된다. 이륙할 때는 물론이고 공중에서 편안한 운항과 함께 완전히 착지해서 손님이 트랩으로 내릴 때까지 먹는 음식과 잠자리는 물론 어떠한 이유로든 항공 안전이 제일순위임을 양보할 수는 없다.

크든 작든 일단 비행기 사고는 한 사람이 아닌 모든 승객과 승무원이 하나의 생명으로 묶이는 공동 운명체가 된다. 비행기에 몸을 싣는 순간 비상사태가 발생하면 '너만 살고 나만 죽는' 또는 '나만 살고 너만 죽는' 개인적인 행태가 아닌 공동의 선에 따라 행동하라는 절대 명령을 모두 한 몸으로 받은 것과 다름없다. 상황에 따라 전원이 살 수도 있고 전원이 죽을 수도 있는 이승과 저승의 갈림길에서 비행기는 씩씩하게 구름을 뚫고 날아오른다. 과연 승객은 누굴 믿고 비행기를 탄 것인가. 과학의 결정체라는 비행기인가 아니면 기내식과 생명을 담보 쥐고 있는 승무원인가.

장시간 그저 웃고 떠들고 식사하고 영화 보며 즐기는 가운데 실은 손님과 승무원은 최소한 공중에서는 둘이 아닌 하나의 운명체로 똘똘 뭉쳐도 시원치 않은 것이다. 때때로 분수를 넘는, 상식의 도를 넘는 손님을 지켜만 볼 수 없는 피곤한 시간에 얽매이기도 한다. 물론 승무원은 최대한의 인내를 가지고 공손하게 손님을 대해야 하지만 소위 블랙리스트(감시 대상 명단)에 오를 수준의 진상(질이 나쁜) 손님을 만나면 자칫 기내에 소란이 생길 수도 있다.

아닌 게 아니라 탑승 때부터 노련한 사무장은 손님의 관상을 잘 봐야 한다. 손님의 안색에서부터 몸짓 등 모든 동태를 잘 살펴야 한다는 의미이다. 브이아이피 또는 브이브이아이피(VIP·VVIP)에만 잔뜩 신경 쓰는 게 아니다. 사전에 신고 된 환자나 특별 음식을 신청한 사람들 그리고 동반자 없는 아이들(UM)에 몇 번이고 다가가며 각별히 신경을 쓴다. 입양아로 홀트 아동이라도 타는 날이면 마치 팔려가는 어린 아기인 양 불쌍한 운명에 눈시울을 붉히는 여린 승무원이 얼마나 많았는지. 아기가 울 때면 어르고 안아주고 보호자 대신 업어주는 등 배려 깊은 착한 승무원도 참 많았다.

이 외에 자칫 비행 중 발생할 환자 또는 문제를 일으킬 소지가 있는 손님을 분별할 줄 아는 경험과 지혜가 어느 직장 어느 환경보다 절실하다. 지상도 아닌 공중에 도사리고 있는 위험천만한 안전상의 문제는 결코 가벼이 다루어질 수 없는 문제이다. 판단에 따라서는 기장과 함께 상의하여 어느 갑질의 승객이든 지위고하를 막론하고 제어해야 하는 막중한 책임과 의무를 가진 하늘을 나는 절대 무사의 정신을 갖추어야 한다.

승무원은 특정 개인이나 권력자 한 사람 또는 회사의 오너(owner)나 땅콩 회항과 같은 비상식적이면서도 회사 상사라는 로열패밀리(royal family; 총수 가족)를 위한 사익의 비행이 아닌 절대다수의 선량한 승객을 위해 일하는 공익 요원이기 때문이다.

안전에는 두 가지가 있다.

하나는 기내 안전을 해치는 행위를 예방하고 유사시에는 제압하는 일이다. 또 하나는 비행기가 비상시에 돌입했을 때 안전하게 탈출시키는 일이다. 기내 안전 중 최대 불상사는 여러 가지가 있겠지만, 영화에서 종종 보는 하이재킹(hijacking) 같은 항공기 공중납치 같은 테러행위를 사전에 방지하고 유사시 제압해야 하는 일을 한 시라도 간과하지 못한다. 그래서 일반 승객들은 잘 모르지만, 사무장을 포함한 일부 승무원은 실탄이 들은 총기를 직접 몸에 소지하고, 단 일 초라도 항공 안전에 눈을 떼지 못한 채 서비스를 하고 있음을 어떻게 다 설명하랴.

당시 대북 관계가 심각한 때여서, 남승무원은 정기적으로 특공무술과 실탄사격 교육을 받는 청원경찰의 신분이기도 했다. 그런 면에서 남승무원은 본연의 서비스맨이라는 예의와 품성을 갖춘 신사의 얼굴 외에, 항공기를 지켜내야 하는 야성(野性)이라는 또 하나의 얼굴을 가진 두 얼굴의 사나이여야 했다. 더불어 여승무원은 겉으로는 한없이 부드럽고 상냥한 제복을 입은 천사이기도 하지만, 동시에 위급 시에는 팔을 걷어붙이고 승객의 안전을 지켜내는 철의 여인이기도 했다.

○창공에 핀 꽃·3 - 하늘 속 생사 희비

십 년이라는 짧지 않은 시간을 하늘에서 보내면서, 어찌 그 안에 희로애락과 생사 희비의 순간이 없었겠는가. 생각해 보니 나의 경험은 땅에서 이룬 것보다 하늘에서 이루어진 것이기에 일반인들과는 사뭇 다른 경우로 친구들 사이에서 늘 관심의 대상이 되곤 했다. 게다가 젊고 예쁜 여승무원과 함께 일하는 게 부러움을 살만하니 승무원 시절 경험담을 들려주면 조금씩 거짓말을 섞어 풀어놔도 흥미진진하게 경청했다.

그간의 비행경험을 길게 다 늘어놓을 수는 없는 노릇이라 단순히 생사 희비(生死 喜悲), 네 마디의 첫 글자를 머리말로 하여 몇몇 경험과 애환을 짚어본다.

'생(生)'

땅에서 하늘로 솟아올랐다가, 하늘에서 땅으로 다시 내리는 단순하면서도 복잡다단한 날틀에 몸을 실은 십 년 세월이 아스라

하다. 죽고 사는 일은 하늘에 달렸다지만, 말뿐이 아닌 실로 하늘 속 비행기에 몸을 맡긴 채 먹구름 속을 얼마나 많이 뚫고 다녔던가. 정작 위험천만한 적도 여러 차례 있었고, 실제로 일부 동료들은 그 위험에 직면하여 끝내 돌아오지 못하는 강을 건너 하늘과 땅에서 산화하고 말았다. 그런 가운데 이렇게 몸 성히 살아남은 내 육신과 영혼은 천지신명께 고마움을 드릴 뿐이고, 불철주야 아들의 무사함을 비셨을 어머님께는 불효의 죄송함을 빌 뿐이다.

'사(死)'
그간 몇몇 사건으로 가깝게 지냈던 동료들이 저 세상으로 떠나고 말았다. 아직도 생생한 얼굴에 식지 않는 손길이 따뜻한 체온으로 오간다.

대한항공의 역사적인 사건과 사고에서 보듯, 1980년 김포공항 사건, 1983년 소련 캄차카에서 소련 전투기에 피격당하여 이백육십구 명이 사망한 사건, 1987년 북한 공작원 김현희의 미얀마 근해 공중폭파 사건 등으로 희생된 노련한 조종사와 젊디젊은 객실 승무원의 웃는 모습이 사십여 년의 세월에도 퇴색되지 않은 채 고스란히 가슴 한구석에 살아서 비친다.

하늘에서 고락을 같이하던 중 그들은 이승과 저승 사이에서 저편으로 일찍 떠났고 나는 살아남아서 이렇게나마 영혼을 달래보고 있으니, '생과 사가 뭔지 그리운 사람들아, 지금 어디에서 무얼 하고 있는지 보고 싶구려.'

1983년 소련 전투기에 피격당한 사건을 회상하면 가슴이 뻐근하게 아리어 온다. 당시 격추된 비행기는 내가 탑승할 비행기의 바로 앞 비행기로, 통상적으로 내가 탑승할 수도 있었던 운명의 교차점이기도 했다. 그날 숙소에서 그들이 떠날 때 마침 잠도 오지 않아 환송한다며 남승무원들과는 일일이 악수를 하고 여승무원들에게는 손을 흔들며 떠나보냈는데, 여기에 비치는 두 모습이 세월 속에 바래지 않고 영영 지워지지 않는다. 마지막 앞모습은 예사 웃고 있지만, 뒷모습은 화려한 제복을 입었음에도 왠지 쓸쓸한 회색빛으로 남아있다. 그날 하늘 속 먹구름 속에 묻혔다가 날아오는 미사일을 맞으며 차가운 캄차카 반도에 떨어져 얼마나 통곡을 했을꼬. 세상에 어찌 이런 일이.

운명의 화살이 조금만 빗겨갔으면 내게 다가올 수 있었던 일을 그들이 대신 맞았다. 희생자 중 선임 여승무원 한 사람은 그 비행을 마지막으로 곧 결혼할 예정이었다고 하니 얼마나 기가 막히는가. 또한, 사고를 당한 사무장은 당시 앵커리지(Anchorage)에 와 있었던 다른 사무장과 일정을 바꾸어 탔다가 변을 당한 것이었으니 이 또한 필연적인 운명의 장난인가. 그 날 일정을 바꾸어 살아남은 사무장은 오랜 트라우마에 시달리며 무척이나 괴로워했다. '내가 죽었어야 하는데, 내가 죽었어야 하는데……'

비가 몹시 내리던 장례식은 네 시간이 넘게 진행되었다. 그날 나는 장례식 행사에 차출되어 굵은 빗줄기 속에서 공중으로 사라진 유골 대신 영정을 들고 한없이 오열했지만, 하늘과 바닷속에 산화한 그들의 영령을 달래기에는 천 번 만 번 부족한 고통이었다.

'희(喜)'

기쁘고 즐거운 일이야 생각나는 대로 적으라면 몇 권의 책으로도 모자랄 듯하다. 승무원이란 직업이 인간 기본조건인 의·식·주 가운데에서 식과 주가 늘 엉킨 생활을 하는데, 이걸로만 보면 이 직업은 꽤 열악한 3D 직종이 틀림없다. 3D 중 더러운(dirty)의 D 하나를 뺀다면 최소한 어렵고(difficulty) 위험한(dangerous) 2D와 더불어 병에 걸리는(diseased)의 D가 대신할 것 같다.

주로 야간 비행으로 낮과 밤이 뒤바뀌어 제때 잘 수가 있나 제때 먹기를 하나 흔들리는 비행기에서 중심을 잡느라 허리의 고통도 만만치 않다. 공중에서의 압력에 하중이 심해 젊은 사람들인데도 허리 아픈 사람이 많고, 나처럼 선천적으로 기관지가 좋지 않은 사람은 침을 삼킬 때마다 잔뜩 부은 편도선의 따끔거림을 달고 다니며 비행길에 오르곤 했다.

하지만, 잃으면 얻는 게 있고, 고난을 이겨내면 그 열매가 크고 달듯, 비행 생활은 종합적으로 볼 때 잃은 것보다는 얻은 것이 많았다. 이는 내 능력보다는 조중훈 선대 회장의 탁월한 경영수완에도 고마워해야 할 일이기도 하며, 당시 나라 경제가 한창 뻗어나던 시절이었기에 한반도 국운에 편승한 나의 운도 좋았던 셈이다.

기쁘고 즐거웠던 일이라면 먼저 경제적 문제를 거론하지 않을 수 없다. 승무직의 임금이 다른 직장인보다 훨씬 많았던 건 부인할 수 없다. 뒤에서는 야간 수당도 안 준다고 툴툴거리긴 했지만, 기본 월급에 비행근무 수당과 식비 수당(perdium, 일당 개념)이 따르고, 또 정시성 수당이라 해서 항공기가 제때 출발하면 추가로 포상금도 받아 일반직보다 최소 두 배 이상은 번다고 여겼다. 거기에 외국에서 소소한 물건을 사오면 보따리 무역이라도 하듯 너도나도 이문을 붙여주는 재미 또한 쏠쏠했던 시절이라 가계(家計)

가 쑥쑥 늘어갔다.

게다가 정부에서 수출을 장려하던 때라 승무직을 '전생에 나라를 구한 사람'으로 취급했는지, 해외에서 돈을 벌어오는 직업으로 분류하여 예비군과 민방위 면제는 물론 갑종 근로세도 면제를 받는 감지덕지한 행운이 따랐다.

여기에 외국 여행은 빼놓을 수 없는 즐거움이었다. 돈도 벌며 이 나라 저 나라 여행도 실컷 다니지, 고급 호텔에서 편안한 휴식도 취할 수 있지……. 아무튼 잠시 하늘에서 근무만 잘하고 내리면 홀가분한 마음으로 다음 비행기가 올 때까지 휴가 아닌 휴가로 푹 쉴 수 있는 철밥통 직장이었다면 지나칠까.

대부분이 미혼인 남녀 승무원은 함께 근무하고 쉬면서 세계적인 맛집을 찾아다니고, 저녁엔 디스코텍(discotheque)에서 스트레스도 풀며 낮으론 여행을 실컷 하는 복 받은 직장이었다. 여기에 운동을 좋아하는 승무원은 골프를 익히기에 안성맞춤이었다. 그 참에 평생의 취미로 이십대 후반부터 골프채를 잡아 아직껏 놓지 않고 있어 고마울 따름이며, 한때 티칭 프로자격증을 따면서 몇 년간 가르치기도 했으니 모두 승무원 시절에 배운 밑거름 덕분이다.

이를 두고 신의 직장이라고 해도 과언이 아닐 듯한데, 그때는 웬 불만이 그리도 많았는지, 야간 수당 타령에 동맹 파업까지 생각한 때도 있었으니 도통 알 수 없는 게 사람의 마음인가 보다.

'비(悲)'

기쁨이 있었으니 슬픔인들 왜 없었겠는가. 수많은 일들 중 한두 가지 정도를 떠올려본다.

입사한 지 일 년도 채 안 되었을 때, 그라운드(ground)를 당한 것이다. 그라운드란 회사업무를 잘못하여 항공기 탑승을 못 하고 지상(그라운드)에서 벌을 받는 것이다. 당시 외국에 나가면 호텔 입실 직전에 부 사무장이 승무원의 여권과 공항출입증을 의무적으로 거두어 한 데 보관하고 있다가 항공기 탑승 전 브리핑을 하면서 돌려주곤 했다. 이는 젊은 남녀 승무원들이 주로 미국에서 일명 '산토끼'라 불리는 무단이탈(도주)하는 사례를 막으려는 조치로 아마도 국가 지시를 따른 것이었을 게다.

사건은 입사한 지 일 년도 안 되어 뉴욕에 갔을 때다.

관례대로 부 사무장이 호텔 로비에서 여권과 표찰을 거두어 보관하다가 출국 직전 승무원들에게 나누어줘야 통상 맞는 일인데, 그날따라 내 방으로 찾아와서는 여권과 표찰을 넘겨주며 나눠주라고 놓고 가버렸다. 그런데 헤아려 보니 여권 하나가 없는 것이다. 바로 달려가 부 사무장에게 알렸지만, 그는 모르는 일이라고 일축했다. 여권 하나가 마술처럼 날개가 달려서 날아갔는지 발이 달려 땅으로 꺼졌는지 아무튼 여권이 분실된 대형 사건이 터진 것이다.

이 당시 분실된 여권의 이름은 공교롭게도, 한때 1978년에 북한에 납치되었다가 1986년에 극적으로 탈출한 여배우 '최은희'의 이름과 같았던 것으로 기억하는데, 여배우 그녀는 북한에 있었고 하필이면 그와 같은 이름의 여권이 내 손에서 분실된 것이라니. 황당무계하고 해괴망측한 사건에 휘말려 신입사원으로서 받은 심적 고통은 아주 컸다. 아무튼, 그 책임의 시비를 가리지 못한 채 관리 부재라는 명목으로 그도 나와 함께 처벌을 받았지만 지금까지 풀리지 않는 영원한 미스터리로 남아있다.

1983년쯤이던가.

캄캄한 하늘 위에서 한때 죽음에 직면했던 아찔한 순간을 어찌 잊으랴. 이 일은 알래스카 앵커리지 상공에서 벌어진 일이었다. 새벽 네 시경이었는데 갑자기 사무장이 모든 승무원을 소집했다. 조용한 비행기에 그것도 도착을 불과 한 시간여 남긴 상태에서 과묵하기로 소문난 사무장의 전원 집합이라니, 군대도 아닌데 이런 일은 비행 생활 중 전무후무한 일이었다.

그의 일성은 "비상사태가 발생했다!"는 것이었다. 머리카락이 쭈뼛 솟았다. 소름이 돋고 얼굴에 찬기가 들어 다리도 후들거렸다. 정작 교육 때 말로만 들어왔던 비상사태에 '이 캄캄한 하늘에서 무엇을 어떻게 하겠다는 말인가.' 그의 무거운 입에서 나온 일성은 그를 포함한 열일곱 명의 객실 승무원 모두 긴장케 하였고, 애처롭게 날고 있는 비행기는 죽음 속을 달리는 괴성으로 병든 엔진처럼 크렁크렁 목이 쉬어갔다.

그의 말의 요지는 이랬다.

지금 기장님으로부터 연락을 받았다. 비행기가 지상 관제탑과 연락이 두절되었다. 수차 노력을 했어도 불통이다. 아마도 기내 장비의 결함인듯하다. 기름이 떨어지기 전까지는 계속 연락을 해보겠지만 현재로서는 돌아갈 곳도 없다. 무조건 앵커리지 공항에 내려야 한다. 연락 두절된 캄캄한 상태에서의 시계비행은 사실상

불가능하지만 이럴 때는 공항 위에서 천천히 큰 원으로 돌며 관제탑에 비상착륙의 신호를 보내며 지상의 비행기들을 옮기게 하고는 스스로 착륙을 감행해야 한다. 그의 눈매와 입은 비장했다.

알래스카의 한겨울에 기가 막힐 일이 생긴 것이었다. '아니 도대체 버스도 아니고 비행기가 스스로 알아서 캄캄한 곳에 착륙하겠다니 이게 말이 되나.' 한숨이 절로 나왔다.

이제부터 모든 상황을 대비해서 수습 때 배운 대로 움직이는 모든 물건은 화장실에 넣어 잠그고, 안경이나 만년필 등 찌르는 물건은 가방에 넣고, 비상 착륙 시 필요하면 비상 슬라이드(slide)를 터뜨려 승객을 제때 탈출시켜야 하는 실로 야간 전투에 돌입한 것이었다. 아직 승객에게 알리는 시간을 끌고 있었고, 그는 계속해서 기장과 연락을 주고받고 있었다. 내 위로 두 명의 남승무원과 모든 여승무원은 각자의 위치에서 화장실에 물건을 넣느라 바빴다. 이때 나와 함께 일하던 일본 여승무원은 내 손을 붙잡고는 갑자기 이성을 잃고 울음을 터트리기 시작했다. 자기는 곧 시집을 갈 상황이라며 이게 마지막 비행이라는 것이다.

이건 또 무슨 날벼락인가.

그녀의 굵은 눈물을 훔쳐 주며 속칭 승무원 사회의 비망록이 생각나며 절로 죽음이 엄습하는 듯했다. 소련 전투기에 피격 당하던 사건 때도 그랬지만, 승무원 중 누군가 마지막 비행일 경우나 비행 편을 바꿔서 나온 승무원이 있을 때, 대형사건이 일어나는 경우가 많다며 터부(taboo)시 하던 말이 은근히 생각난 거다.

그녀는 이미 죽을 사람처럼 서툰 한국말로 "우리 죽는 거예요?" 공포에 질려 서럽게 펑펑 울고 있었고, 나도 죽을 생각을 하니 절로 눈물이 찔끔거려졌다. 당시 오 년 만에 어렵게 얻은 아들이 이제 겨우 한 살이었는데 그놈 생각이 가장 먼저 났으며, 행여 제사라도 지내게 육신의 부스러기인 손톱이라도 깎아놓고 오지 않은 게 왜 그리 후회스러웠던지.

이럴 때 어떻게 죽어야 하나. 실은 생각을 하나도 할 수 없었다. 지금의 상황은 비상탈출 계획을 실행에 옮기는 일에 급급했기에 몸속으로는 울면서도 겉으로는 태연한 척 기내 위아래를 돌아다녔다. 이어지는 캄캄한 밤에 승객들은 세상모르고 잠에 빠져들어 있고, 창밖은 무심한 별빛만이 깜빡이고 있었다.

그렇게 다시 삼십여 분이 흘렀지만, 사무장은 여전히 말이 없었다. 우리의 비상착륙 준비상황이 끝나고 나니 그는 다시 일성을 열었다.

"나는 너희의 아부지다. 사무장은 너희들의 아부지란 말이다. 나를 믿고 따라라!"

그는 키가 작달막했지만, 운동으로 다져진 몸에 배짱이 두둑한 선배였다. 이름도 유명한 권투선수였던 김태식과 같아서 복싱을 해도 잘했을 것으로 보였다. 아무튼, 그때 그의 일성은 평생 잊히지 않는 '아부지'로서 나의 향후 비행 생활에 멘토의 일성으로 늘 울리곤 했다. 나도 그처럼 어려운 상황에 맞닥뜨렸을 때 부하 승무원들 앞에서 믿음직한 아부지가 될 수 있을 것인가.

더는 시간이 부족할 듯도 했다. 기장은 생사의 중요한 판단을 해야 할 시간에 몰리고 있었다. 비행기를 스스로 내리든 아니면 천운으로 관제탑과 연락이 되든 양단간에 결정을 할 순간이 다가오고 있었다.

잠시 후, 사무장이 모두를 다시 불렀다.

그의 얼굴에는 밝게 퍼진 미소가 흘렀다. 그의 입에서 나온 그날의 세 번째 일성은…….

"여러분, 우리 비행기가 관제탑과 연락이 되었단다. 이제는 살았다. 비상 착륙이 아닌 정상착륙이다. 이제 살았다."

모두 환호했다. 살았다는 안도감에 눈물을 보이는 여승무원이 곳곳에 보였다. 나의 파트너였던 일본 승무원은 내 뒤로 와서는 미안한 듯 눈물을 훔치면서도 기쁨의 미소는 억지로 감추었다. 후에 시집가서 잘 산다는 이야기를 들었으니 그녀 또한 이 사건을 평생 잊지는 못할 것이다.

모두 안도의 한숨을 돌렸지만 그래도 안전하게 착륙할지에 촉각이 곤두섰다. 이때처럼 기장의 손이 위대해 보인 적도 없었다. 그는 '쿵' 하며 멋지게 착지했다. 스르르 바퀴가 구르며 승객 모두 내리고 이어서 승무원들이 한 사람씩 하기하였다. 사무장은 기장을 통해 이유를 알 만도 한데 무언가를 묻거나 입을 뗄 분위기가 아니었다. 죽을 듯 살듯 그 경계선에서 살아났는데도 마음은 왜 그리 무거웠던지 모두 말없이 버스로 향할 뿐이었다.

이날 해프닝은 비극이라기보다는 차라리 한 편의 희극(戲劇)이었다. 여기에서 희극이란 한자의 이런 희극(戲劇)과 이런 희극(喜劇)이 한 데 어울린 난센스(nonsense)의 희극이 되고 만 것이다.

이날 조종실과 관제탑이 극적으로 연결된 것은, 무슨 비상 장비의 가동이거나 조종실의 특별한 기술에서 나온 게 아니고, '통신장비를 마구 두드리다 보니까 연결이 되었다'나……. 어릴 적 우리 집 구닥다리 라디오도 아닌데 '마구 두들겼더니 연결이 되었다'는 대목에서 말문이 막혔다. 그때만 해도 라디오가 잘 안 나올 때 손으로 몇 번 탁탁 두드리면 곧잘 살아나곤 하던 시절의 끝물이었다. 그래도 이건 라디오가 아니라 밤하늘을 나는 비행기가 아니더냐. 그것도 보잉 747이었는데 말이다. 하긴 비행기 상태가 어떤지는 몰라도 그때는 노선이 많이 늘어나서 조종사도 지치고 비행기는 규정대로 정비를 제대로 받지 못하고 뜨는 경우가 있어서 낭설일지도 모르지만, 정비사들 사이에 은근히 걱정하던 말이 돌곤 했단다. '저거 저러다가 언젠가 떨어질 텐데……'

이 비행기를 두고 한 말이었는지는 모르지만, 속사정을 아는 정비사들의 불안 속에 그 후 몇 차례의 사건 사고가 뒤이은 것을 보면 신뢰도 백 퍼센트의 안전운항을 하지 못한 셈이었다.

종종 '이런 걸 비행기라고 타고 다녀야 하나?' 의구심도 들었지만, 이 일은 함구하며 비밀처럼 묻혀갔고, 뒷일은 어떻게 처리되었는지 알 길도 없었고 관심도 없었다. 단지 추가로 새 비행기가 많이 도입되며 정비체계도 항공규정을 잘 지켜나가는 모습을 보며 비행기 한 대 한 대에 신뢰를 보냈기에 십 년을 채우며 하늘을 날지 않았겠는가.

창공에 핀 꽃·4 – 이런 낙수(落穗)

떨어지는 물이라는 낙수(落水)와는 의미가 다른 이 단어는 추수한 뒤에 땅에 떨어져 있는 이삭들을 말한다. 어떤 일의 뒷이야기로 흔히 '떨어진 이야기를 주워 모은 것들'을 이르곤 할 때 가져다 붙이는 이름이다.

국제선 사무장으로 겪었던 일들이 꽤 많은 데 굳이 기억하고 싶지 않아 거의 잊고 살았다. 그래도 간혹 삼삼하게 솟아오르는 연기 같은 가냘픈 기억을 되뇌면 '언제 그랬었던가, 그게 지금의 나와 무슨 상관이 있지' 하며 한 손으론 희미한 기억들을 저편으로 밀치면서 또 한 손으론 은근히 잡아당긴다.

순서도 없이 마구 잡이로 이런 낙수·저런 낙수로 이름 지어 추억의 눈 속에 퍼즐 조각을 넣는다.

하늘의 친구들이 손을 잡아 구름 위로 끌어올렸다. 승무원들은 바람을 타고 새가 되어 창공을 훨훨 날아다니며 힘들어도 감미로운 마음을 잃지 말자며 입가에 엷은 미소를 띠었다. 그럴 수 있었던 힘은 기내에서 일을 하며 듣던 감미로운 음악 덕분이었다. 그 음악은 바로 〈Welcome to my world〉.

감미로운 'welcome to my world~'로 시작하여 저녁놀처럼 여운을 짙게 남기는 애니타 커(Anita Kerr)의 부드럽고 달콤한 목소리이다. 이 노래에 육중한 비행 몸체는 손님과 승무원을 하나로 싣고 하늘 집으로 가볍게 오를 준비를 했다.

'나의 세계로 어서 오세요, 들어와 보고 싶지 않으세요'로 시작하는 노랫말은 '팔을 벌리고 여기에서 당신을 기다릴게요'라며 신비로운 세계로 이끌며 마음을 유혹한다. '당신만을 기다립니다. 나의 세계로 어서 오세요.' 이 노래 속에 대한항공은 그 많은 손님과 세계 곳곳을 다녔고 사업적으로도 큰 성공을 거두었다.

막 도착한 비행기의 열린 문으로 들어가 본다. 그새 지상에서는 정비사들이 벌들의 날갯짓 모양 분주하다. 근무 당시 조양호 현 회장은 정비이사로 공항에 근무하고 있었다.
먼저 비행기에 승무원이 오르고 지상의 물건들이 차차 올라온다. 밤하늘에 떠오를 호텔을 꾸미는 것이다. 탑승객의 숫자를 꼼꼼히 챙기고 마지막 서류를 넘겨받으면 육중한 문이 덜커덩 잠긴다. 문(door)은 모두 평상에서 '비상'으로 소위 'armed'한 상태이다. 이제 먼 길 떠나는 첫 바퀴가 1cm씩 뒤로 밀리며 택싱(taxing)을 하는 순간 비행기는 이륙 채비를 하지만 승무원에게는 이 시각부터 이륙 때까지가 가장 긴장되고 바쁜 때이다. 몸은 지상에 있는데 마음은 하늘로 날아갈 준비태세로 땅과 하늘의 경계에서 숨 가쁜 호흡을 하는 날새의 잔뜩 웅크린 모습이리.

그런데, 그런데 말이다. 이런 상황에 마카다미아 땅콩 서비스를 문제 삼아 승무원의 무릎을 꿇리고 무력까지 행사하며 기어이 비행기를 돌려 객실 내 최고 책임자인 사무장(purser)을 뉴욕 공항에 강제 하기 시킨 갑질도 있었으니……. 항공사상 전무후무한 일이 일어난 것이었다.

이 일은 잘 알려진 바처럼, 한국은 물론이고 전 세계의 이목이 집중되어 천하에 비아냥거리로 천파만파 회자하였다. 더욱이 그 오만방자한 사람은 평범한 손님이 아닌 대한항공 부사장 직책이었고, 오너(회장)의 딸이라는 사실에 입이 쩍 벌어질 따름이다. 국내외법상 현행범이 아닌 승무원을 현장에서 중죄 범인이라도 된 양 기장으로부터 명령을 유도하여 비행기에서 강제로 내리게 하다니. 참으로 있을 수 없는 일이 2014년의 한 해를 마무리 짓는 12월을 쓰디쓰게 만들었다.

그 일로 대한항공이 헤아릴 수 없을 만큼의 금전적 손실과 회사 이미지의 큰 실추라는 타격을 입었음은 자명한 사실이다. 동시에 대한항공 승무원은 물론 일반직종의 임직원 모두 심적으로 얼마나 자괴감에 빠졌을까. 안하무인 한 사람이 선대 회장부터 아버지 대까지 순항하던 항공사업을 망쳐놓았다. 대한항공을 비행기에 비유한다면 그녀의 오만방자한 갑질로 인해 스스로 난기류에 들어가 미친 듯이 흔들리다 추락 직전에까지 이른 것과 무엇이 다르랴.

모든 일은 누군가 피해를 보면 상대적으로 반사이익이 생기는 법이다. 마치 제로섬 이론이랄까. 이런 중에 이득을 본 곳이 있다면 말할 것도 없이 마카다미아 회사임은 자명한 사실이다. 마카다미아의 원산지가 내가 사는 호주라니 더욱 가깝게 느껴졌고, 나 역시 근무 중 하와이 편에서 손님에게 제공하고 남는 게 있으면 몇 봉지를 가방에 넣어왔던 기억이 새롭다. 그 맛은 실로 기가 막힌다나 할까. 어쩜 그렇게 고소하고 입안에서 각을 지며 똑똑 부러지는 게 일품이었다. 이에 호사가들은 별소리를 다 한다. '둘이 먹다가 하나 죽어도 모르는 호박엿'을 풍자한 '둘이 먹다가 하나 내려도 모르는 땅콩' 이란 말에 한편으론 웃음이 나지만 왠지 부아가 끓어오른다.

아무튼, 이 일로 피해를 받은 사람은 우선 대한항공에 관련한 모든 이들이다. 그 안에는 나도 포함된다고 여긴다. 당시 사무장은 남이 아닌 과거의 내 모습이기에 그 연장선상에서 그의 외상성 장애를 함께 앓는다.

갑갑한 상상을 한번 해 본다. 만약에 당시 사무장이 나였으면 어떻게 했을까.

그냥 그렇게 힘없이 내렸을까…….

아니다. 나는 내리지 않았을 것이다.

명령도 명령 나름이며, 더구나 까다롭기 그지없는 미국 뉴욕 존에프 케네디 공항이 아닌가. 후일에 일이 이렇게 커질 것은 불을 본 듯 뻔한데, 바보가 아닌 다음에야 '우째 이런 일'을 저질렀을까.

나는 버텼을 것이다. 비행기가 이미 움직였는데 관제탑에 무슨 이유를 댈 것인가. 줄줄이 비행기가 이륙해야 하는 상황에서 기장도 사무장도 그녀도 모두 제정신이었던가. 안쓰러운 힐책을 아니 할 수 없다.

미루어 짐작하는 일은 가히 추천할 만한 게 아니지만, 당시 그녀는 정상적인 정신소유자로서의 부사장이 아닌 심한 히스테리에 처해 있었거나 억병으로 만취한 게 아니라면 몇 백 번을 생각해 보아도 이해가 가질 않는 상황이다. 이렇듯 그녀는 비정상적인 정신 상태로 허울만 부사장이었지 마치 적국 항공사의 못된 소행으로 보일 일종의 테러라고밖에 해석할 수 없다.

사무장도 그렇다. 당시 너무 기가 막혀 경황이 없을 수 있지만, 부당한 일에 대해서는 단연코 이성의 눈을 가졌어야 한다. 살아온 대로 배운 대로 이성의 눈으로 판단하고 집행해야 하는 게 객실 내 국제선 사무장의 사명이지 않는가. 왜 그리 눈치를 보며 순순히 명령을 따랐던가.

사무장이나 담당 여승무원은 무참하게 무릎을 꿇고 하대를 당하지 말았어야 했고, 더욱이 사무장은 맥없이 하기하지 말았어야 할 일이다. 그의 인내심과 정중한 예의는 칭찬받아 마땅하지만, 앞으로는 어떤 사태에도 버틸 수 있는 강심장을 달아야겠다.

과거 사소한 일로 기장과 두 번 충돌한 적이 있었다. 해서는 안될 일이었다. 그때 사과를 제대로 하지 못한 연유로 지금껏 부끄럽게 생각한다. 한 번은 부산 공항에서, 다른 한 번은 스위스 공항에서였다. 자세한 상황은 뒤로 미루고 당시 기장은 내게 하기를 명하였다. 나는 단연코 거부하며 정당한 사유를 들라고 반박하였다. 설령 그의 마음에 들지 않는 행위가 있었어도, 나는 오직 한 가지 생각만을 붙들고 있었다.

'나는 사무장의 임무가 있다. 승객을 목적지까지 안전하고 편안하게 모시는 책임자이다. 내가 공적 문제를 일으켰거나 현행법상 현장에서 처리될 일이 아니라면 그 어떤 사사로운 이유로 하기 시킬 명분도 없고, 나는 그 누구의 명령이나 강압을 받아들일 수 없다'라는 절대 정신으로 무장하고 있었다.

비행 생활을 마칠 때까지 정신적 지주로 삼은 것은 손님에게는 인내를, 동료 승무원에게는 동고동락의 우애였다. 손님이든 동료든 누군가가 갑이 되고 을이 되는 건 내가 하기 나름으로 그 원천은 남을 탓하기 전에 내 탓일 수도 있다.

가족 같은 손님에게는 부드러운 사무장, 아픈 손님에게는 보호자 같은 사무장, 문제를 일으키는 손님에게는 강한 사무장이 되어야 한다. 그래야 절대다수의 손님을 목적지까지 안전하고 편안하게 모실 수 있고, 이것이 회사의 큰 뜻이기도 하다. 이는 내가 강해지는 것이 아니라 회사가 강해지는 길이기 때문이다.

갑질의 꼴값을 받지 않으려면 스스로 갑이 되거나 상황을 피하거나, 아니면 만들어진 상황을 잘 수습하는 기술적 지혜와 경험이 필요하다. 그런 면에서 나의 후배이기도 한 해당 사무장과 여승무원의 아픈 마음을 헤아려주면서도 '사전에 그런 일이 일어나지 않게 할 신의 한 수는 없었을까' 하는 아쉬움을 남긴다. 아직도 민사상 문제를 남기고 있는 땅콩 회항 사건의 결말을 슬픈 눈으로 지켜보고 있다.

세상사 흥미진진한 일이 하루에도 수천수만 개가 생겨난다. 내게는 그 간에 어떤 일이 있었을까만 이제는 흐려지는 기억을 주워 담기도 어려워 생각나는 대로 서사적으로 남겨본다.

한번은 뉴욕으로 가는 길에 양말을 벗은 미국 여자가 앞에 앉은 한국 여자의 머리 양옆으로 발을 떡하니 올려놓는 사건이 있었다. 하도 방자하기에 모든 승무원이 해결하지 못하는 상황이었고, 피해 손님은 짜증이 나면서도 아무 할 말도 못하고 이런 일 하나 제때 처리해 주지 못하는 승무원을 원망하며 눈물을 찔끔거렸다. 다른 곳도 아닌 국적기에서 인종차별이라도 당하듯 마음 썩임을 단단히 받으며 재수 옴 붙은 여자의 발에 걸려 장시간의 수난을 당하고 있었으니 속이 터져나갔을 것이다. 고심 끝에 다가가서 나는 한 방에 해결했다.

"나는 비행기의 안전요원이다. 당신은 앞 승객에게 과도한 정신적 육체적 피해를 주었고, 또한 승무원의 수차에 걸친 권고와 기내 절차를 따르지 않았기에 도착하는 대로 법적으로 문제 삼아 FBI에 넘기겠다."며 압박을 했다. 그녀는 삼 초도 안 돼 곧바로 발을 내렸다.

왜 이 말들을 못했던가. 서양인들 특히 미국인들은 법이라는 말에 아주 약하다. 미국 FBI가 세긴 세다는 걸 새삼 느낀 날이기도 했다.

유대인과의 다툼도 있었다.

명성만큼이나 노련한 술수에 서로 얼굴을 붉히기 직전까지 갔지만 서로 멋쩍게 웃으며 해결된 일화이다. 역시 유대인은 고수였다. 비행기에 타자마자 여승무원을 수시로 부려 먹었다. 알다시피이륙 전 승무원이 얼마나 바쁜가. 그는 프레스티지 클래스(prestige class)에 타고 있었기 때문인지 몰라도 꽤 괜찮아 보이는 사십대 중반 남성이었다. 내 눈에 집힌 그는 여승무원 길들이기에 나선 것으로 판단되었다. 주목하고 보니 이제는 여승무원이 지날 때슬쩍 다리를 걸어 넘어지게 하려는 듯 의도적으로 발을 내밀고 있었다. 이 장면이 내 눈에 딱 걸렸다. 그에 다가가 한마디를 뱉었다.

"영화배우처럼 멋지게 생긴 당신은 자주 뵌 승객 같다. 혹시 시킬 일이 있으면 사무장인 내게 직접 부탁해라. 그러면 내가 더 좋은 서비스에 더 좋은 술로 너를 대접하겠다."

그는 의아해 했다. 대뜸 왜 자기에게 그런 특별대우를 하느냐며또 하나의 도전을 해 오는 것이었다.

"솔직히 여승무원이 당신을 피곤해 한다. 밤 비행으로 가야 할시간이 한참 남았는데 벌써 여승무원을 피곤하게 만들면 어떻게좋은 서비스를 받을 수 있겠냐. 당신이 승무원 다니는 복도에 위험하게 발을 내미는 걸 직접 목격했고 증인으로 다른 승무원들도있다. 여승무원이 발에 걸려 넘어지면 어떻게 하려고 하느냐. 이걸 더는 문제 삼고 싶지 않고 너를 귀한 손님으로 여기며 장거리비행을 즐기고 싶다. 나의 권유를 받아 달라."

그는 대뜸 악수를 청했고, 그의 발은 얌전히 의자 밑으로 쏙들어갔다.

이보다 더 못된 승객도 있었다.

일등석에서 벌어진 일인데. 여승무원이 울면서 내게 하소연을 했다. 승객이 자기 치마 속을 몰래 촬영했다는 거다. 요즘은 스마트폰이 발달해서 이런 사건 사고가 자주 터져 나오지만 당시엔 드문 일이었다. 한데 당시 대상이 일등석 손님인 데다가 증거라곤 그의 사진기밖에 없어서 그걸 강제로 압수한 뒤 확인해야 하는 상황이라 고심했다.

그러나 이 보고가 너무 늦게 들어와서 해결을 보지 못하고 승객은 서둘러 내빼듯이 내리고 말았다. 이를 해결해 주지 못한 미안한 마음이 컸다. 요즘 뉴스로 유사한 일이 자주 일어나며 그때마다 신분이나 장소를 막론하고 파렴치범을 법의 심판대에 올리고 있는 세상이 되었다. 그때만 해도 카메라 기술이 뒤떨어진 상태일 텐데 캄캄한 밤에 지나치는 여승무원의 치마 속을 찍어댄 놈이 있었으니, 이런 건 갑질이 아니라 상 저질이기에 더 부아가 끓어오른다. 그는 한국인이 아닌 사십대의 코 큰 서양인이었다.

하루는 로스앤젤레스에서 VIP가 탄다고 난리였다.

그는 한국 재무부 장관이 될 사람으로 그의 수행원과 시비가 붙었던 일이다. 승무원이 보고하기를, 어떤 승객이 승무원 휴식 자리에 길게 누워서는 떠나지 않는다는 거다. 이 자리는 비행시간이 열 시간 이상일 경우 승무원이 교대로 쉴 수 있는 자리로 확보해 둔 것이었다.

그는 비행 경험이 많았는지 이곳을 명당자리로 알아채곤 식사가 끝나자마자 달려와 크게 대자로 누워서는 담요로 눈을 가리고 진을 친 것이다. 본능적 냄새를 맡고 찾아온 고수급 승냥이 같았다. 그가 고수였다면 그보다 기내 경험이 더 많은 나는 상수였다.

그에게 지정석으로 돌아갈 것을 권했지만 그는 막무가내였다.

"내가 왜 여기에 못 있느냐. 나는 수행원이기도 하다. 당신네 건방을 떠는 승무원은 하기하면 조중훈 회장과 조중건 사장에게 얘기해서 혼쭐을 낼 것이다. 청와대도 출입하는데 가만있을 줄 아느냐."

'기내에 올라오면 웬 사장 친구라는 사람들이 그렇게도 많은지.'

기도 차지 않았지만 이런 데 이골이 난 내게 그도 예외는 아니었다. 설령 빈자리가 많아도 연약하고 나이 드신 분에게 제공하고 싶은 마음이 컸기에 그와의 대화는 심한 말싸움으로 번지며 피차 물러설 수 없는 전면전에 들어갔다. 다소 고성도 오갔지만, 그는 결국 나의 강수에 꼬리를 내렸다.

발단은 이번에 모시는 지도급 인사가 자기 대학 선배인데 자기를 총애한다며 그가 으쓱댄 데 있었다. 그런데 공교롭게도 그가 지목한 대학이 바로 나의 모교였던 것이다. 사무장은 손님이 탑승하면 SHR이라고 해서 손님의 신상이 담긴 서류를 받는다. 이번 VIP는 유명 인사라 그의 신상이 언론에 나오면서 익히 들은 바가 있었기에 쉽게 알아차린 것이었다.

그에게 동문임을 밝히고, 나의 부당함이 있었는가를 다시 한 번 이성적으로 생각해 보자며 다툼은 2회전에 돌입했다. 하지만 대학 운운하면서 싱겁게 돼버린 탓인지 그는 얼른 화제를 돌렸다.

"그럼 진작 말씀을 하시지. 나는 당신이 자기를 내쫓을 듯한 기세여서 기선을 꺾으려고 심하게 나갔다."면서 LA에 오면 자기 사업장에 꼭 오라고 명함을 주고는 자기 자리로 돌아갔다. 하지만 너무도 격렬한 싸움이 붙었었고, 실제로 그가 고위 간부나 청와대에 일러서 나를 해코지 한다면 받아들이고 사표를 쓰던 민사상 법적 투쟁을 하던 강한 각오를 다진 터였기에, 비록 화해는 했지만 화를 삭이지 못해 그에게 한 번도 전화를 걸지 않았다. 그는 단연코 블랙리스트 감이었지 새롭게 사귈 사람이 아니어서 기억 속에서 그의 명함과 함께 쓰레기통에 일찌감치 던져버렸다.

함께 일 년째 비행하고 있던 중견 여승무원의 난처한 상황도 있었다. 그녀는 빼어난 미모에 성격도 발랄하고 팀의 분위기도 잘 띄웠다. 그런 그녀가 불쑥 갤리(Galley; 주방)에 들어오면서 화가 잔뜩 난 얼굴로 무언가 해결을 요청하듯 넋두리를 해 대는 것이었다.

"사무장님, 이쪽 줄로는 서비스하지 않을 거예요."

'아니, 서비스를 하지 않으면 어쩌란 말이냐.' 자초지종을 들으려는데 도통 입을 열지 않는 것이었다. 일 분 정도가 지나자 다소 흥분을 가라앉히고 승객한테서 들었다는 말을 어렵게끔 뱉어냈다.

"꼭 식모 같네."

그 말을 하는 그녀도 힘이 들었던지 맥이 툭 빠져있었고, 듣는 나도 어이가 없었다. 최고 미인급에 지성을 갖춘 그녀를 보고 식모 같다니.

그 말이 떨어지자마자 그녀의 마음을 달래주려는 만용을 부리기라도 하듯 손님을 향해 뛰쳐나갔다. 그러고는 다시 돌아와서 물 한 잔과 맥주 한 캔을 들고 손님 앞에 가서 눈을 맞추었다. 손님은 당황한 듯 "시키지도 않았는데……." 말끝을 흐렸다. 나는 무릎을 굽혀 그와 눈높이를 맞추고는 이야기를 풀어나갔다. 나는 어떻게든 해결해야겠고, 그의 멱살이라도 잡아서 갤리로 끌고 와 톡톡히 사과를 받아내려는 생각으로 골똘했기에 뒷일은 밀쳐두고 정공법으로 밀고 나갔다.

"손님은 자주 여행을 하시나 봐요."

"예, 자주 하는 편입니다. 대우 기술 개발팀으로 몇 달에 한 번씩 해외에 나갑니다."

그가 묻지도 않은 회사명을 거론하기에 나도 한술 더 떠서 있는 그대로를 털어놓았다.

"우리 매부도 대우 맨이에요. 저는 기내에서 김우중 회장님과는 엉덩이를 맞대고 몇 번이고 대화를 나누고 한 적도 있었어요. 그분 참 멋쟁이셔. 친근감도 있으시고."

아닌 게 아니라 매부는 대우의 중역이었고, 김우중 회장은 자주 여행을 하시는 분이라 최하 다섯 번 이상은 기내에서 만난 적이 있었다. 내가 일할 때면 은근히 이층 승무원 자리로 와선 내 의자 옆에 엉덩이를 맞대곤 비행 일에 관심을 보이기도 했다.

그도 내가 대우 맨과 연관이 깊은 줄 알았는지 한솥밥을 먹는 사람처럼 반기는 얼굴로 맥주 한 잔을 하였다. 이 틈에 그에게 얼른 말을 꺼냈다.

"근데, 이쪽 줄을 담당하는 여승무원이 선생님에게는 서비스하고 싶지 않답니다. 이거 참 큰일입니다. 어쩌다 이런 일이 생겼는지요."

그는 멍하니 황당한 얼굴로 천장을 보다가 능글맞게끔 "왜 그런대요, 제가 뭘 잘못했대요?" 속으로 옳다구나. 당신 입에서 스스로 잘못한 걸 찾고 있으니 말이다. 나는 이를 놓칠세라 "예, 그렇답니다. 혹시 손님이 저 여승무원을 식모 같다고 놀린 적이 있으십니까?" 먼저 사실 여부를 그의 입을 통해 듣고 싶었다. 그는 잠시 기억을 더듬는 듯 능청을 부리다가는 "아, 제가 그랬대요?" 하면서 마치 착한 자기라면 안 그랬을 텐데 부지불식간에 나쁜 자기가 그랬다는 듯 능숙하게 둘러쳤다.

"예, 그랬다네요. 혹시 잘못 말씀하셨거나 그런 일이 없었으면 저 여승무원에게 가서 해명을 해주셨으면 좋겠습니다."

나는 그에게 할 말을 다 전한 셈이다. 굳이 손님과 싸우자고 한 것은 아니다. 다만 손님이 격해지면서 내게 반감을 품고 소란을 피우거나 트집을 잡아 덤벼들면 피차 곤란할 지경이었는데, 일단 최악의 상황은 피해가며 돌파구가 보이기 시작했다. 다행히 손님은 바르게 판단하고 있었다. 스스로 일어나서 갤리로 가겠다며 벗어 놓았던 양말과 구두를 챙겨 신고 따라왔다. 여승무원이 내게 불만을 토로한 후 대략 이 분도 채 안 걸렸다.

갤리에는 그 여승무원이 서 있었다.

"두 사람이 순리적으로 잘 풀어나가세요."

이 말이 전부였다.

그 여승무원과 오랜 시간 한 팀으로 비행한지라 그 개성을 너무도 잘 알고 어떻게 해결 볼 줄도 알았기에 커튼을 닫고 나오면서 슬쩍 엿들었다.

"손님, 도대체 나를 어떻게 봤으면 식모 같다고 깔봐요. 내가 식모란 말이에요……."

"아이고, 제가 실언을 했습니다. 사과드립니다. 제가 어떻게 해

드려야 하겠습니까?"

그는 빌고 있었다.

그 자리에는 갑도 을도 없이 비행기는 기쁨의 꽃을 엔진 뒤로 마구 뿌리며 하늘을 신나게 달리고 있었다.